btb

Buch

In den zehn Erzählungen des Altmeisters Dieter Wellershoff zeigt das Stimmungsbarometer auf melancholisch bis schwermütig. Ein Grund dafür ist, dass die handelnden Personen noch nicht wirklich alt, aber ganz sicher nicht mehr jung sind. Die meisten haben es zu etwas gebracht, haben es quasi geschafft – und sie sind geschafft, ja »geradezu zerschlissen« nach langen Jahren in beruflichen und privaten Tretmühlen. Da versucht ein pensionierter Journalist, soeben dem Herztod von der Schippe gesprungen, auf Anraten des Arztes ins »ganz normale Leben« zurück zu kehren. Doch er will nicht »von Mahlzeit zu Mahlzeit« leben ... Eine Studentin steht unschlüssig zwischen einem kauzigen Kommilitonen und ihrem coolen Kunsthändler-Geliebten. Sie zwingt sich, nach vorne zu blicken, »auch wenn dort nichts zu sehen war«. Und egal, welche Entscheidung die Figuren treffen (wenn sie denn eine treffen), sie werden das Gefühl nicht los, das Beste im Leben zu verpassen oder schon längst verpasst zu haben.

Autor

Dieter Wellershoff, 1925 is 2018, schrieb Romane, Erzählungen und Essays, Filmdrehbücher und Hörspiele. 1988 erhielt »dieser Meisterrealist vertrauter Umstände« (Die Zeit) den Heinrich-Böll-Preis, 2001 den Friedrich-Hölderlin- Preis, außerdem wurden ihm der Joseph-Breitbach-Preis und der Ernst-Robert-Curtius-Preis für Essayistik verliehen. Seine Werke sind in 15 Sprachen übersetzt.

Dieter Wellershoff

Das normale Leben

Erzählungen

btb

Sollte diese Publikation Links auf Webseiten Dritter enthalten, so übernehmen wir für deren Inhalte keine Haftung, da wir uns diese nicht zu eigen machen, sondern lediglich auf deren Stand zum Zeitpunkt der Erstveröffentlichung verweisen.

FSC
www.fsc.org
MIX
Papier aus verantwortungsvollen Quellen
FSC® C014496

Verlagsgruppe Random House FSC® N001967

4. Auflage
Genehmigte Taschenbuchausgabe April 2007, btb Verlag
in der Verlagsgruppe Random House GmbH,
Neumarkter Str. 28, 81673 München

Umschlaggestaltung: Design Team München
Umschlagmotiv: Mauritius / age fotostock
Druck und Einband: GGP Media GmbH, Pößneck
MK · Herstellung: BB
Printed in Germany
ISBN 978-3-442-73519-8

www.btb-verlag.de
www.facebook.com/btbverlag

Die Lösung des Problems des Lebens
merkt man am Verschwinden dieses Problems.

Ludwig Wittgenstein, Tractatus Logico-Philosophicus

Graffito

Für Keith Bullivant,
mit dem ich den Wal
springen sah

Eine Woche lang war er verschwunden, und sie hatte schon gehofft, ihn los zu sein. Doch als sie an diesem Morgen von der Straße hereinkam, sah sie ihn sofort. Er stand beim Schwarzen Brett gegenüber den Aufzügen und schien auf sie gewartet zu haben, denn er las nicht die angehefteten Bekanntmachungen, sondern blickte zum Eingang hinüber, durch den sie eben in die Halle trat. Ja, natürlich, er hatte dort gewartet, weil er wußte, daß gleich ihr Kurs begann.

Einen Moment lang trafen sich ihre Blicke, über einen weiten Abstand hinweg, so daß sie nicht erkennen konnte, wie er sie ansah, während sie, ohne ihren raschen Schritt zu ändern, zu den Aufzügen ging. Er wird es nicht wagen, mir zu folgen, dachte sie. Er wird sich nicht nähern, nicht gegen meinen Willen.

Als sie im Aufzug stand und den Knopf für den sechsten Stock drückte, hatte er sich abgewandt und tat so, als lese er die Anschläge, die alle schon wochenlang dort hingen. Sie sah seinen schmalen Rücken, das immer etwas struppige braune Haar. Sie wußte, daß seine Augen grau waren und der Mund fein gezeichnet, wie der eines Mädchens. Sie hätte ihn gern noch länger betrachtet, aber die Türen fuhren zu.

Im zweiten Stock stiegen ihre Freundin Conny und zwei Typen aus der Fotoklasse ein, die im nächsten Stock schon wieder ausstiegen. »Wann ist dein Kurs zu Ende?« fragte Conny. »Um elf.« Nun, da hatte sie keine Zeit. Aber vielleicht traf man sich mittags in der Cafeteria. Und wenn nicht, dann doch auf alle Fälle heute abend bei der Vernissage von Ralf. Seine neuen Objekte seien phantastisch. Und natürlich ginge die ganze Clique hin.

»Ich bin mit Frank verabredet«, sagte sie, »ich weiß nicht, was er vorhat.«

Aber sie wußte es genau. Frank würde sie zum Essen ausführen, um mit ihr über die Reise nach New York zu reden, bei der sie ihn begleiten sollte. Danach würde er sie zu Hause absetzen und in den Villenvorort fahren, in dem er mit seiner Familie lebte. Vor zwei Jahren, als sie sich kennengelernt hatten, war er einige Male mit hochgekommen in ihre kleine Mansarde. Dazu war er jetzt nicht mehr bereit. »Ich bin kein Student mehr«, hatte er gesagt und ihr angeboten, etwas dazu beizutragen, daß sie in einen größeren Raum mit mehr Licht für ihre künstlerische Arbeit umziehen konnte, in dem man nicht dauernd seinen Kopf an der Dachschräge stieß. Anfangs hatte sie selbst gedacht, daß die Mansarde nur eine Übergangslösung sei. Aber sie hatte den Vorteil schätzen gelernt, daß sie von hier aus nur einen Fußweg von zehn Minuten bis zur Hochschule hatte, und war geblieben. Frank hatte gesagt, die Mansarde sei eine Selbstbestrafung von ihr. Das war einer seiner flotten Sprüche, mit denen er vorgab, alles zu durchschauen, auch sie und ihr Schneckenhaus, wie er es nannte. Was er wirklich von ihr wahrnahm, wußte sie nicht so genau. Sie hatte sich bei ihrer ersten Begegnung auf einer Vernissage von seinem Blick taxiert gefühlt und in einem hellsichtigen Moment geahnt, daß sie die Geliebte dieses Mannes werden würde. Seine Selbstsicherheit und seine Ausstrahlung von Energie hatten alles entschieden, noch bevor sie wußte, daß er ein bekannter Kunsthändler mit internationalen Geschäftsbeziehungen war. Kurz danach hatte sie auch erfahren, daß er achtzehn Jahre älter war als sie. Und das hatte erneut den ersten Eindruck bestätigt, den er auf sie gemacht hatte. Ganz im Gegensatz zu ihr war er ein Mensch, der seine Zeit nicht nutzlos und entschlußlos vertat, eine Eigenschaft, die sie trotz einer nicht ganz aufgelösten Befremdung an ihm bewunderte. Gleich beim ersten Essen, zu dem er sie eingeladen hatte, schlug er ihr vor, ihn für einige Tage nach London zu begleiten, wo er regelmäßig die Kunstauktionen besuchte. Der Vorschlag kam völlig überraschend für sie. Doch daß sie mit ihm, zeremoniell bedient von zwei Kellnern, in einem eleganten Restaurant zu Abend aß, war für sie schon so neu und überraschend, daß sie sich über nichts Weiteres mehr wundern konnte. In London hatte es keinerlei Probleme gegeben, auch kein gönnerhaftes Lächeln seiner Geschäftsfreunde, denen Frank sie als seine Assistentin vorgestellt hatte. Von seiner Frau war nicht die Rede gewesen. Vielleicht wußte dort niemand, daß er verheiratet war.

Auch sie hatte er es nur nebenbei wissen lassen, in einem ganz anderen Zusammenhang. Das war seine Art, ihr zu bedeuten, daß dieser Aspekt seines Lebens sie nicht stören müsse, aber auch nicht zur Diskussion stand. Schnell hatte sie gelernt, was er von ihr erwartete. Sie mußte seine abrufbereite Geliebte sein, begrenzt auf einzelne Gelegenheiten, an seinem Leben teilzunehmen, die er ihr allerdings immer häufiger bot.

Er bot ihr allerhand, das war ihr durchaus klar. Nicht nur die schönen Reisen, die luxuriösen Hotels und die eleganten Kleider, die er ihr kaufte, damit er sich mit ihr zeigen konnte. Sie brauchte vor allem seine Energie, seine Initiative, um nicht dem alltäglichen Trott eines Studiums zu erliegen, das ihr nicht besonders lag, wie sie inzwischen wußte. Frank führte sie in ein anderes Milieu und in ein völlig anderes Leben ein. Sie lernte einflußreiche Leute kennen, Leute, die es geschafft hatten und durch ein weiträumiges Netz von Beziehungen miteinander verbunden waren. Vielleicht gab es da auch eine Zukunft für sie. Darüber hatten sie nie ausdrücklich gesprochen. Frank ließ es nur manchmal durchschimmern als eine noch unbestimmte, aber nicht auszuschließende Möglichkeit. Vielleicht wollte er sie damit festhalten. Das war denkbar, schon deshalb, weil sie es verstanden hätte. Den Wert, den sie für ihn hatte, konnte sie nicht einschätzen.

Sie ging den langen Gang nach rechts hinunter zum Raum 603, wo das Aktzeichnen stattfand, der Kurs, der allgemein »Die Nackten und die Toten« hieß. Frank hatte ihr gesagt, daß dies der Titel eines amerikanischen Romans sei. Er wußte solche Dinge, hatte tausend Namen und Fakten im Kopf, auch wenn er sich nicht dafür interessierte. Sie bewunderte das an ihm. Es gab ihm Autorität. Daß sie jeden Mittwoch zu den Nackten und den Toten ging, hatte er lustig gefunden, aber nach dem Zeichenkurs fragte er nie. Im Grunde fand sie das richtig so. Denn im Unterschied zu den meisten Studenten, die sich für kommende große Künstler hielten, war sie inzwischen davon überzeugt, nicht besonders begabt zu sein. In der Clique gaben die Selbstdarsteller den Ton an, während sie und Conny einfach nur mitliefen.

Die Nackten und die Toten. Überall in der Hochschule, vor allem im Treppenhaus und in den Aufzugskabinen, standen Sprüche an den Wänden. Manche waren witzig, manche vulgär, und alle zusammen kamen ihr wie die lauten Stimmen von Leuten vor, die gleichzeitig mit ungebremster Kraft redeten und einander nicht zuhörten.

Die Gänge waren jetzt leer, weil die Kurse begonnen hatten. Leise trat sie ein und suchte sich einen Platz. Das Modell, eine Frau Mitte Vierzig, selbst eine ehemalige Studentin, die erfolglos grellbunte Bilder malte, hatte schon die erste Position eingenommen, und die Studenten beugten sich über ihre Zeichenblöcke.

Sie hatte sich vorgenommen, es heute mit Kohle zu versuchen, aber sie fühlte sich nicht locker genug. Die Frau stand in einer einfachen, undramatischen Pose da, in der sie längere Zeit verharren konnte, mit Standbein und Spielbein und ein wenig in den Hüften gedreht. Die rechte Hand umfaßte den Nacken, während der andere Arm glatt herunterhing. Von ihrem Platz aus war das nicht gut zu erkennen, weil sich viele Linien überschnitten. Nur Hinterkopf, Schulter und Rücken bildeten einen starken Umriß, mit dem sie beginnen wollte. Der Körper der Frau war nicht schön, doch er strahlte Vitalität aus, ein gedrungener Körper, fast muskulös, mit dunklen, buschigen Scham- und Achselhaaren.

Nein, sie war nicht ruhig genug. Ihre Linie hatte keinen Schwung und war gegen Ende nach unten abgerutscht. Hier im Kurs nannte man das eine Tränenspur. Sie wischte daran herum, riß dann das Blatt vom Block und zerknüllte es so heftig, daß ihre Nachbarn sich nach ihr umdrehten. Sie saß ungünstig und schaute sich nach einem anderen Platz um, von dem aus sie einen besseren Blick hatte. Und da, als wäre er immer schon da gewesen, sah sie ihn. Lautlos war er hereingekommen und hatte sich in einigem Abstand von ihr auf einen Hocker gesetzt. Er hielt einen Zeichenblock auf den Knien. Doch wie beim ersten Mal, als sie ihn hier gesehen hatte, zeichnete er nicht, sondern saß reglos da, mit verwehtem Gesicht, wie in einen Traum versunken.

Wie jung er aussah! Sicher war er vier, fünf Jahre jünger als sie. Vielleicht neunzehn, höchstens zwanzig Jahre alt. In Franks Augen war jemand wie er »frisch aus dem Ei gekrochen«, ohne Lebenserfahrung und Lebensart, eine Zumutung für erwachsene Menschen.

Conny und die meisten aus ihrer Clique würden es wahrscheinlich ähnlich sehen. Deshalb war sie auch erschrokken, als er versucht hatte, sich ihr zu nähern. Sie hatte die ironischen Blicke der Clique gefürchtet, als er sie gefragt hatte, ob sie etwas Zeit habe, zu einem Spaziergang oder einem Kaffee. Die Frage hatte sie so verblüfft, daß sie ihn angestarrt hatte, als ob sie sich verhört hätte. Dann hatte sie erkannt, wie verkrampft er war, und sanft, mit einem freundlichen Lächeln, hatte sie gesagt, sie sei verabredet, es tue ihr leid. Sie hatte gehofft, er würde verstehen, daß dies eine grundsätzliche Absage war. Doch er war in einer Verfassung, die es ihm nicht erlaubte aufzugeben. So sagte er, neben ihr hergehend: »Wann kann ich dich dann sehen? Morgen? Oder am Wochenende?«

»Schlag es dir aus dem Kopf«, hatte sie gesagt.

Dann hatte sie seine Verzweiflung gesehen und hinzugefügt: »Du täuschst dich in mir.«

»Nein, bestimmt nicht«, hatte er hervorgestoßen. »Du kannst sein wie du willst.«

Ein seltsamer Ton war in seiner Stimme. Es klang wie Begeisterung, aber gepreßt, wie unter Zwang. Es war die bedingungslose Zustimmung von jemandem, der keine andere Wahl hatte.

Sie waren einige Schritte stumm nebeneinander hergegangen, als sie am Ende des Ganges Conny mit einer ihr unbekannten Studentin auf sich zukommen sah, und um ihn loszuwerden oder jedenfalls zu zeigen, daß sie nichts mit ihm zu tun habe, blickte sie in eine andere Richtung, als sei er für sie nicht mehr da. Aber er blieb weiter dicht neben ihr und sagte, daß er ihr schreiben wolle, weil er sich dann besser ausdrücken könne. Sie möge ihm doch bitte ihre Adresse geben. Da war sie stehengeblieben und hatte ihm gesagt, er solle sie in Ruhe lassen.

»Wer war das?« hatte Conny gefragt.

Wütend, aber mit einem leisen Gefühl von Unrecht hatte sie geantwortet: »Ein Typ aus meinem Zeichenkurs, der Probleme mit sich selber hat.«

»Der ist mir auch schon aufgefallen«, hatte Conny gesagt.

Seitdem hatte er sie nicht mehr angesprochen, umkreiste sie aber wie ein stummer Trabant. Sie merkte es meistens schon an ihrer Unruhe, wenn er in ihrer Nähe war. Es wäre anders für sie gewesen, wenn sie ihn manchmal in Gesellschaft von mehreren Studenten gesehen hätte. Doch er war immer allein und schien an allen anderen vorbei auf sie gerichtet zu sein, wenn sie ihn irgendwo sah. Am liebsten hätte sie ihn noch einmal angesprochen, um ihn zu fragen, warum er sich nicht mit einer der vielen anderen Studentinnen anfreunde, da er doch längst begriffen haben müsse, daß sie eine Beziehung zu einem anderen Mann habe und er für sie nicht in Frage komme. Sie glaubte, daß der Druck dann nachlasse, der von ihm ausging, diese ständige Spannung, die sie auch jetzt wieder spürte, weil er schräg hinter ihr saß und etwas auf seinen Block kritzelte. Vielleicht zeichnete er sogar sie. Natürlich durfte er hier sitzen wie alle anderen auch. So war es wohl besser, wenn sie ging.

Der Abend mit Frank verlief, wie sie es vorausgesehen hatte. Beim Essen sprach er über die geplante Reise nach New York und Philadelphia, bei der sie ihn begleiten sollte. Wie im vergangenen Jahr würden sie wieder zehn Tage in Florida anhängen, um zu surfen und zu segeln, zusammen mit seinem Freund Ron und dessen Frau Pat. Ron war ein Anwalt aus New York, der Franks Geschäfte in den Staaten juristisch betreute. Er besaß in Summer Haven südlich von St. Augustine ein komfortables, weiß gestrichenes Holzhaus am Meer, das sie an Gemälde von Hopper erinnerte. Es hatte sie beglückt zu sehen, daß es hier viele dieser typischen von Hopper gemalten Häuser gab. Auf einem brükkenartigen Holzsteg überquerte man die Düne und war auf einem breiten, meist menschenleeren Strand. Auf dem festen, bei Flut überspülten Sand konnte man mühelos barfuß gehen oder joggen. Wie Frank und Ron es taten, oft auch in Gesellschaft von Pat. Sie selbst war zu träge und zu untrainiert, um sich wie Pat den beiden Männern anzuschließen, und badete lieber in dem Pool des landeinwärts gelegenen Gartens. Im vergangenen Jahr hatte sie nach dem Bad oft im Baumschatten zwischen den blühenden Sträuchern im Liegestuhl gelegen und einen Kolibri beobachtet, der von Blüte zu Blüte flog und im Schwirrflug seinen Schnabel tief in die Kelche tauchte. Wahrscheinlich war er in diesem Jahr wieder da. Natürlich würden sie sich auch wieder einen Wagen mieten und vielleicht einmal nach Miami fahren oder zum Golf von Mexiko.

»Wir werden sehen«, sagte Frank, »Ron wird sicher einige Vorschläge machen.«

Er winkte dem Kellner und verlangte die Rechnung.

»Was sagst du eigentlich deiner Frau?« fragte sie.

»Warum willst du das wissen?«

»Weil du nie etwas erzählst.«

»Es ist ja auch meine Sache«, sagte er.

Sie sah die Härte in seinem Gesicht und verstummte. Der Kellner kam mit der Rechnung. Frank zahlte mit seiner Kreditkarte, entnahm seiner Brieftasche einen Geldschein und schob ihn in die schwarze Ledertasche mit dem goldgeprägten Firmennamen, in der der Kellner die Rechnung gebracht hatte. Jedesmal wenn sie Frank dabei zusah, hatte sie das Gefühl, Zeugin eines Austausches geheimer Botschaften zu sein, der stets schweigend vollzogen wurde und von ihr verlangte, daß sie solange wegblickte. Aber jetzt war es noch anders. Franks Bewegungen waren schroffer, als beende er eine ärgerliche Angelegenheit, die er schnell vergessen wollte. Als sie im Wagen saßen und er sie nach Hause fuhr, kam keine Unterhaltung zwischen ihnen auf. Schließlich fragte sie: »Was hast du?«

»Nichts«, sagte er.

»Doch, du hast dich über mich geärgert.«

»Vergiß es«, sagte er.

Er hielt vor dem Haus, in dem sie wohnte. Jetzt war es an ihr, sich für den Abend zu bedanken und auszusteigen. Sie blieb sitzen, weil sie spürte, daß auch er nicht zufrieden war.

»Tut mir leid, wenn du dich über mich geärgert hast«, sagte sie.

»Ach was, das war nur im Moment«, sagte er.

»Ich wollte eigentlich gar nicht nach deiner Frau fragen. Das ist mir nur so rausgerutscht. Entschuldige.«

Sie schaute ihn an.

»Willst du nicht wieder mal zu mir raufkommen?« fragte sie.

»Ein anderes Mal«, sagte er. »Ich hab noch zu tun. Es kann sein, daß ich übermorgen nach Paris muß.« Er machte eine Pause. »Ich ruf dich wieder an.«

Das war das Zeichen, daß sie aussteigen mußte.

Als sie in ihre Mansarde zurückkam, sah sie die Unordnung, die sie hinterlassen hatte. Daran hatte sie gar nicht gedacht. Das Bett war nicht gemacht, und auf dem Boden lag Wäsche, die sie in den Waschsalon bringen wollte. Gut, daß er nicht mit raufgekommen ist, dachte sie. Das hätte ihm bestimmt nicht gefallen. Sie stopfte die Wäsche in eine Plastiktüte und zog die Wolldecke über das Bett. Was nun? Wie sollte sie den Rest des Abends verbringen? Sie rief Conny an, aber die war nicht da. Heute war Ralfs Vernissage, und wahrscheinlich waren alle anschließend noch in eine Kneipe gegangen. Das konnte spät werden. Ob Frank noch verärgert war? Es war eigenartig, wie empfindlich er darauf reagiert hatte, daß sie ihn nach seiner Frau gefragt hatte. Es war wie eine Übertretung gewesen, ein unerlaubter Einbruch in einen streng geschützten privaten Bereich.

Seine Frau schien große Bedeutung für ihn zu haben. Das hatte nichts mit Sex zu tun. Den holte er sich bei ihr. Vielleicht war die Frau reich.

Oder sie hatte irgendeine andere, geheimnisvolle Macht über ihn. Die Frau saß im Zentrum seines Lebens, und sie selbst war an die Peripherie verbannt als bei Bedarf abrufbare Begleiterin bei seinen geschäftlich begründeten Fluchtversuchen, von denen er befriedigt nach Hause zurückkehrte. Das war ein Lebensmuster, in dem sie die unsicherste Position hatte. Wenn Frank ihrer überdrüssig wurde – und das schien leichter passieren zu können, als sie bisher gedacht hatte –, war die Zukunft wieder dunkel. Auf dem Kunstmarkt war beruflich nichts für sie in Sicht. Und anderswo schon gar nichts, außer schlecht bezahlten Gelegenheitsjobs. Wie so viele hatte sie Flausen im Kopf gehabt, als sie sich für das Kunststudium entschied. Aber auch wenn sie begabter gewesen wäre, hätte ihr das nicht viel geholfen. Man war auf Zufälle und auf Protektion angewiesen. Das hatte sie durch ihre Bekanntschaft mit Frank in mehreren Fällen erfahren. Es war entmutigend, das zu sehen. Bald würde sie vielleicht selbst nackt im Zeichensaal stehen und sich von jüngeren Semestern malen lassen. Aber auch so ein Job war knapp.

Sie hatte das Bedürfnis, mit jemandem zu reden, um der Enge ihrer Mansarde zu entgehen. Conny meldete sich wieder nicht. Dann war die Clique vielleicht noch in eine Disco gegangen. Seit sie mit Frank liiert war, hatte sie das nicht mehr mitgemacht. Das rhythmische Zucken und Armeschleudern war ihr auf einmal absurd erschienen. Sie gehörte nicht mehr dazu. Der Junge fiel ihr wieder ein, ihr zäher Verfolger, sein erregtes Gesicht, als er neben ihr hergegangen war. Ihn konnte sie sich nirgendwo vorstellen, in keiner Clique, keinem Zusammenhang. Vielleicht hätte sie ihm erlauben sollen, ihr zu schreiben. Vielleicht wäre es interessant gewesen. Aber sie war gut beraten gewesen, ihm nicht ihre Adresse zu geben. Solche jugendlichen Schwärmer konnten furchtbar lästig werden, ein peinliches Anhängsel in den Augen der anderen, wie sie es schon an Connys Reaktion gemerkt hatte. Nein, sie hatte andere Sorgen. Sie mußte nach vorne blicken, auch wenn dort nichts zu sehen war.

Der Abend dehnte sich. Sie hatte versucht, einen vor zwei Tagen angefangenen Roman weiterzulesen, war aber nicht mehr hineingekommen. Dann hatte sie eine Mappe mit Zeichnungen aus den drei letzten Semestern durchgeblättert, aber nichts Ermutigendes darin entdeckt, allenfalls Durchschnittliches mit einigen Spuren angelernter Routine. Viel weiter, das sah sie, würde sie es nicht bringen. Das alte Gefühl von Unzulänglichkeit und vager, nicht näher zu bestimmender Schuld, das durch ihre Beziehung zu Frank seit einiger Zeit überwunden schien, war wieder in ihr geweckt worden, und sie hatte die halbe Nacht nicht schlafen können. Erst gegen Morgen war sie eingeschlafen und hatte wirr geträumt, zuletzt von einer Gestalt wie ein Harlekin, der einen unendlich langen Teppichläufer vor ihr ausrollte und sie mit einer weiten Armbewegung aufforderte, darüber bis zum Horizont zu laufen. Doch der Teppich war unter ihren Füßen zu Sand zerfallen, und als sie hochblickte, war auch der Himmel aus Sand. Sie war erwacht mit dem Gefühl, im Schlaf geschluchzt zu haben. Sie war ausgekühlt, weil ihr die Decke heruntergerutscht war, stand auf, um den Bademantel über das Nachthemd zu ziehen, und wickelte sich zusätzlich fest in die Decke ein. Einmal läutete das Telefon. Aber sie fühlte sich nicht imstande, mit jemandem zu reden.

Gegen Mittag beschloß sie, doch zur Hochschule zu gehen und in der Cafeteria etwas zu essen. Im Gehen löste sich ihre Verstimmung. Wahrscheinlich hatte Frank am Vormittag angerufen. Er war zwar launisch und reizbar, gab aber nicht gerne seine Pläne auf. Die geplanten gemeinsamen Ferien mit Ron und Pat in Florida wollte er wohl nicht in Frage stellen. Nein, es war sicher nichts Entscheidendes geschehen. Wenn sie wieder zusammenkamen, würde alles wie gewohnt sein. Wahrscheinlich würde sie gleich Leute treffen, die gestern bei der Vernissage waren und ihr erzählten, wie es gelaufen war und was sie anschließend gemacht hatten. Es war nicht schwierig, akzeptiert zu werden. Man mußte nur Interesse zeigen und ein paar Meinungen teilen oder jedenfalls so tun. Es war nicht viel anspruchsvoller, als hallo zu sagen, wenn man sich über den Weg lief. Eigentlich traf man immer einige aus der Clique, wenn man ins Hauptgebäude kam. Sie war schon darauf eingestellt.

Das war der Augenblick, in dem sie die Schrift sah. Auf der hellgrau getünchten Fassade, dicht neben dem Portal, hatte jemand in Augenhöhe mit roter Farbe eine zweizeilige Botschaft geschrieben:

Meer der Gedanken an Dich!
Mehr in Gedanken als Dich!

Darunter stand, etwas kleiner, eine Widmung. Und im Augenblick, da sie begriff, was sie las, begann ihr Herz heftig zu schlagen. »Für A. K.« So stand es dort und behauptete sich, wie lange sie auch hinsah. Es waren die Initialen ihrer beiden Vornamen: »Anna Kristina«. Nur er konnte das geschrieben haben, vermutlich in der vergangenen Nacht. Er mußte es spät in der Nacht gemacht haben, um nicht erwischt zu werden. Es war die denkbar auffälligste Stelle für diese Botschaft. Jeder, der ins Haus kam, konnte sie lesen. Aber daran hatte er wohl nicht gedacht. Er hatte nur sie vor Augen gehabt. Sie, die sich geweigert hatte, ihn anzuhören oder ihm ihre Adresse zu geben, damit er ihr schreiben konnte. Er hatte einen anderen Weg gefunden, um ihr zu sagen, was er für sie empfand.

»Meer der Gedanken an Dich! Mehr in Gedanken als Dich!«

Das klang, als zöge er sich zurück und träte wieder in den Schatten, aus dem er kurz hervorgetreten war. Wieder sah sie sein erregtes Gesicht, wie er neben ihr herging und auf sie einredete, mit dem verzweifelten Mut eines gehemmten Jungen. Er hatte sie angefleht, ihn anzuhören, und schien nicht begreifen zu können, daß sie nichts von ihm wissen wollte. Sie hatte nur Wut empfunden über die Plumpheit, mit der er sich ihr aufdrängte und sie dadurch dem Spott ihrer Bekannten aussetzte. Das hatte er wohl so nicht verstanden. Aber ihre wütende Reaktion war deutlich gewesen. Denn diese verstümmelte zweite Zeile klang nach Rückzug. »Mehr in Gedanken als Dich.« Das hieß, daß ihm nur das Träumen übrigblieb. In ihrer Vorstellung gab ihm das eine gewisse Poesie.

Sie hörte Leute hinter sich vorbeigehen und wandte sich ab. Sie wollte hier nicht gesehen werden. Sie konnte nur hoffen, daß niemand aus der Clique erriet, daß die Inschrift ihr gewidmet war. Dann nämlich würde sie zu einem Zitat werden, einem Running Gag auf ihre Kosten.

Langsam, auf einem Umweg, ging sie nach Hause. Unterwegs kehrte sie in einem italienischen Gartenrestaurant ein und bestellte eine Portion Spaghetti Pesto, die sie mit plötzlichem Heißhunger verschlang. Danach fühlte sie sich ruhiger. Ich muß über alles nachdenken, dachte sie. Sie saß im farbigen Schatten eines Sonnenschirms und blickte auf die Straße, wo ständig Leute vorbeigingen. Das Restaurant war nicht weit von der Hochschule entfernt. Aber sie war hier noch nie gewesen, auch mit Conny nicht. Sie fand es entspannend, hier zu sitzen, und bestellte noch eine Tasse Kaffee. Diese kleine Mittagspause hatte etwas von einem geschenkten Urlaubstag. Man war außerhalb von allem, mit sich allein. Wenn er jetzt zufällig vorbeikäme, wollte sie ihm winken und ihn einladen, sich zu ihr zu setzen. Der Gedanke machte ihr Herzklopfen. Warum sollte sie das tun? Oder warum eigentlich nicht? Vermutlich hätten sie sich überhaupt nichts zu sagen. Er war ein scheuer, introvertierter Mensch, der lange Zeit nicht gewagt hatte, sie anzusprechen. Schließlich hatte er es so plump und aufdringlich getan, daß sie ihn zurückgestoßen hatte.

Jetzt saß sie hier und schaute auf die Straße. Er war natürlich nicht unter den Passanten, so sehr sie es im Augenblick auch wünschte. Wünsche konnte man sich erlauben, wenn man sie für sich behielt. Doch es hatte keinen Sinn, hier sitzen zu bleiben. Sie wollte vor sich selbst nicht lächerlich sein.

Als sie die Treppe zu ihrer Mansarde hochstieg, hörte sie oben das Telefon läuten, und der Schrecken durchfuhr sie, er könnte es sein. Vielleicht hatte er sie beobachtet, als sie seine Botschaft gelesen hatte, und nun hatte er Mut gefaßt und versuchte wieder, sich ihr zu nähern. Was konnte sie sagen, wenn er es war? Sie würde sagen: »Ich hab's gelesen«, und das Weitere ihm überlassen. Auf jeden Fall wollte sie ihn anhören.

Aber es war Frank, der morgen für drei Tage nach Paris fuhr und sie fragte, ob sie mitkommen wolle. Die Gewohnheit flog sie an, »Ja« zu sagen. Aber sie schützte eine eilige Arbeit vor. Er zeigte dafür wenig Verständnis, fand sich aber damit ab.

Sie fühlte sich befreit, als das Gespräch zu Ende war. Und als warte der andere in der Nähe darauf, gerufen zu werden, dachte sie: »Sag mir, wo du bist. Ich will dich sprechen. Sag mir, was das ist: Das Meer der Gedanken.«

Sie konnte ihn sich kaum vorstellen, als wäre er hinter seinen Worten verschwunden. Statt dessen dachte sie an das Meer, das sie nachts gehört hatte, vor einem Jahr, in dem Ferienhaus in Florida. Es war ein fernes Rauschen gewesen, gleichmäßig und nichtssagend, das sie erregt hatte. Am Tag darauf, als Frank mit Ron und Pat zum Segeln fuhr, hatte sie vorgegeben, sich nicht wohl zu fühlen, und war zu Hause auf der seewärts gelegenen Terrasse geblieben. Der Wind hatte sich gedreht und kam vom Südwesten mit einem Strom warmer Luft, in dem die Wolken sich auflösten. Hinter der Brandungszone, wo die Wellenkämme weiß aufschäumten, kreisten fischende Pelikane, die sich immer wieder fast senkrecht ins Wasser stürzten. Dort mußte also ein Fischschwarm stehen. Sie sah zu, wie die großen Vögel mühelos im Wind schwebten, plötzlich abkippten, in das Wasser eintauchten und mit schweren Flügelschlägen wieder aufflogen. Nach einiger Zeit war sie ins Haus gegangen, und als sie später wieder nach draußen trat, waren sie fort, und das Meer war eine endlose blaugraue Fläche, deren Wellenkämme gegen sie anrollten. Nichts geschah, nichts konnte geschehen, nichts anderes als das, was immer geschah.

Vielleicht hatte sie einen Moment die Augen geschlossen, denn was sie jetzt sah, war unglaubhaft wie eine Einbildung. Sie mußte sich einen Ruck geben, um es wirklich wahrzunehmen: zuerst die weiße Fontäne und dann die schwarze Rückenfinne, die wie ein stummes Zeichen aus der Flut ragte und weggleitend untertauchte. Ein Wal, dachte sie und wartete, ob sie noch einmal die Fontäne seiner Atemluft zu sehen bekam, als er plötzlich sprang: ein mächtiger schwarzweißer Wal, dessen im Sprung gebogener Leib aus der Gischt hochschnellte und in der Sonne glänzte, ehe er wieder verschwand. Es war das, was man nur einmal im Leben sah, das Einmalige, das unversehens vor einem auftauchte und das man nie vergessen durfte. Danach waren nur noch die heranrollenden Wellen zu sehen gewesen.

Langsam entglitt ihr das Bild. Sie fühlte sich müde und legte sich auf ihre Bettcouch. Morgen wird er wieder auf mich warten. Er wird in der Nähe des Eingangs stehen und zu mir herüberblicken. Nein, sie wollte das nicht. Sie wollte es freundlich beenden. Obwohl sie nicht wußte, was sie ihm sagen sollte.

Sie wußte es auch am Morgen nicht, als sie aufbrach, um wie immer zu ihrem ersten Kurs zu gehen. Wenn sie überhaupt etwas dachte, dann war es diese beschwichtigende Einflüsterung einer lautlosen Stimme, die ihr sagte: Es wird sich alles zeigen. Nicht einmal hinschauen wollte sie, als sie auf das Hauptportal zuging. Aber dann sah sie, daß sich etwas verändert hatte: Die Schrift war verschwunden! Sie mußte vor kurzem abgewaschen und mit grauer Farbe überstrichen worden sein, denn an ihrer Stelle befand sich ein feuchter, dunkler Fleck. In der Eingangshalle stand niemand, der zu ihr herübersah.

Sie ging zu den Aufzügen: »Die Nackten und die Toten« stand dort. »Raum 603«. Und auch dies kannte sie: »Die Kunst macht frei. Die Liebe auch«. »Unfrei!« hatte jemand darunter geschrieben. Sie mußte jetzt in den Kurs, in dem verschiedene Maltechniken gelehrt wurden – Pinsel, Spachtel, Schwamm und Sprühdose. In der Cafeteria saß mittags die Clique zusammen, in der Mitte Ralf, dessen Ausstellung anscheinend ein Erfolg war. Sie saß dabei und hörte sich lachen, wie alle lachten. Irgendwann ging sie.

Nirgends sah sie ihn an diesem Tag. Morgen konnte er schon wieder da sein und sich ihr zu nähern versuchen. Wollte sie das? Wollte sie, daß er wieder beim Schwarzen Brett stand und ihr nachstarrte, wenn sie zu den Aufzügen ging? Konnte sie es ertragen, wenn er sich im Zeichensaal in ihre Nähe setzte?

Ach, er würde es nicht mehr wagen. Er war ein versponnener Einzelgänger und Phantast, der nirgendwo Anschluß fand. Warum er sich an sie herangemacht hatte, wußte sie nicht. War es irgendeine Schwäche von ihr, die ihm Mut gemacht hatte? Sie fragte sich, ob sie einen so sonderbaren, verstörten und vermutlich absolut unerfahrenen Mann in ihr Bett lassen würde. Und bei diesem Gedanken zog sich alles in ihr zusammen. Nein, das war unmöglich. Als Mann war er ihr Antityp.

Doch ausgerechnet von ihm hatte sie etwas bekommen, was sie sich niemals hatte träumen lassen. Trotz ihres elenden Mittelmaßes, das sie seit langem kannte, hatte er ihr gestanden, daß sie für ihn etwas Einzigartiges sei. Er hatte etwas an ihr wahrgenommen, was sich hinter den Eigenschaften verbarg, die die anderen gewöhnlich an ihr wahrnahmen. Und plötzlich hörte sie wieder seine verzweifelte Stimme, mit der er ihr fast wütend widersprach, als sie ihn zu ernüchtern versuchte und sagte, er mache sich ein falsches Bild von ihr. »Du kannst sein, wie du willst«, hatte er geantwortet. Natürlich war das Schwärmerei. Es würde sich jedenfalls nicht halten lassen. Es war wohl auch schon dabei sich zu verflüchtigen. »Mehr in Gedanken als Dich.« Es war schon etwas dazwischengetreten, eine Ferne, eine Fremdheit, die den Blick trübte und ihm die Gewißheit nahm.

Am Abend blieb sie zu Hause, obwohl sich ein Teil der Clique bei Conny traf, um einen Zug durch die Stadt zu machen. Sie wollte sich gerade schlafen legen, als Frank aus seinem Hotel in Paris anrief. Sie hörte ihm sofort an, daß er in sexuell angeregter Stimmung war. »Du fehlst mir«, sagte er, und er schilderte das breite bequeme Bett, in dem er lag. »Hör zu«, sagte er, »ich komme einen Tag früher zurück. Dann fahren wir aufs Land und haben die ganze Nacht für uns.« Sie konnte alles darauf anworten: Ja. Nein. Sie konnte ihn anschreien oder schweigen. Und es war nur ihr Sinn für die Unvermeidlichkeiten des Überlebens, daß sie fragte: »Wann kommst du denn?«

Das weiße Handtuch

Ich weiß nicht mehr, ob es mir gleich einfiel, als ich vor mir am Nachbartisch den breiten Rücken des Mannes sah, oder erst, als ich sein Gemurmel hörte, eine dumpfe, monotone Stimme, wie man sie von Pessimisten oder chronischen Nörglern kennt – jedenfalls dachte ich: Es ist der Rücken eines Gekränkten. Von vorne hatte ich den Mann nicht gesehen, als ich das Gartenrestaurant betrat, in dem fast alle Tische besetzt waren, denn ich hatte im Hintergrund einen freien Tisch erspäht und war, ohne mich weiter umzusehen, darauf zugegangen. Es war ein Platz nach meinem Geschmack. Man saß nicht im Blickfeld der Leute und war am weitesten von der Straße und dem Autoverkehr entfernt, der allerdings nicht dicht war und niemanden zu stören schien. Die Leute genossen den klaren Sonnentag; und anscheinend waren mehr Gäste gekommen, als man erwartet hatte, denn auf der Karte waren schon zwei Gerichte gestrichen. Ich entschied mich für Räucherlachs mit Reibekuchen und den Kleinen Sommersalat, was ich schon einmal hier gegessen hatte. Der Ober, der mich kannte, nahm meine Bestellung mit einem freundlichen Lächeln entgegen. Und als er ging und den Blick auf den Nachbartisch freigab, sah ich, noch ohne besonderes Interesse, das dort sitzende Paar.

Der grauhaarige Mann, auf dessen Schultern fast halslos ein schwerer rundlicher Schädel saß, hatte seine Jacke so nachlässig über die Stuhllehne gehängt, daß sie gleich herunterzurutschen drohte. Dieses kleine Moment von Unordnung hinter seinem Rücken verstärkte den Eindruck seiner Unbeweglichkeit. Es war ein Mann wie ein Klotz. Er saß vorgebeugt, mit aufgestützten Unterarmen, am Tisch, wie eingeschlossen in seinen einfachen Umriß und deutlich abgegrenzt von der Frau rechts neben ihm, die ihn besorgt von der Seite anblickte, während er mit einer eintönigen, maulfaulen Stimme vor sich hinsprach. Ich konnte nicht verstehen, was er sagte, nicht einmal einzelne Wörter. Dem Tonfall nach schien es eine Beschwerde oder eine Klage zu sein. Sie quoll wie eine endlose, an niemanden gerichtete Litanei aus ihm hervor und brach auf einmal so unvermittelt ab, als wäre ein künstlicher Sprechmechanismus zum Stillstand gekommen.

Die Frau neben ihm nickte. Und als müßte auch sie eine Lähmung überwinden, wartete sie noch einen Augenblick, bevor sie, behutsam und vorsichtig, wie man ein schwieriges, unwegsames Gelände betritt, auf ihn einzureden begann: »Ich verstehe dich ja. Es ist genauso, wie du sagst. Er kann unwahrscheinlich arrogant sein. Und außerdem auch noch aalglatt in seiner falschen Höflichkeit. Ich verstehe, daß dich das nervt. Das würde mir ja auch so gehen. Trotzdem, du solltest dir überlegen, ob du nicht einen Weg finden kannst, um mit ihm klarzukommen.«

»Was? Wie? Ich?« stieß der Mann hervor.

Er hatte ihr ruckartig sein Gesicht zugedreht, als könnte er nicht glauben, was sie da gerade gesagt hatte. Es war ein plötzlicher Ausfallschritt aus der Defensive heraus. Doch sie fing das ab mit einer freundlich gemilderten, aber unnachgiebigen Sachlichkeit.

»Ja, du«, sagte sie, »du mußt jetzt einen Schritt auf ihn zugehen. Das ist das einzig wirklich Souveräne, was du tun kannst.«

Sie konnte nicht weiterreden, denn der Sprechmechanismus des Mannes sprang wieder an, anfangs mit Tönen eines heftigen Protestes, doch bald einmündend in seine monotone Weitschweifigkeit. Auch jetzt verstand ich nichts, weil er mir nach wie vor den Rücken zuwandte und wieder in seine maulfaule, verwaschene Redeweise verfallen war. Es hörte sich an, als hoffte er ohnehin nicht auf Zustimmung. Vermutlich war sein Blick auf seine Hände gerichtet, schwere, grobfingrige Hände, wie ich mir vorstellte, die unbeschäftigt und nutzlos vor ihm auf dem Tisch lagen, als Belege dafür, daß er nichts auszurichten vermochte gegen die Widrigkeiten seines Lebens, über die er sich so anhaltend beklagte.

Im Gesicht der Frau hatte sich die Besorgnis in einen Ausdruck von Gequältheit und Erschöpfung verwandelt. Irgend etwas band sie an diesen Mann, der so wenig zu ihr zu passen schien. Vielleicht war sie eine alte Freundin oder eine befreundete Kollegin und empfand eine gewisse Verantwortung für ihn, der offensichtlich dabei war, sich in ein soziales Abseits zu manövrieren. Vermutlich aber war sie mit ihm verheiratet. Ich schloß das aus ihrer disziplinierten, aber sichtlich überforderten Geduld und aus der von vielen Wiederholungen zerschlissenen Routine, mit der sie sich um ihn bemühte.

Sie war nicht gerade eine hübsche Frau, aber sie hatte einen auffallend großen und weichen Mund, den sie dunkelrot geschminkt hatte. Das paßte nicht zu ihrer unauffälligen Erscheinung, war aber vielleicht ein Zeichen ihrer Selbstbehauptung. Für mich jedenfalls waren die Worte, die aus diesen rot geschminkten Lippen kamen, in unsichtbare Anführungszeichen gesetzt. Sie waren ja auch das einzige, was ich verstand in diesem ungleichen Dialog. Aus den kurzen Bemerkungen der Frau konnte ich ungefähr erschließen, wovon zwischen den beiden die Rede war. Das war ein Reiz, der sich abzunutzen begann, auch wegen meiner wachsenden Abneigung gegen den monotonen Klageton der Männerstimme.

Aber jetzt kam der Ober und brachte mir das Mineralwasser, und ich nahm einen langen gierigen Schluck. Es war ein Augenblick erfrischender, befreiender Neutralität. Als ich das Glas vor mich hinstellte, war ich entschlossen, mich mit etwas anderem zu beschäftigen, bis mein Essen kam. Ich wußte allerdings nicht recht mit was, weil ich nichts zu lesen dabeihatte, und musterte, vergeblich nach Ablenkung suchend, die mir längst bekannte Häuserfront der anderen Straßenseite, als ich die Frau sagen hörte: »Ich will ja bloß verhindern, daß du vor aller Augen den kürzeren ziehst.«

Sofort schaute ich wieder hin und sah, daß der Mann sich bewegte, als wollte er etwas abschütteln. Die Bewegung ging von seinem Kopf aus und lief als ein kurzes, krampfhaftes Zucken durch seinen ganzen Körper. Dabei rutschte seine Jacke von der Stuhllehne, und die Frau ergriff sie, bevor sie auf den Boden fiel, und hängte sie wieder auf. Noch wie in Fortsetzung dieser kurzen Bewegung sagte sie: »Du könntest das doch überhaupt nicht ertragen. Du doch schon gar nicht. Und ich möchte dieses Theater nicht erleben. Ich möchte es dir und mir ersparen.«

Sie hatte das so eindringlich gesagt, daß ich annahm,

nicht nur ich hätte es gehört. Aber an allen Tischen ringsum schienen die Menchen mit sich beschäftigt zu sein. Das beruhigte mich, denn aus irgendeinem Grund wollte ich nicht, daß die beiden in den Mittelpunkt der Aufmerksamkeit gerieten. Weshalb ich das so empfand, war mir nicht klar. Vielleicht wollte ich nur, daß die Vorstellung ungestört weiterging. Aber meine Neugier oder mein Interesse waren verbunden mit dem seltsamen Gefühl, daß das Paar in meine Obhut gegeben sei, solange ich der einzige Zeuge seines Dramas blieb.

Im Augenblick schwiegen beide. Der Kontakt zwischen ihnen schien abgerissen. Die Frau wischte einmal achtlos mit der linken Hand über ihren Rock, als wedele sie da eine Fluse oder einen Krümel weg. Dann nippte sie an ihrer Tasse und erstarrte wieder. Vielleicht wollte sie ihm Gelegenheit geben, etwas zur Verständigung beizutragen. Doch von ihm kam nichts. Vielleicht empfand er die Pause weniger deutlich als sie, falls es nicht einfach nur Verbohrtheit war. Schließlich raffte sie sich auf und fragte, als appelliere sie an den verbliebenen Rest seiner Vernunft: »Warum willst du dich unbedingt in diese peinliche Lage bringen?«

»Was für eine Lage?« fuhr er sie an.

Sie ließ sich einige Sekunden Zeit, bevor sie antwortete. Dann sagte sie langsam, als müßte sie es seinem schwerfälligen Geist nachdrücklich einprägen: »Er ist dir rhetorisch haushoch überlegen. Außerdem hat er das neueste Knowhow, das dir fehlt und das du auch nicht mehr erwerben kannst. Das ist deine Lage.«

»Na gut!« stieß er hervor. »Ich scheiße darauf!«

»Ich habe mir schon gedacht, daß du so reagieren würdest«, sagte sie. »Dann mußt du eben tun, was du tun mußt.«

Wieder brach der Kontakt ab, indem sich beide gleichzeitig voneinander abwandten. Jeder schaute in eine Richtung, wo der andere, der unvermeidliche Partner ihres heillosen Konflikts nicht zu sehen war.

Mit Erstaunen hatte ich während des kurzen Streitgesprächs bemerkt, daß der Mann eine Stirnglatze hatte. Ein weiches, volles Gesicht mit einer Stirnglatze. So hatte ich ihn mir nicht vorgestellt, solange ich nur auf seinen breiten Rücken geblickt hatte. Ich hatte ihn mir vielmehr überhaupt nicht vorgestellt. Jetzt hatte er plötzlich ein Gesicht, das ich nicht mit seinem Verhalten in Einklang bringen konnte, obwohl das ein absurdes, nicht zu begründendes Gefühl war. Trotzdem war er mir näher gekommen in all seiner Fremdheit, und wie auf einer hin und her schwankenden inneren Waage verschoben sich die moralischen Gewichte. Die Frau hatte plötzlich eine Kälte gezeigt, die mich schockiert hatte, obwohl ich zu verstehen glaubte, daß ihre Aggressivität die Folge einer vermutlich langen, allmählich unzumutbaren Erfahrung von Vergeblichkeit war. Ja, sie hatte ihn gedemütigt und seinen Rivalen »haushoch«, wie sie formuliert hatte, über ihn gestellt. Wahrscheinlich wußte er, daß sie recht hatte. Aber ihr auch noch recht zu geben, indem er sich anpaßte an die Demütigungen, die sie ihm als die unumgänglichen Konsequenzen seiner Unterlegenheit darstellte, das überforderte seine Kraft. Wahrscheinlich fühlte er sich von ihr verraten. Sie war übergelaufen, hatte sich auf die Seite seines Feindes gestellt und redete ihm ein, daß er, der Verlierer, sich als Verlierer zu verhalten habe. Gut, dann sollte sie sehen, wohin das führte. Dann ging jetzt eben alles kaputt.

Wieder saßen sie stumm beieinander, mit voneinander

abgewandten Gesichtern, der Mann erneut zusammengesackt in seiner unbeweglichen Schwere. Plötzlich sah ich, wie er die Schultern hob und sich zurücklehnte, um zwei tiefe Atemzüge zu machen, bevor er sich wieder vorbeugte. Und im selben Augenblick erinnerte ich mich an einen Film, in dem ich einen Boxer gesehen hatte, der erschöpft, mit einem zerschlagenen, von Schwellungen und Blutergüssen entstellten Gesicht in seiner Ringecke saß und eben diese beiden tiefen Atemzüge machte. Er wartete auf die vorletzte Runde eines langen Kampfes, und es sah nicht so aus, als ob er sie überstehen würde, obwohl man seinen Schädel mit Wasser übergoß, Wasser in seinen weit geöffneten Mund spritzte, die klaffende Rißwunde unter seiner Augenbraue mit einem Kältestab und blutstillender Salbe notdürftig zu schließen versuchte, während der Trainer, dicht über ihn gebeugt, ihm Anweisungen für die nächste Runde gab, die er wohl kaum noch verstand. Er war in der vorigen Runde schon einmal schwer angeschlagen am Boden gewesen und benommen wieder auf die Beine gekommen. Nur der Gong hatte ihn gerettet. Jetzt mußte er in die nächste Runde. Bevor er aufgestanden war, hatte er noch zweimal tief durchgeatmet. Aber er hatte keine Chance. Er lief in den Schlaghagel seines überlegenen Gegners, taumelte rückwärts in die Seile, wurde erneut schwer getroffen, und als die Beine unter ihm nachgaben, warf der Trainer das weiße Handtuch in den Ring, das den aussichtslosen Kampf beendete.

Das war mir wieder vor Augen gekommen, als ich die zwei tiefen Atemzüge des Mannes sah, der wußte, aber nicht zugeben wollte, daß er der Verlierer war, dem nichts anderes übrigblieb, als sich in seine Niederlage zu fügen.

Sie sagt es schon wieder. Doch nun wählt sie einen versöhnlichen Ton.

»Versuch doch mit ihm zusammenzuarbeiten. Was ist daran so schlimm?«

Vielleicht weiß er das nicht mehr. Er versteht die Ratschläge, die Kommandos nicht mehr. Er sitzt zusammengesunken in der Ringecke und ist nicht mehr in der Situation.

»Es ist alles nur Gewöhnungssache«, fügt sie hinzu. »Du wirst sehen: Er wird sich dann auch ändern. Alles spielt sich allmählich ein. Du hast das immer noch in der Hand.«

Auch sie kämpft um ihr Leben, denn es hängt mit seinem Leben zusammen. Aber ist das ihr Leben? Ist es seins? Sie sehen jetzt beide erschöpft aus, vereint in trostloser Friedfertigkeit. Sie einigen sich, daß sie gehen wollen. Aber er muß vorher noch zur Toilette. Und sie zahlt schon einmal. Der Mann läßt sich Zeit. Wahrscheinlich kennt sie das. Sie sitzt reglos neben dem leeren Stuhl, über dessen Lehne seine Jacke hängt, und scheint in Gedanken anderswo zu sein, an einem Fluchtort, wohin ihr niemand folgen kann. Vielleicht ist es nur ein Augenblick von Leere und Stille. Dann, wie von innen angestoßen, öffnet sie ihre Handtasche, kramt einen kleinen runden Spiegel und einen Schminkstift hervor und zieht ihre Lippen nach, ein Signal, daß es gleich weitergeht. Wie herbeizitiert kommt der Mann zurück, geht dicht an mir vorbei. Ich sehe seine vorgeschobene, mürrische Unterlippe. Wortlos greift er nach seiner Jacke und zieht sie an, während sie sich ihre Handtasche über die Schulter hängt. So gehen sie, warten an der Ampel, überqueren die Straße, wo ich sie aus meinem Blick verliere.

Der Ober bringt mir mein Essen: Räucherlachs, Reibekuchen, Kleiner Sommersalat. »Und bitte noch ein Mineralwasser«, sage ich. »Gerne«, sagt der Ober und eilt schon wieder davon. Ich wickele das Besteck aus, das eingewikkelt in eine weiße Papierserviette neben dem Teller liegt, und wende mich dem Essen zu. So einfach kann das Leben sein.

Wann kommt Walter?

In der Nacht wurde ich wach, weil ich ein Geräusch gehört hatte. Nun war es wieder still. Vielleicht hatte ich nur geträumt, so betrunken wie ich war. Nur nicht richtig wach werden, dachte ich, nicht die Augen öffnen. Ich will weiterschlafen. Laß mich schlafen, bitte, laß mich in Ruh. Dann hörte ich ein Klirren. Geschirr, das zu Boden gefallen war, ein Teller oder eher ein Glas. Das war Hilda, die wieder im Dunkeln in der Küche herumgeisterte und der immer öfter etwas aus der Hand fiel. Ich wollte sie nicht sehen und nicht hören, sollte sie doch machen, was sie wollte. Ich wollte nur schlafen, so tief, daß mich nichts wecken konnte. Darum hatte ich mich vor dem Schlafengehen halbwegs betrunken und mich in meine dumpfe Benommenheit eingewickelt wie in ein warmes wolliges Tuch.

Irgend etwas hatte ich geträumt: von einem Haus, einem schönen weißen Haus. Ich war dort mit Walter gewesen, früher, vor Jahren, vielleicht auf unserer Hochzeitsreise. Oder auf einer unserer Reisen in den ersten Jahren unserer Ehe, als wir noch Zeit für so etwas hatten. Ich weiß es nicht mehr. Im Traum hatte ich Walter nicht gesehen. Auch das Haus hatte ich nicht richtig gesehen. Es war nicht vollständig gewesen, nicht zu Ende gebracht von meinem Traum. Doch das Gefühl des Wiedererkennens war noch sehr stark gewesen, als alles schon wieder verschwand. Vielleicht konnte ich es wiederfinden, wenn es mir gelang, wieder einzuschlafen. Der Schlaf war mein einziger Zugang zu meinem eigenen Leben, zu den Resten, die ich in mir aufbewahrte. Schwindende, undeutlich werdende Reste.

Ich lag immer noch ruhig da. Aber nur, weil ich mich dazu zwang.

Ich bin ausgelaugt. Ich fühle es. Es kann nicht mehr lange so weitergehen.

Sie wimmert, während sie sich in der Küche zu schaffen macht. Sie sucht etwas, ohne zu wissen, was es ist. Sie sucht das Vergessene. Ich mußte das erst mühsam begreifen, weil es so fremd ist. Das, was sie sucht, ist hinter einer Wand. Sie ist davon abgeschnitten. Aber es ist anscheinend nicht ganz verschwunden. Es ist in dem Nebel, der sie umgibt. Vielleicht fehlt ihr nur das passende Wort, um es hervorzulocken aus seiner Unsichtbarkeit.

Wimmern. Ihre dünne hohe Stimme, die nichts ausdrückt, nur diesen Laut hervorbringt, wie ein pfeifender Wasserkessel, aber gleichbleibend leise. Sie wimmert leise vor sich hin, während sie im Dunkeln herumkramt. Vielleicht beruhigt es sie, ihre Stimme zu hören.

Jetzt ist etwas umgefallen. Etwas Größeres. Ein Eimer? Ich sehe sie zusammengekauert, wie ich sie vor ein paar Tagen gefunden habe, völlig verstört, in einer Ecke ihres Zimmers, als ich von einem eiligen Einkauf nach Hause kam.

Es hilft nichts. Ich muß mich um sie kümmern. Oh, ich hasse das alles!

Taumelig bin ich aufgestanden und auf dem Bettvorleger beinahe ausgerutscht. Hilda stand in der Küche, schwach angeleuchtet aus dem Kühlschrank, dessen Tür weit geöffnet war. Vor ihren Füßen hatte sich eine Milchlache ausgebreitet, und darin lagen grobe, zackige Glasscherben einer zerbrochenen Flasche. Als ich Licht machte, sah ich, daß ihre rechte Hand blutete. Sie hatte sie an ihrem langen weißen Nachthemd abgewischt und drückte sie mit der anderen Hand gegen ihren Bauch. Seitlich von ihr lag der umgekippte Eimer. Sie sah verängstigt aus, und wie ein warmer Schwall überkam mich Mitleid mit ihrem Elend, obwohl ich Grund genug hatte, vor allem an mich zu denken. Ärgerlich über diesen Widerspruch umfaßte ich ihren dünnen, zerbrechlichen Arm viel zu fest, als ich sie ins Badezimmer führte, wo ich ihre Wunde reinigte und verband. Dann holte ich ein frisches Nachthemd, zog ihr das alte mit den Blutflecken über den Kopf und warf es in die Wäschetruhe. Wie jämmerlich ihr alter, ausgezehrter Körper aussah. Dabei war sie vor zwölf Jahren, als ich Walter heiratete, eine gutaussehende Frau gewesen, die großen Wert auf ihre Erscheinung legte. Jetzt schien sie sich selbst nicht mehr wahrzunehmen. Sie war ohne jede Scham und völlig passiv. Ich mußte sie auffordern, das neue Nachthemd anzuziehen. Dann füllte ich Wasser in ein Zahnputzglas und löste eine Schlaftablette darin auf. Sie trank das Glas zur Hälfte leer und gab es mir zurück. Ich nahm es ihr ab, um es auszuschütten. Es war eine Geste des Einverständnisses, mit der ich ihr zeigen wollte, daß ich sie respektierte. Ich weiß nicht, ob sie es verstand. Jedenfalls ließ sie sich ohne Widerstand von mir ins Bett bringen. Als sie auf dem Rücken lag, die beiden mageren Arme außerhalb der Bettdecke, und ich mich über sie beugte, um ihr über ihr dünnes Haar zu streichen, fragte sie mich mit leiser, schleppender Stimme: »Wann kommt Walter?«

»Nächste Woche«, sagte ich.

Meine Nerven vibrierten. Es war die Antwort, die ich ihr immer gab und mit der ich mich daran hinderte, sie anzuschreien: »Ich weiß es nicht!«

»Nächste Woche«, wiederholte sie.

»Ja«, sagte ich, »nächste Woche.«

Um Schluß zu machen, zog ich die Bettdecke über ihre nackten Arme und deckte sie bis zum Hals zu. Ihr tief in das Kissen eingesunkener Kopf wirkte geschrumpft und vertrocknet. An mehreren Stellen sah ich die weißliche Kopfhaut durch ihr verwühltes Haar. Die Gesichtshaut war dünn wie Seidenpapier und so welk, daß ich sie nicht berühren mochte. Ohne daß sich ihr Gesicht belebte, nur so, als käme eine Mechanik in Gang, bewegten sich ihre schlaffen Lippen.

»Wann kommt Walter?« fragte sie.

»Bald«, sagte ich, »bald.«

»Walter kommt bald.«

»Ja, bald. Vielleicht nächste Woche.«

Ich wußte nicht, ob sie mich verstanden hatte, denn ich hatte es nur noch gemurmelt, während ich mich abwandte und das Licht ausschaltete. Ich erwartete, daß ich hinter mir noch einmal ihre Stimme hörte, die wieder dieselbe Frage stellte, aber es kam kein Laut aus dem Dunkel, und ich schloß die Tür. Mir war ein wenig schwindelig, und ich lehnte mich einen Augenblick mit der Schulter an den Türpfosten. Warum hatte mich der kleine Dialog, den ich immer wieder mit Hilda führen mußte, so mutlos gemacht? Es war ja absolut nichts Neues, daß ich ihr vorlog, Walter werde bald kommen, in der nächsten Woche. Ich weiß nicht, ob es ihr überhaupt etwas sagte. Doch mir hatte es plötzlich alle Hoffnung genommen.

Warum eigentlich? Es war nichts endgültig entschieden. Weil Hilda Walters geliebte Mutter war, hatte ich immer noch einen starken Trumpf in der Hand. Bei einem seiner letzten Anrufe hatte er mich gefragt: »Wie geht es denn meinen beiden Frauen?« Das hatte mir wieder neue Kraft gegeben, obwohl er eigentlich nichts Genaues von mir hören wollte, nichts, was sein Gewissen belasten konnte. Er erzählte auch nichts Genaues von sich und seinen Geschäften, nur daß er auf der Suche nach neuen Geschäften und neuen Partnerschaften nach Kanada reisen wolle, weil der Immobilienboom der letzten Jahre in Spanien und auf den Balearen zu Ende ging. Noch kommt regelmäßig das Geld, das er uns schickt. Aber der muntere Ton, den er in dem Telefongespräch anschlug, hat mir Angst gemacht. Ich habe den Verdacht, daß er keinen Erfolg mehr hat. Was dann? Ich will erst gar nicht daran denken. Ich muß ihn schonen, muß zu ihm halten, weil ich auf ihn angewiesen bin. Dabei möchte ich ihn manchmal anschreien, er solle sich zum Teufel scheren.

In der Küche brannte noch Licht. Ich machte mich daran, die Scherben aufzulesen und in den Mülleimer zu werfen, dann wischte ich den Boden auf. Als ich den Aufnehmer auswusch, steckte das Gewebe voller kleiner Glassplitter. An der Tür des Kühlschranks und an dem Eimer fand ich Blutflecken, dann auch am Geschirrschrank, oben und unten. Alles wegmachen, dachte ich, alle Spuren verwischen. Wahrscheinlich klebte auch im Badezimmer noch Blut. Immer mußte ich hinter ihr herräumen. Doch ich hatte keine Lust mehr. Keine Lust und keine Kraft.

Es war halb drei, als ich auf die Küchenuhr blickte. An

Schlaf war nicht zu denken. Mein Herz wummerte in beiden Ohren, wie immer, wenn ich zu hohen Blutdruck habe. Ich ging ins Badezimmer und zog meinen Bademantel über. Dabei entdeckte ich, daß auch ich mich an den Glassplittern verletzt hatte. Es waren aber nur zwei kleine Wunden am Daumen und am Zeigefinger meiner linken Hand, die ich mit einem schmalen Pflasterstreifen überklebte. Im Spiegel über dem Waschtisch erblickte ich mein Gesicht. Es sah grau und gedunsen aus, die Augen trübe, schwere Tränensäcke, strähniges Haar, das Bild einer Frau von Anfang Fünfzig, die am Ende war. Seltsamerweise erleichterte es mich, meinem Spiegelbild ins Gesicht zu sagen: »Schau dich an. Du bist am Ende.« Es kam mir so vor, als ob mein Spiegelbild das zu mir sagte, und ein lautloses Lachen schüttelte mich. Vielleicht fror ich auch nur, weil ich so müde war.

Ich ging ins Wohnzimmer und goß mir einen Scotch ein, den ich in einem Zug herunterkippte. Ein angenehmes warmes Gefühl breite sich trostvoll in meinem Magen aus. Warum nicht weiter trinken? Es war doch sowieso alles egal. Ich setzte mich in den großen dunkelgrünen Ohrensessel, Walters ehemaligen Lieblingssessel, in den ich mich manchmal einschmiegte wie in ein falsches Versprechen, an das man zu glauben versucht. Wenn ich mich dabei betrank, schien es manchmal zu gelingen. Ich begann zu glauben, daß unsere Trennung, die nun schon fast zwei Jahre dauerte und lange vorher mit Walters vielen Reisen und geschäftlichen Abwesenheiten begonnen hatte, irgendwann zu Ende gehen würde. Es war in meinen Augen eine unbegreifliche, in seiner Person begründete Flucht, und eines Tages würde sie von selbst zu Ende sein wie eine lange Krankheit. Dann würde er zurückkommen und bleiben. Deshalb habe ich auch sein Arbeitszimmer unangetastet gelassen. Er kann dort sofort weitermachen, wenn auch der Computer und das Faxgerät inzwischen etwas veraltet sind.

Ich gehe nicht mehr gerne in das Zimmer. Es lähmt mich, die unveränderte Einrichtung zu sehen, überkorrekt und täuschend genau wie ein Bild der stillstehenden Zeit, aus dem er verschwunden ist. Vor allem die leere Schreibtischplatte, auf der immer so viel herumlag, sieht aus, als stünde ein unsichtbares Schlußwort darauf: Ich habe mich abgesetzt! Ja, das hat er, das muß ich sehen. Aber das war nicht von Anfang an sein Plan. Vorgestern bin ich in das Zimmer gegangen, um Staub zu wischen. Auch in Zimmern, die nicht benutzt werden, lagert sich ständig Staub ab, als wäre das die geheimnisvolle Substanz der Zeit. In einem Wechselrahmen hängt immer noch das große Farbfoto der Urbanization südlich von Valencia, das erste große Anlageobjekt, das Walter in Zusammenarbeit mit einer spanischen und einer deutschen Bank begründet hat. Er hat die Käufer angeworben, vor allem in Deutschland, aber auch in Holland und in der Schweiz. Es war sein erster großer Erfolg und der Anfang unserer Entfremdung, was wir beide zunächst nicht begriffen haben, weil wir in Hochstimmung waren. Ich bin zur Einweihungsparty nach Spanien gereist. Walter war schon vier Wochen vorher gefahren und hatte alles vorbereitet. Es gab spanische Folklore-Musik und dazu ein Tanzpaar aus Valencia, das einen klassischen Bolero tanzte, mit wildem Füßestampfen und herausfordernd zurückgeworfenen Köpfen, dazu das Klacken der Kastagnetten. Ich weiß noch, wie begeistert ich war. Fühlte mich mitgerissen von der vitalen Energie dieses Tanzes, die einfach auf mich übersprang. Ich war wie ein Echo von allem, was um mich herum geschah, auch als dann in der Dunkelheit am Strand das große Feuerwerk gezündet wurde. Walter und ich standen mitten unter den Ehrengästen, und Walter suchte meine Hand, als die Raketen hochstiegen und platzten: große goldene Sonnen, Spiralen und kreisende Feuerräder, die sich im Meer spiegelten. Das Fest war unser gemeinsamer Triumph, denn ich war in den ersten fünf Jahren unserer Ehe Walters engste Mitarbeiterin gewesen. Vielleicht weil wir beide gescheiterte Ehen hinter uns hatten und Walter außerdem einen geschäftlichen Konkurs, hatte ich gedacht, daß nun alles anders geworden sei und es immer so weitergehen würde und nichts uns trennen könne. Walter empfand es wahrscheinlich auch so. Aber was besagt das? Es war in einem anderen Leben.

Ein halbes Jahr später holte Walter Hilda in unsere Wohnung, denn er fand, daß sie nicht gut zurechtkam mit dem Alleinsein. Ihre Schusseligkeiten und ihre Vergeßlichkeit waren der Anfang ihrer Krankheit. Aber das haben wir nicht erkannt. Ich mochte Hilda, weil sie so ganz anders war als meine Mutter. Sie war ein wenig kindlich, und sie ließ sich gerne von mir führen. Aber allmählich folgte sie mir wie ein Schatten. Da war ich schon die meiste Zeit allein mit ihr, weil Walter auf Reisen war. Es gab immer geschäftliche Gründe, weil die Firma im Aufbau war. Unsere Firma und unser Leben, das wir bisher so erfolgreich gemeistert hatten. Ich übernahm die Arbeiten, die hier verblieben, ohne schon zu begreifen, daß es die restlichen waren. Walter richtete ein Büro in Valencia ein, eine Außenstelle, wie er sagte. Aber er zog immer mehr Aufgaben an sich und überließ mir Hilda, die immer mehr auf mich angewiesen war. Sie wollte nicht in ein Pflegeheim, seit wir sie einmal für einige Wochen in einem privaten Heim untergebracht hatten, als ich mich mit Walter, teils geschäftlich, teils privat, auf Mallorca traf, was in beiderlei Hinsicht ein Fehlschlag wurde. Er war die meiste Zeit gereizt und ungeduldig, doch ich schob das auf den geschäftlichen Streß und redete mir ein, daß im Grunde alles in Ordnung sei. Erst als ich wieder zu Hause war und erneut mit Hilda zusammenlebte, die nach dem mißglückten Heimaufenthalt deutlich verwirrter war, begann ich meine Lage allmählich zu begreifen. Walter kam zwar noch ab und zu, aber in immer größeren Abständen. Und wir schliefen nur noch selten miteinander, vermutlich nur, weil er mich abfinden wollte für meine treuen Pflegedienste an seiner geliebten Mama, die immer mehr zu einer Zumutung wurde. Ja, so muß ich es wohl sehen: Er hat sich davongemacht, und ich halte ihm den Rücken frei. Dafür bin ich noch gut genug. Der Traum ist aus, aber die Mühle dreht sich weiter.

Vor dem Frühstück muß ich noch Milch kaufen, weil Hilda die Flasche zerbrochen hat. Sie besteht auf ihrem Müsli, etwas anderes ißt sie nicht zum Frühstück. Einige Gewohnheiten halten sich in der unaufhaltsamen Zerstörung. Dazu gehört auch der Spaziergang, den wir nachmittags machen, sie an meinem Arm, mit kurzen, unsicheren Schritten. Die Gewohnheiten sind die Reste ihrer Person, der einzige Schutz gegen das völlige Verschwinden, das sie zu spüren scheint. Deshalb fragt sie mich immer wieder, wann Walter kommt. Es ist das ferne Licht in einem dunklen Tunnel, das irgendwann erlöschen wird. Was dann sein wird, weiß ich nicht. Deshalb zünde ich es immer wieder an. »Walter kommt nächste Woche. Walter kommt bald.« Ich sage es, und sie wiederholt es. Und ich spüre, daß ich ihr ähnlicher werde, von Mal zu Mal, so wie wir es beide sagen und wiederholen. Auch ich schrumpfe allmählich auf diese Formel zusammen, obwohl ich weiß, daß es eine Illusion ist. Ich weiß es und will es nicht wissen. Es bleibt ja auch immer noch alles offen, solange ich nichts von ihm höre. Er wird vielleicht nie etwas Endgültiges sagen. Das ist nicht seine Art. Er verschwindet im Nebel und taucht wieder daraus auf, als wäre er gar nicht fort gewesen. Darauf habe ich mich immer wieder eingelassen, weil ich ihn so dringend brauchte. Und ich würde mich auch jetzt wieder darauf einlassen. Ich würde sofort wieder zu hoffen beginnen, wenn er in der Tür stünde. Das weiß er, und er nutzt es aus. Aber es ist auch möglich, daß ihn das abschreckt. Er will nicht von mir verschlungen werden, hat er mir einmal gesagt. Vielleicht ist Hildas Krankheit für ihn eine Fessel, die mich von ihm fernhält. Man kommt auf seltsame Gedanken, wenn man so lange allein ist. Er hat sich jedenfalls immer widersprüchlich und unklar geäußert, wenn die Idee auftauchte, Hilda in ein Heim zu bringen. Eigentlich haben wir auch nur darüber gesprochen, als ihr Zustand noch nicht so schlimm war wie jetzt. Es kann ja auch sein, daß er dieses Gespräch scheut und sich deshalb nicht mehr blicken läßt. Ich weiß es nicht. All das liegt auch an mir. Natürlich hat er andere Frauen, jüngere Frauen, die wissen, wie sie mit ihm umgehen müssen, damit er sich nicht bedroht fühlt, so wie von mir. Ich bin für ihn das Gespenst seines schlechten Gewissens geworden. Dagegen kann ich nichts tun, solange wir so elend getrennt sind. Alles, was ich sage oder was ich nicht sage, ist von vorneherein falsch. Eigentlich möchte ich nur anhaltend schreien. Ich möchte ihm nachts in seinen Träumen in die Ohren schreien.

Ich friere. Ich muß ins Bett. Doch ich habe Angst, ins Bett zu gehen, denn es ist der Ort meiner Einsamkeit. Noch immer stehen die beiden Hälften unseres Ehebettes nebeneinander, und im Wandschrank hängen noch ältere Anzüge von Walter. Manchmal werfe ich einen Blick in seine Schrankhälfte, als könnte ich dort etwas sehen, was ich noch nicht weiß. Die Anzüge warten auf ihn, sie warten wie ich. Sie sind die stumme Verhöhnung meines Wartens. Wenn ich einen der leeren Ärmel anfasse, wird mir fast übel. Aber es ist wie ein Zwang, ich muß es immer wieder tun. Nicht daran denken jetzt, nicht vor dem Einschlafen. Wenn ich überhaupt einschlafen kann. Ich zittere vor Kälte. Meine Füße sind eiskalt. Ich werde Walters warme Wintersocken anziehen, die ich einmal für ihn gestrickt habe, für einen geplanten Winterurlaub, der nie stattgefunden hat, weil wir Hilda in die Wohnung holten. Eigentlich gehören sie ihm nicht. Sie sind ein verwaistes, nicht angenommenes Geschenk. An meinen Füßen sehen sie grotesk aus, wie viel zu große graue Säcke oder monströse Kokons. Auf der Bettkante sitzend, blicke ich auf meine verhüllten Füße. So ist das, denke ich. Es ist ein automatischer Gedanke, den ich nicht verstehe, der aber von einem unangenehmen Gefühl der Rührung begleitet wird. Ich muß mich hüten vor solchen Anwandlungen. Sie schwächen mich, sie machen mich wehrlos. Also schlüpfe ich unter die Decke und knipse das Licht aus. Das ist so, als wischte man eine Tafel aus, auf die man etwas Falsches geschrieben hat, für das man sich schämen muß, auch vor sich selbst. Vor allem vor sich selbst.

Das Dunkel tut mir gut. Ich lege auch noch das Handtuch über meine Augen, das ich deshalb schon gestern abend mit ins Bett genommen habe. Noch gut vier Stunden kann ich schlafen, wenn ich überhaupt schlafen kann. Habe ich irgendeinen Gedanken, der mich erfreuen kann? Ja, ich habe einen, den kenne ich schon, der hilft mir. Es ist die Hoffnung, daß Hilda bald sterben wird. Aber das ist nur der Anfangsgedanke. Ein zweiter kommt hinzu. Und das ist der wichtigere, der mich ganz erfüllt, obwohl er mich ängstigt, wenn ich ihn tagsüber denke: Walter ist wieder dabei, einen totalen Bankrott zu machen. Sein oberflächlicher Optimismus bei seinen seltenen Anrufen, seine langen, immer längeren Abwesenheiten, sein ganzes Verhalten deuten darauf hin, daß sich alles wiederholt. Er hat sich wieder übernommen und wird alles verlieren, was er in den vergangenen Jahren gewonnen hat. Auch alles, was ihn von mir entfernt hat. Und deshalb wird er unweigerlich zu mir zurückkommen. Eines Abends wird er klingeln, weil er sich nicht traut, die Tür aufzuschließen, oder weil er seinen Schlüssel verloren hat. Ich werde sofort wissen, daß er es ist. Völlige Ruhe wird mich erfüllen, die Gewißheit des Selbstverständlichen, das nun geschieht. So gehe ich zur Tür und öffne ihm. Er steht unbeweglich da. Ohne Gepäck. Nur er selbst.

»Ich bin am Ende«, sagt er.

»Ich weiß«, sage ich, »also fangen wir wieder an.«

Ich fasse seine Hand und sage: »Komm zu mir«, und führe ihn in die Wohnung hinein. Wir gehen gleich ins Schlafzimmer und ziehen uns aus, nicht hastig, sondern in dieser wunderbaren Selbstverständlichkeit, daß es jetzt gar nichts anderes mehr geben kann. Und während ich ihn so eng wie möglich an mich ziehe, flüstere ich unentwegt: »Komm zu mir! Komm zu mir!« Obwohl er längst zu mir gekommen ist, jetzt und für immer. Ja, ich habe ihn bei mir, ich halte ihn. Und einschlafend weiß ich, nicht das ist der Traum, sondern all das andere, das uns trennte und das ich schon vergessen habe.

Das Verschwinden

Als sie ausgestiegen war und die Leute einzeln oder in Gruppen auf das zwischen alten Bäumen breit hingelagerte Gebäude zugehen sah, hatte sie den Impuls, wieder einzusteigen und nach Hause zu fahren. Statt dessen schloß sie die Tür ihres verschmutzten kleinen Autos ab, das sie in gleichem Maße liebte wie vernachlässigte, und ging wie die anderen auf das Portal des Gebäudes zu, das einmal ein schloßähnlicher Herrensitz gewesen war und nun für Empfänge, Partys und Wochenendveranstaltungen genutzt wurde. Obwohl sie den Gastgeber, einen Kunsthändler und Galeristen, flüchtig kannte, war die Einladung zu dieser Party für sie eine Überraschung gewesen, denn seit vor drei Jahren ihr erster Lyrikband erschienen war, für den sie zwei Preise bekommen hatte, war öffentlich nicht mehr von ihr die Rede gewesen. Sie hatte vom Übersetzen zahlreicher mittelmäßiger, auch trivialer Romane gelebt und ab und zu in kleinen abgelegenen Literaturzeitschriften und Anthologien Gedichte veröffentlicht, die kaum bemerkt worden waren. Einladungen zu sogenannten Workshops oder Wochenendseminaren, zusammen mit anderen Lyrikern und Kritikern, hatte sie abgelehnt, seitdem sie einmal an einer solchen Veranstaltung teilgenommen hatte, die sie aus Widerwillen gegen den intellektuellen Jargon, mit dem dort über Gedichte geredet wurde, vorzeitig wieder verließ. Mit einem Gefühl von Trotz und Stolz hatte sie sich über die Tatsache hinweggesetzt, daß die Teilnahme an solchen Seminaren auch ein Zugang zu Stipendien war. Danach war die Stille eingetreten, die ihr Leben bestimmte, eine von einsamer Arbeit erfüllte Eintönigkeit der Wochen und Monate, die sie als Einfachheit und Klarheit zu schätzen gelernt hatte. Allein zu sein empfand sie auch als Schutz. Wenn sie einen Ausgleich brauchte, setzte sie sich in ihr kleines Auto und fuhr weg, manchmal nach Italien, manchmal an die See.

Das Fahren in dem engen Gehäuse, vor allem nachts, wenn die Autobahnen leer waren, gab ihr ein berauschendes Gefühl von Unabhängigkeit. Sie stellte sich dann manchmal vor, sie wäre auf der Flucht aus einem falsch gelaufenen Leben in ein anderes, zweites, noch unbekanntes Leben anderswo.

War sie eigentlich menschenscheu geworden? Nein, das glaubte sie nicht. Sie war nur längere Zeit nicht mehr in Gesellschaft vieler Menschen gewesen, und in ihr hatte sich eine Schwelle aufgebaut, die sie überschreiten mußte. Auch wenn hier niemand auf sie wartete – es war ein Auftritt, auf den sie sich vorbereitet hatte. Sie war gut vorbereitet. Sie hatte das tomatenrote Seidenkostüm angezogen, das sie bei einer Ausstellung von restlichen Designerstücken in einer Seidengalerie erworben hatte – ein günstiger Gelegenheitskauf, aber immer noch viel zu teuer für sie. Sie hatte es unbedingt haben wollen, als sie es anprobierte und sich im Spiegel erblickte. Gebannt hatte sie sich angeschaut. Wie ganz anders sie da stand! Sie hatte einen Fuß vorgesetzt, als käme sie auf sich zu: eine fremde Frau, die sie selbst war, ihr eigenes Idol. Das Kostüm paßte nicht zu ihrer gesellschaftlichen Stellung, aber zu ihr selbst schon. Vor allem zu ihr. Ja, sie liebte sich genug, um es haben zu wollen. Es war ihr's. Es hatte dann erst einmal lange im Schrank gehangen, weil sich ihr keine Gelegenheit bot, es anzuziehen. Aber als die Einladung zu dieser Party gekommen war, hatte sie als erstes die Schranktür geöffnet und das auf einem Bügel hängende Kostüm herausgenommen und angeschaut. Und jetzt trug sie es. Es umgab sie wie ein Schutz, eine Herausforderung, ein Leuchten.

In der Vorhalle, wo der Gastgeber die hereinkommenden Leute begrüßte, herrschte Gedränge. Manche gingen gleich weiter, wenn sie sahen, daß er im Gespräch war. Aber sie wartete einen Augenblick und trat auf ihn zu. Aus der Nähe sah sie, daß er sich in den letzten Jahren deutlich verändert hatte. Das Gesicht wirkte aufgeschwemmt, die Haare grauer. Er lächelte. Aber sie sah seinen Augen an, daß er sie nicht erkannte.

»Ich möchte mich bei Ihnen für die freundliche Einladung bedanken«, sagte sie. »Sie erinnern sich sicher nicht so genau?«

»Doch, doch, optisch auf jeden Fall.«

»Ich bin Bea Wißkirchen«, sagte sie. »Vor drei Jahren habe ich aushilfsweise in Ihrer Galerie gearbeitet. Damals ist gerade mein erster Gedichtband erschienen.«

»Ach, natürlich!« rief er aus, »Bea, die Dichterin, natürlich! Das freut mich aber! Sie sehen großartig aus.«

»Danke«, sagte sie. Und obwohl sie wußte, daß es ihn nicht interessierte, weil er ohnehin nicht las, fügte sie noch hinzu: »Gerade ist mein zweiter Gedichtband erschienen. Im übrigen übersetze ich.«

»Großartig!« sagte er, »das müssen Sie mir nachher genauer erzählen. Ich hoffe, wir sehen uns noch.« Damit war sie entlassen.

Einige Schritte weiter traf sie auf einen Journalisten, den sie früher einige Male bei ähnlichen Anlässen getroffen hatte. Gegenseitig erinnerten sie sich daran, wann und wo das gewesen war. Dann ließen sie voneinander ab. Zu ihrem neuen Gedichtband hatte er nichts gesagt: nur eine neue Bestätigung, daß das Buch trotz ihrer Lesung im Rundfunk nicht bekannt geworden war. Nun gut, es war noch nicht lange auf dem Markt. Sie mußte warten, sich als Person in Erinnerung bringen. Deshalb war sie ja hier. Getränke wurden herumgereicht. Sie nahm sich ein Glas Sekt, fand es dann aber unangenehm, einsam mit einem Glas in der Hand irgendwo herumzustehen, während ringsum alle sich zu kennen schienen. Alle wirkten so selbstverständlich, als wären sie auf ihrem angestammten Platz.

Sie ging weiter durch die Raumflucht in den Terrassensaal auf der Parkseite des Hauses, in dem laut Programm gleich ein als Klangduett bezeichnetes Konzert eines Pianisten und eines Vibrafonisten stattfinden sollte. Die beiden Musiker sortierten gerade ihre Notenblätter. Der aufgeklappte schwarze Flügel und das daneben aufgebaute Vibrafon, das mit seinen silbernen Klangröhren wie eine in einen Tisch verwandelte Orgel aussah, waren von Deckenstrahlern beleuchtet. Den Instrumenten gegenüber waren im Halbkreis mehrere Stuhlreihen aufgestellt. Bis auf einzelne Plätze waren die langen Reihen schon besetzt, und sie hatte keine Lust, sich an den Leuten vorbeizuschieben. Aber auf der Treppe, die zu der Galerie im ersten Stock hinaufführte, lagen einige unbenutzte Sitzkissen. Das war nicht gerade komfortabel, aber es entsprach ihrem Bedürfnis nach Überblick und Distanz. Ich bleib ja nicht lange, dachte sie. Nach ihr kam ein Mann in einem dunklen Anzug die Treppe hoch, warf einen prüfenden Blick auf sie, grüßte mit einer angedeuteten Verbeugung und nahm schräg vor ihr Platz. Er war ziemlich groß, aber da er zwei Stufen tiefer saß, nahm er ihr nicht die Sicht. Er hatte einen steilen, flachen Hinterkopf und ungewöhnlich große Ohren. Sein Gesicht hatte sie sich nicht merken können, weil sie nur kurz aufgeblickt hatte, als er sie grüßte. Es war jedenfalls kein alter Bekannter. Sein stummer Gruß hatte bedeutet: Guten Tag. Wenn Sie nichts dagegen haben, setze ich mich in Ihre Nähe. Fühlen Sie sich bitte nicht gestört. – Es waren nur seine großen lappigen Ohren, die sie störten. Aber sie mußte ja nicht hinschauen.

Irgend etwas verzögerte sich. Seit einigen Minuten saßen die Musiker an ihren Instrumenten. Beide hatten sie ihre Köpfe gesenkt, als sammelten sie sich oder übten sich in Geduld. Es war ein Augenblick der Lähmung, die auch das Publikum ergriffen hatte. Dann kam der Hausherr mit einem verspäteten Gast herein. Sie glaubte, den Mann aus Presse und Fernsehen zu kennen, kam aber nicht auf den Namen. Erst als ihn der Hausherr in die erste Stuhlreihe komplimentierte, wo er mit dem Ausdruck freudiger Überraschung neben sich und in der zweiten Reihe einige Leute begrüßte, bevor er sich setzte, fiel ihr ein, wer dort mit der ganzen Sicherheit und Selbstverständlichkeit seiner Prominenz erschienen war. Es handelte sich um Heinrich-Johannes Bühl, einen bekannten Analytiker und Therapeuten, der bei Diskussionen von gesellschaftlichem Belang in allen Medien ein gefragter Gesprächspartner war. Natürlich kannte sie ihn. Wer kannte ihn nicht!

Von ihrem Platz aus konnte sie ihn gut beobachten. Sein borstiger, silbergrauer Haarschopf leuchtete in der ersten Reihe. Er hatte jetzt die Haltung eines konzentrierten Zuhörers eingenommen, das Zeichen für die Musiker, aus ihrer Trance zu erwachen und zu beginnen.

Das Konzert bestand laut Ankündigung aus acht Vortragsstücken mit poetischen Titeln wie »Die Farbe des Sommers« oder »Eisblumenstimmen«, lauter rhythmisierte Klangfantasien, die wellenartig durch den Raum zogen. Der Pianist gab das Thema vor, und der Vibrafonist antwortete ihm. Er hatte zwei Schlegel in jeder Hand, die über die ganze Skala seiner Klangbretter tanzten, während der Flügel in den tieferen Dimensionen den Klangfluten ein rhythmisches Fundament baute und dann wieder für eine Weile die Oberhand übernahm. Manchmal trafen sich die beiden Instrumente für einige Takte in einem schlagartigen Doppelklang, wonach sie, gegeneinander versetzt, wieder leise begannen.

Nach dem vierten Stück gab es eine Pause. Anfangs war sie unsicher gewesen, wie sie das Konzert finden solle, hatte sich aber vom Beifall des Publikums und dem eifrigen Klatschen des prominenten Gastes überzeugen lassen, daß es eine ungewöhnliche künstlerische Darbietung sei. Nur der Mann, der schräg vor ihr auf der Treppe saß, hatte sich mit Beifall zurückgehalten. Das hatte sie erneut unsicher gemacht. Und als er zu Beginn der Pause aufstand und ihre Blicke sich begegneten, hatte sie ihn angesprochen.

»Eine interessante Kombination von Instrumenten«, hatte sie gesagt.

»Ein bißchen modisch«, hatte er geantwortet. »Aber passend für diese Gelegenheit.«

»Ihnen hat es wohl nicht gefallen?«

»Ich fand es etwas überdröhnt. Zu viel Legato und Ostinato.«

»Sind Sie Musiker?« fragte sie.

»Leider nicht. Nur ein Klavier spielender Anwalt.«

»Das ist doch auch nicht schlecht«, lächelte sie. »Ich bin eine CD-spielende Übersetzerin.«

Jetzt sah er sie neugierig an. Sie hatte das Gefühl, daß sie jetzt für ihn in einem Rahmen stand, der ihn nötigte, sich eine genaueres Bild von ihr zu machen. Er wollte wissen, was sie übersetze.

»Romane, Romane, Romane«, sagte sie, »neuerdings manchmal auch Kriminalromane.«

»Interessant«, sagte er. »Vielleicht brauchen Sie gelegentlich mal die Beratung eines Anwalts?«

»Kann durchaus sein«, sagte sie.

Er zögerte einen Augenblick. Anscheinend war er unsicher, wie ernst sie es gemeint hatte. Dann entschloß er sich und reichte ihr seine Karte. Dr. Reinhard Klenze, Rechtsanwalt, las sie. Darunter die Anschrift seiner Kanzlei und seine Privatadresse.

»Danke«, sagte sie. »Ich habe leider keine Karte.«

»Vielleicht verraten Sie mir Ihren Namen. Müßte ich ihn kennen?«

Sie erstarrte wie unter einem unerwarteten kalten Guß. Warum hatte er ihr diese dreiste, trampelige Frage gestellt? Wollte er sie nötigen, ihre Belanglosigkeit zu bekennen?

»Nein, müssen Sie nicht«, sagte sie schroff.

Er sah jetzt verunsichert aus. Auch ihr Gesicht hatte sich spürbar verändert. Es fühlte sich verkrampft an, so daß sie am liebsten weggeblickt hätte. Um die Situation zu beenden, doch noch immer wütend und mit sich selbst zerfallen, sagte sie: »Ich heiße Bea Wißkirchen. Aber das können Sie gleich wieder vergessen.«

»Warum sollte ich?« fragte er.

Sie zuckte die Achseln. »Weiß ich nicht. Ich verstehe Ihre Frage nicht. Ich erwarte nicht, daß Sie meinen Namen kennen. Das ist alles.«

Erschrocken über die Blöße, die sie sich gab, blickte sie an ihm vorbei, in den Saal hinunter.

»Ich glaube, es geht gleich weiter«, sagte sie.

Automatisch schaute er sich nach den Musikern um, die sich wieder zu ihren Instrumenten begaben. Dann sah er sie wieder an – aufgestört und besorgt, in der steifen, respektvollen Haltung, mit der er sie begrüßt hatte, als er die Treppe hochgekommen war.

»Ich habe mich sehr dumm geäußert. Entschuldigen Sie bitte.«

»Ach was«, sagte sie, »es ist alles in Ordnung. Vergessen sie's.«

Ganz gegen ihre Absicht klang immer noch Ärger in ihrer Stimme, und sie war sich ihres veränderten Aussehens bewußt, so daß sie wieder an ihm vorbei in den Saal hinunterblickte, wo der Pianist, am Flügel sitzend, in seine Noten schaute und behutsam ein Blatt umwendete. Die kleine Bewegung schien ihr im Augenblick das einzig Wirkliche zu sein. Doch sie spielte sich in einer bühnenhaft entrückten Welt ab, mit der sie nichts verband. Klenze hatte sich inzwischen wieder, zwei Stufen unter ihr, auf sein Kissen gesetzt. Sie sah seinen Nacken, den steilen Hinterkopf, das stellenweise schon schüttere, aschblonde Haar und im spitzen Winkel das rechte seiner großen Ohren, eine Ansammlung von Einzelheiten, die sich nicht zu einer Person zusammenfügten. Dann merkte sie, daß sie seine Visitenkarte noch in der Hand hielt und zerknickt hatte, und unterdrückte ihren Impuls, sie einfach auf die Treppe zu legen. Warum war sie überhaupt hergekommen? Was für sinnlose Erwartungen hatte sie eigentlich gehabt? Etwas hatte heute nicht mit ihr gestimmt, von Anfang an.

Unten rauschte der Beifall auf, der den zweiten Teil des Konzerts einleitete. Die Musik kam ihr jetzt genauso vor, wie Klenze sie charakterisiert hatte: überschwemmend und überdröhnend. Nach jedem Stück rauschte in theaterhaftem Mechanismus der Beifall auf, wohl auch als Dank an den Gastgeber, der die Musiker engagiert hatte. Sie hielt Ausschau, wie es der prominente Gast in der ersten Reihe mit dem Beifall hielt, und sah befremdet, wie er sich steigerte und nach dem letzten Stück seine heftig klatschenden Hände den Musikern entgegenstreckte, als wollte er ihnen seine Zustimmung persönlich überreichen. Aber es sah auch so aus, als bettelte er um ihre Aufmerksamkeit. Und tatsächlich verbeugten sie sich vor ihm. Er klatschte, er klatschte. Der Mann wollte offensichtlich von jedem geliebt werden.Wahrscheinlich machte das seinen gesellschaftlichen Erfolg aus. Vermutlich war es eine zur Natur gewordene Routine. Wie auch immer: Sie mochte es nicht. Die Musiker spielten noch einen Tango als Zugabe. Danach löste sich die Gesellschaft wieder in einzelne Gruppen auf. Klenze war gleichzeitig mit ihr aufgestanden und wandte sich ihr zu.

»Jetzt wird im Nebenraum das Buffet eröffnet«, sagte er.

Das war sein indirekter Vorschlag, sie dorthin zu begleiten. Sie dachte, daß sie darauf eingehen sollte. Aber in ihr zog sich ein Vorhang zu. Nein, sie hatte keine Lust. Sie fühlte sich falsch hier. Alles war falsch. Doch wenigstens konnte sie liebenswürdig antworten: Sie könne leider nicht länger bleiben, weil zu Hause zwei Übersetzungen auf sie warteten, die schon überfällig seien. Eigentlich hätte sie gar nicht herkommen dürfen.

Das war nicht einmal gelogen. Doch im Grunde war sie noch unschlüssig und hörte sich von ferne in geläufiger Formelhaftigkeit schon eine Absage formulieren. Nun mußte sie wirklich gehen. Klenze versuchte auch nicht, sie davon abzubringen. Sie waren am Fuß der Treppe angekommen, und mit der gleichen angedeuteten Verbeugung, mit der er sie begrüßt hatte, sagte er: »Ich würde mich freuen, wieder von Ihnen zu hören. Sie haben ja meine Karte.«

Noch einmal begegneten sich flüchtig ihre Augen, und wie bei einer Kontrolle tastete sie in der engen Seitentasche ihrer Kostümjacke nach der zerknitterten Karte.

»Ja, hab ich«, sagte sie und schickte ein vages Lächeln hinterher.

Ihr blieb das Gefühl eines Fehlschlags, als sie ging. Ein Gefühl, das sie ärgerte, weil es sinnlos war und sich trotzdem nicht vertreiben ließ. Den Gastgeber konnte sie nirgendwo erblicken. Aber sie mußte sich auch nicht verabschieden. Er würde sie nicht vermissen. In der Vorhalle kam sie an dem prominenten Gast vorbei, der von mehreren Leuten umringt war. Sich selbst sah sie wie in einer kurzen trickhaften Filmszene hereinkommen und wieder weggehen, als wäre es eine einzige Bewegung gewesen.

Es dämmerte schon, als sie zu Hause ankam und ihre Wohnungstür aufschloß. Drinnen empfing sie stickige Stille und eine tiefgraue Dunkelheit, in der alle Gegenstände verschwommen und unverläßlich aussahen, wie von fremder Hand für ihre Heimkehr zu einem Bild oberflächlicher Bekanntheit zurechtgerückt. Hier bin ich wieder, dachte sie, und tastete nach dem Lichtschalter. Und ja, da im Flurspiegel stand sie, die Frau in dem tomatenroten Seidenkostüm, die vor zwei Stunden mit unbestimmten, abwegigen Erwartungen hier aufgebrochen war und nun belehrt zurückkehrte. Das erste, was sie jetzt tun wollte, war, dieses Bild demontieren und sich ihre Alltagskleider anziehen. Außerdem hatte sie Hunger.

Mit einem Wurstbrot in der Hand ging sie in ihr Arbeitszimmer, wo nebeneinander der aufgeschlagene Roman und unter einem von der Ostsee mitgebrachten Feuerstein ihre angefangene Übersetzung lagen. Kauend schaltete sie den Computer an und suchte in dem Buch die markierte Textstelle, bei der sie angelangt war. Noch im Stehen tippte sie einen ersten Satz, zog dann ihren Stuhl heran und setzte ihre Arbeit fort. Es war fast Mitternacht, als sie aufhörte. Ihr Tagespensum hatte sie geschafft.

Vier Tage danach fand sie in ihrem Briefkasten einen auffälligen, querformatigen Umschlag, auf dem in einer großen, schwungvollen Schrift ihr Name stand. Auf seiner Rückseite trug er in geschwungener Schmuckschrift nur die gedruckten Buchstaben HJB. Es schoß ihr durch den Kopf, daß dies Heinrich-Johannes Bühl heißen könnte. Und obwohl es im Augenblick nichts gab, was ihr unwahrscheinlicher erschien, bestätigte es sich, als sie in der Küche das feste, dicke Papier des Umschlags mit einem Messer aufschlitzte und im Briefkopf seinen Namen las.

Er schrieb, er habe leider erst nachträglich erfahren, daß sie am vergangenen Sonnabend auf derselben Party wie er gewesen sei. Er bedauere sehr, diese einmalige Gelegenheit, sie kennenzulernen, verpaßt zu haben, denn seit Jahren sei er ein Bewunderer ihrer Gedichte. Er habe sie zwar gesehen, als sie nach dem Konzert die Party verlassen habe, und sich gleich nach ihr erkundigt, aber da sei es leider zu spät gewesen, sie anzusprechen. Anknüpfungspunkte hätte es genug gegeben. Vor kurzem habe er, ebenfalls zufällig, ihre warme, lebendige Stimme im Radio gehört, als sie neue Gedichte vorgelesen habe. Das habe seine alte Faszination vertieft, und er hoffe deshalb sehr, daß er sie dafür gewinnen könne, die versäumte Begegnung irgendwann nachzuholen. Sie solle sich aber keinesfalls von ihm bedrängt fühlen, denn er habe volles Verständnis dafür, wenn sie Begegnungen mit ihren Lesern nicht wolle. Wenn sie sich aber mit dem Gedanken befreunden könne, bitte er sie um eine kurze Mitteilung, wann er sie anrufen dürfe, um Zeitpunkt und Ort eines möglichen Treffens mit ihr zu verabreden. Den neuen Gedichtband habe er heute schon bei seinem Buchhändler bestellt. Er werde ihn morgen bekommen und lesen, in der Vorstellung, wieder ihre Stimme zu hören.

Unter dem Brief standen, etwas abgesetzt, ein kurzer Gruß und sein Name.

Sie fand diesen Brief, trotz seiner geradezu zeremoniellen Höflichkeit, außerordentlich bedrängend und legte ihn zur Abkühlung, wie sie sich sagte, erst einmal für einige Tage beiseite. Schließlich aber siegten die Neugier und ihre geschmeichelte Eitelkeit. Sie teilte Bühl ihre Telefonnummer mit und bat ihn um einen Anruf in den nächsten Tagen, am besten am späten Nachmittag. Als ihr Telefon zur entsprechenden Zeit läutete, zögerte sie abzuheben, denn inzwischen hatte sie Bühls Brief noch zweimal gelesen und ein seltsames Gefühl von Unwirklichkeit gehabt. Aber das war wohl ein Ausdruck ihrer Hemmung, die sie manchmal überkam, wenn sie aus ihrer Einsiedlerexistenz heraus Kontakt zu fremden Menschen aufnehmen mußte. Erst nach dem fünften Läuten hob sie ab.

»Ja?« sagte sie.

Eine sanfte Männerstimme antwortete: »Oh, das klingt aber defensiv. Hier spricht Heinrich-Johannes Bühl. Habe ich Sie gestört?«

»Nein, nein«, sagte sie. »Ich hab Ihren Anruf erwartet. Aber ich bekomme manchmal unangenehme Anrufe. Deshalb bin ich vorsichtig.«

»Das verstehe ich gut«, sagte er. »Ich hoffe, mein Anruf zählt nicht zu dieser Kategorie.«

»Natürlich nicht«, antwortete sie, in dem Gefühl, daß sie ausführlicher hätte antworten sollen, lockerer und entgegenkommender. Aber sie brachte nur noch ein »absolut nicht« heraus.

Sanft und beruhigend kam er ihr entgegen. »Anfangs ist es immer ein bißchen schwierig, solange man sich noch völlig fremd gegenübersteht.«

»Aber ich kenne Sie ja. Das heißt, ich weiß, wer Sie sind. Und ich hab Sie vor ein paar Tagen ja auch gesehen.«

»Ich Sie übrigens auch«, sagte er. »Allerdings ohne es zu wissen. Erst nachträglich habe ich mir sagen lassen, wer die Dame in dem roten Kostüm war, die so früh gegangen ist.«

Er machte eine Pause, in der sie sich undeutlich und flüchtig sah, wie sie sich von Klenze verabschiedete und die Party verließ, verfolgt von Bühls Blick, den sie aber nicht bemerkt hatte. Dann fügte er hinzu: »Ihre Gedichte kenne ich ja schon lange.«

»Und? Paßt es zusammen?« fragte sie.

»Nicht auf einfache Weise. Und nicht auf den ersten Blick. Aber das finde ich interessant. Und gerade das ist glaubhaft.«

»Danke«, sagte sie.

»Ich danke Ihnen«, antwortete er. »Ich hab mich riesig gefreut über Ihren Brief, mit dem Sie mir die Tür aufgemacht haben. So habe ich es jedenfalls verstanden. Ich hoffe, das war nicht falsch.«

»Nein, natürlich nicht. Ich würde Sie auch gerne kennenlernen.«

Das war eine steife und eigentlich überflüssige Versicherung. Doch irgend etwas in seiner Art zu reden, vielleicht eine gewisse geschmeidige Formelhaftigkeit, forderte sie dazu heraus.

Sie verabredeten, daß er sie am kommenden Samstag um 18.30 Uhr besuchen werde, um anschließend mit ihr zum Essen zu gehen.

Zum Zeitpunkt der Verabredung stand sie am Fenster und sah pünktlich einen großen schwarzen Audi vorfahren, der auf der gegenüberliegenden Straßenseite parkte. Wenn sie sich nicht täuschte, saßen zwei Personen darin, und am Lenkrad saß eine Frau. Vielleicht waren das andere Leute, die nicht zu ihr wollten, und er würde gleich in einem anderen Wagen kommen, in einem sportlichen Zweisitzer vielleicht, nicht in einer so großen gravitätischen Limousine. Der Wagen stand einen Augenblick am Straßenrand und würde möglicherweise gleich weiterfahren, weil er hier falsch war. Doch nun öffneten sich die Türen, und Bühl und die Frau, die am Lenkrad gesessen hatte, stiegen aus. Bühl beugte sich noch einmal in den Wagen und kam dann mit einem üppigen Blumenstrauß um die Motorhaube herum auf seine Begleiterin zu, die den Wagen abschloß und ihm entgegenblickte. Es sah aus, als brächte er ihr den Strauß, an dem er mit der freien Hand noch etwas ordnete, was anscheinend während der Fahrt verdrückt worden war. Soweit sie es sehen konnte, war es ein Rosenstrauß, der in der modischen Art wie ein dichtes Blütenkissen gebunden und von einer gekräuselten grünen Papierrosette eingefaßt war. Instinktiv war sie vom Fenster zurückgetreten, denn sie wußte, daß sich das Paar nun dem Haus zuwenden und die Fenster der zwei Stockwerke mustern würde, bevor es die Straße überquerte. Ihr Herz klopfte heftig und schwer bis in den Hals, während sie spürte, daß in Erwartung des Klingelzeichens eine Starrheit sie ergriff, die in ein Zittern überzugehen drohte. Was war passiert? Hatte sie etwas mißverstanden? Dieses unüberhörbare, sanfte Werben in der Stimme von Bühl – hatte sie es falsch gedeutet? Egal. Sie konnte jetzt nicht darüber nachdenken, mußte sich auf die neue Situation einstellen.

Da, das Klingelzeichen! Sie eilte zur Wohnungstür. »Bitte in den zweiten Stock«, sagte sie in das Haustelefon und hörte, wie Bühl antwortete: »Ja. Danke. Schon gesehen.« Sie drückte den Türöffner und öffnete die Wohnungstür, hörte, wie unten mit einem kurzen Knacken die Haustür aufsprang und Schritte ins Haus kamen, dazu, unverständlich für sie wegen des leichten Halls, die Stimmen des Paares, das sich über etwas austauschte oder einigte und, als es im ersten Stock ankam, verstummte. Kurz danach erschienen die beiden auf dem letzten Treppenstück, er voran und hinter ihm eine schwarzhaarige, große, schlanke Frau, auf deren schmalem und strengem Gesicht das gleiche Lächeln saß, das auch er ihr entgegentrug als freundliche Beigabe zu dem großen Blumenstrauß, den er in der Hand hielt, vielleicht aber auch als Eingeständnis, daß ihm bewußt war, wie überraschend ihr gemeinsamer Auftritt für sie sein mußte. »Hallo!« sagte er, indem er auf sie zuging, »nicht erschrecken! Hier kommt doppelter Besuch!« Er deutete einen schnellen Wangenkuß an und wies dann auf seine Begleiterin, die sich in ihrem weißen Sommerkostüm, selbstbewußt lächelnd, neben ihm postiert hatte.

»Sabine, meine Frau«, sagte er. »Sie wollte unbedingt mitkommen, als ich ihr erzählte, wohin ich fuhr. Sie ist nämlich auch Ihre Leserin.«

»Das freut mich«, sagte Bea und streckte ihr die Hand entgegen. »Bitte kommen Sie herein.«

»Das ist nicht einmal ganz richtig, was mein Mann Ihnen da erzählt hat«, sagte Sabine. »Ich habe ihn nämlich erst darauf gebracht, Sie zu lesen. Und seitdem sind Sie unser gemeinsames Interesse. Deshalb fand ich es nur fair, daß er mich mitgenommen hat.«

»Und diese Blumen sind von uns beiden«, ergänzte Bühl. »Es handelt sich um eine besondere englische Züchtung, habe ich mir sagen lassen. Leider habe ich den Namen vergessen.«

»Princess of the Midlands«, sagte Sabine.

»Hört sich an, als ob es wahr wäre, ist aber bestimmt eine Erfindung«, sagte Bühl.

Sabine lächelte verschwörerisch zu Bea hinüber: »Mein Mann gibt sich gerne als Wahrheitsfanatiker, wenn es nicht darauf ankommt.«

»Der Strauß ist wirklich wunderschön«, sagte Bea.

Es waren gefüllte, blaßrosa Blüten, zwanzig oder fünfundzwanzig Stück, was ihr unangemessen üppig vorkam, wie ein Zeichen von Dominanz oder überspielter Verlegenheit. Mit ihr hatte das nichts zu tun. Sie ging mit den Gästen ins Wohnzimmer und suchte im Schrank nach einer passenden Vase. Die meisten waren zu klein. »Die ist richtig«, sagte Sabine, die ihr den Strauß abgenommen hatte und neben ihr stand, während sich Bühl irgendwo im Hintergrund aufhielt und die gerahmten Fotos an den Wänden betrachtete: Erinnerungen an ihre Reisen, die sie lange nicht mehr ausgewechselt hatte.

»Ich glaube, die Stiele müssen angeschnitten werden«, sagte Bea, in dem Gefühl, daß sie die Situation nicht im Griff hatte. Sie hatte den Gästen noch nichts angeboten, weder etwas zu trinken noch einen Platz. Der Blumenstrauß hatte alles durcheinandergebracht.

»Lassen Sie mich das machen«, sagte Sabine. »Sie müssen mir nur sagen, wo die Küche ist.«

»Ach, das ist doch nicht Ihre Aufgabe.«

»Dann sagen wir doch einfach, daß es mein Hobby ist.«

»Gut, darauf kann ich mich einlassen«, sagte Bea und ging voran, um zu zeigen, in welcher Schublade die Messer lagen. Sie hatte das Gefühl, in einem Stück mitzuspielen, das nach der Regie dieser fremden Frau ablief, deren beunruhigende Ausstrahlung sie gespürt hatte, als sie nach einer passenden Vase suchte und einen Moment das Augenmaß für die richtige Größe verloren hatte. Auch als sie in der

Küche nach einem geeigneten Messer suchte, war sie einen Augenblick konfus, was Sabine sofort erkannte, denn sie sagte beschwichtigend: »Ich finde schon alles.«

Als Bea aus der Küche zurückkam, stand Bühl noch vor einem ihrer italienischen Fotos, drehte sich aber gleich um, als habe er auf sie gewartet, und schaute sie besorgt an. Leise fragte er: »Meine Liebe, wie geht es Ihnen? Ich hoffe, Sie fühlen sich nicht überrumpelt durch unseren Besuch.«

»Warum sollte ich?« sagte sie.

Einen Augenblick schwieg er, bevor er antwortete: »Ich bin dankbar, daß Sie es so aufnehmen.«

Dann langte er nach ihrer rechten Hand und hob sie zu einer kurzen, zarten Berührung an seine Lippen. Wie ein dunkles Nachleuchten glomm der Ausdruck eines stummen Gefühls in seinen Augen, als er sie wieder anblickte. Ihre Hand hielt er noch, wie zur Versicherung einer heimlichen Nähe. Erst als er ihre Unruhe spürte, öffnete er seinen Griff.

»Es ist für mich etwas Besonderes, Sie in Ihrer alltäglichen Umgebung zu erleben«, sagte er. »Hier spricht alles von Ihnen.«

»Sie meinen wegen der Fotos?«

»Auch«, sagte er. »Aber es ist mehr. Es ist ein Fluidum.«

Er machte eine Pause und blickte sich nach beiden Seiten um, als sähe er etwas unsichtbar Anwesendes, das sie hier überall umgab.

»Ja«, sagte er und schaute sie wieder an, als wollte er auch sie, die Quelle des Geheimnisses, sich aneignen. Dann sagte er: »Ich würde gerne einmal Ihr Arbeitszimmer sehen.«

»Da gibt es nichts Besonderes zu sehen«, sagte sie. »Aber kommen Sie bitte.«

Sie führte ihn durch die Diele, von wo aus sie Sabine in der offenen Küche sahen, die noch dabei war, die Rosenstiele zu kürzen.

»Bin gleich fertig«, sagte sie.

Es kam ihr vor wie ein Bild in einem zufällig aufgeschlagenen Buch, das gleich wieder zugeklappt wurde, weil Bühl mit ihr stumm weitergegangen war und jetzt, sich umschauend, neben ihr in ihrem Arbeitszimmer stand. Er musterte ihren Schreibtisch mit dem Computer und dem daneben liegenden Manuskriptstapel und das Bücherregal mit den Wörterbüchern und dem Lexikon, neben dem, schmal und unscheinbar, auch ihre beiden Gedichtbändchen standen.

»Ja«, sagte er, als habe sein erster Eindruck seine Erwartungen bestätigt: »Ja.«

Er machte einen Schritt auf das Regal zu und nahm ihren ersten Gedichtband in die Hand, den er kurz aufschlug und wieder schloß, um dann auswendig daraus zu zitieren:

»Wände umschließen mich
werfen meine Gedanken,
unbrauchbar geworden,
auf mich zurück.«

Er schaute sie an, als wollte er prüfen, was der Text ihr bedeutete und was er über sie sagte. Wieder empfand sie seinen Blick als schwer und inständig und irgendwie umfassend. Schließlich sagte er: »Dieser Text hat mich immer wieder beschäftigt, seit ich ihn zum ersten Mal gelesen habe. Er verschweigt, was da vor sich geht, so genau er es andererseits sagt. Ich dachte: Das ist wie Ersticken. Sie schreibt gegen das Ersticken an.«

Da er die Stimme nicht sinken ließ und sie unverwandt anschaute, hörten sich seine Worte wie eine an sie gerichtete offene Frage an, auf die sie ihm eine Antwort schuldete. Aber sie sah ihn nicht an, als sie möglichst beiläufig antwortete: »Wie es mir selbst geht, weiß ich nicht so genau. Ich bin viel undeutlicher als meine Texte.«

»So muß es wohl sein«, antwortete er. »Das macht Sie ja zum Geheimnis. Andererseits aber sind Sie – wie soll ich es ausdrücken? – Ich habe es Ihnen, glaube ich, schon gesagt, als wir telefonierten: Es ist nicht einfach, Ihre poetischen Texte und Ihre poetische Erscheinung in Einklang zu bringen.«

»Hat er das nicht reizend formuliert?« sagte Sabine, die in diesem Moment mit dem in die Vase eingestellten Rosenstrauß hereingekommen war und ihn auf den Arbeitstisch stellte. Dankbar für diese Unterbrechung, sagte Bea: »Ja, das finde ich auch«, und lächelte Bühl so unbefangen und harmlos an, als wären sie sich einig, daß alles, was sie hier redeten, nur der übliche Flirt war. Bühl lächelte nur matt zurück. Aber dann sagte er überraschend: »Machen wir doch die beiden Titel Ihrer Gedichtbände ›Die Wände‹ und ›Das Verschwinden‹ zu unserer Richtschnur und verschwinden aus diesen vier Wänden und gehen irgendwo italienisch essen.« Mit einer einladenden Geste öffnete er beide Hände und sagte: »Wenn die Damen einverstanden sind?«

Als hätte jemand einen Schalter umgelegt, schlug die Stimmung bei ihrem Aufbruch in übermütige Albernheit um. Da das Restaurant, auf das sie sich geeinigt hatten, nicht weit entfernt war, ließen sie den Wagen stehen und gingen zu Fuß. Bea hatte vorgeschlagen, Bühl solle in der Mitte gehen. Aber Sabine hatte mit demonstrativem Pathos gegen die traditionelle männliche Vormachtstellung protestiert und war von Bühl, der die Rolle des verständigen Vermittlers innehatte, mit dem Argument unterstützt worden, Bea sei heute die Hauptperson und gehöre selbstverständlich in die Mitte. So hatten sie sich bei ihr eingehakt. Und die Dreierreihe hatte, erst ein wenig stolpernd und darüber lachend, Tritt gefaßt. Um die muntere Flachserei fortzusetzen, hatte Bea gesagt, sie komme sich wie eine in einem fröhlichen Umzug mitgeführte Gefangene vor.

»Gar nicht mal so falsch«, hatte Sabine geantwortet. »Heute sind Sie in fremder Hand. Das Beste, was Sie jetzt tun können, ist, sich zu ergeben.«

»Lassen Sie sich nicht einschüchtern«, sagte Bühl. »Sabine ist manchmal sehr dominant. Daran muß man sich erst gewöhnen.«

Bea wußte nichts darauf zu antworten außer: »Ja?«

»Ich bin fürsorglich und hilfreich«, sagte Sabine. »Nur manchmal etwas vorschnell.«

»Sie ist eine Powerfrau«, sagte Bühl. »Oft geraten solche Frauen bei ihren Männern an ihr Gegenteil.«

»Ach ja«, sagte Sabine mit einem tiefen Seufzer. »Mit mir hat er es schwer.«

»So ist es«, sagte Bühl.

»Genau«, sagte Sabine.

Sie gingen weiter in ihrer starren Formation, die nicht leichthin, nicht unauffällig zu ändern war, zumal plötzlich ein lähmendes Schweigen über sie gekommen war, das das gemeinsame Gehen, in gleicher Schrittlänge, Arm in Arm zu einer bewußten Aufgabe machte, die ihre ganze Aufmerksamkeit forderte. Wer wird jetzt etwas sagen, fragte sich Bea, müßte er es nicht tun? Oder war er vielleicht verstimmt? Er wirkte irgendwie vermindert oder weniger anwesend, war in seinen Gedanken vermutlich anderswo. Nimm es, wie es ist, sagte sie sich. Alles war einfach. Sie gingen zum Essen, ganz normal. Es war nur unbequem für sie, so eingespannt zu sein zwischen diesen beiden fremden Menschen. Es war keine gute Idee, Arm in Arm zu gehen. Verwundert spürte sie, daß Sabines Fingerspitzen ihr Handgelenk streichelten. Das hatte sie vorhin schon einmal getan und wieder damit aufgehört. Und jetzt, da sie wieder damit angefangen hatte, war es nicht mehr ganz die beiläufige, gedankenverlorene Zärtlichkeit, als die sie es zuerst wahrgenommen hatte, sondern eine heimliche Annäherung, eine verschwiegene Frage, doch immer noch so spielerisch und diskret, daß es kleinlich und spießig gewesen wäre, sich dem zu entziehen. Sie wußte auch nicht, wie sie es hätte tun sollen, und fühlte sich verwirrt. Sie verstand diese beiden Menschen nicht, die so verschieden wirkten und doch so aufeinander eingespielt schienen. Oder war es ganz anders? Wußte Bühl etwas von den Extravaganzen seiner Frau? Vorhin, als er sich bei ihr entschuldigt hatte, daß sie unvorhergesehen zu zweit gekommen waren, hatte er einen unsicheren Eindruck gemacht. Beim Aufbruch war er dann zu einem forciert munteren Ton übergegangen, wie jemand, der etwas nicht zu Änderndes zu verkraften versuchte. Doch wahrscheinlich verstand sie alles falsch, weil die Situation, in die sie hineingeraten war, ihr so fremd war.

Sie war froh, als sie im Garten des Restaurants ankamen und unter den blühenden Kastanienbäumen einen freien Tisch fanden. Indem sie sich losließen, wurde alles wieder normal. Sie studierten die Speisekarte und gaben ihre Bestellungen auf, und als der Wein gebracht wurde, stieß Bühl auf das Erscheinen ihres zweiten Gedichtbandes an. Er begann darüber zu reden, daß das Verschwinden als Leitthema ihres Bandes in einem eigenartigen Gegensatz zu der Klarheit ihres Stils stehe. Andererseits aber auch nicht, da Klarheit als verschwundene Unordnung verstanden werden könne. Er hatte eine Art, die Dinge umzudrehen, die etwas Taschenspielerhaftes hatte. Das wurde aufgehoben durch die Sanftheit seines Tons und die Nachdenklichkeit seines leicht zur Seite geneigten Kopfes und seines Blicks. Besonders das Titelgedicht hatte es ihm angetan. Er kannte sogar die beiden ersten Zeilen auswendig und zitierte sie, als überreiche er ihr damit, nicht ohne einen leisen feierlichen Unterton, seine Legitimation als Kenner ihrer Texte:

»Alles, was ist, verschwindet, obwohl es auf sich beharrt.«

Er machte eine kurze Pause.

»Ja, das ist es doch«, sagte er. »Das ist es, was man wissen muß.«

»Für mich war es nur der Einstieg«, sagte sie. »Dafür fühle ich mich am wenigsten verantwortlich.«

»Interessant«, sagte er. »Aber natürlich haben Sie recht. Das Ganze ist ja ein Prozeß, der erst beginnt.«

Animiert redete er weiter über das Gedicht als ein Feld problematisierter Bedeutungen und die Öffnung des Seelenkäfigs, und sie dachte, daß sie sich diese Begriffe merken sollte, weil sie ihr vielleicht einmal nützen konnten. Doch sie glitten ungreifbar vorbei wie Fische im strömenden Wasser.

Sabine holte unterdessen einen kleinen silbergrauen Fotoapparat aus ihrer Handtasche hervor und machte eine Serie von Blitzlichtaufnahmen von ihr zusammen mit Bühl, der sich noch eine Weile bemühte, das Gespräch weiterzuführen, aber dann abbrach, als Sabine sich auf Bea konzentrierte und sie aus wechselnden Blickwinkeln zu porträtieren begann. »Sehr gut! Sehr gut!« rief sie, während sie, vorgebeugt, den Sucher vors Auge haltend und kurz wieder absetzend, immer näher heranrückte, bis sie sich aufrichtete und »Danke« sagte. »Ich glaube, da sind ein paar gute dabei.«

Dann reichte sie den Apparat an Bühl weiter, damit er sie zusammen mit Bea fotografierte.

»Das mach ich gerne«, sagte er. »Aber ich bin nicht besonders gut.«

Sabine war mit dem Stuhl schon an Bea herangerückt, mußte aber noch einmal aufstehen und die Einstellung des Apparates überprüfen, kam dann schnell zurück.

»Er ist furchtbar langsam«, flüsterte sie.

Tatsächlich zögerte Bühl und setzte den Apparat wieder ab. »Neigt euch doch etwas einander zu«, sagte er. Bea rührte sich nicht. Sie spürte, wie sich Sabines Hand auf ihre Schulter legte, eine sichere, ruhige, behutsame Hand.

»Ja, gut so«, sagte Bühl und drückte auf den Auslöser. Er machte noch zwei weitere Aufnahmen.

Kurz danach kam das Essen. Weil noch zwei Bilder auf dem Film waren, dokumentierte Sabine auch das. »Jetzt ist der Abend historisch«, sagte sie, als sie den Apparat in ihre Handtasche steckte. Sie lächelte dabei wie nach einem gelungenen Coup.

»Sie ist wirklich eine nette Person«, dachte Bea. Es war ein Gedanke, zu dem sie sich verpflichtet fühlte. Beide waren nette Menschen. Und es war ein netter Abend zu dritt. Es schien inzwischen eine stumme Übereinkunft zu sein, daß man trotz aller Verschiedenheiten gut zueinander passe, denn als nach dem Essen die Bedienung als kleines Präsent des Hauses drei Grappas servierte, nahm man das zum Anlaß, sich zu duzen. Bea wußte nachher nicht mehr genau, wie es dazu gekommen war. Bühl und seine Frau waren beide an dem Vorschlag beteiligt gewesen. Ihr selbst war es, wie der ganze Abend, als ein selbstlaufendes Spiel erschienen, in das sie als Mitspielerin geraten war, ohne die Regeln und den Sinn zu kennen. Sie wollte nur einen guten, angenehmen Eindruck machen.

Später, als sie nach einem quälend langwierigen Abschied, bei dem es immer noch irgend etwas zu sagen gab, von Sabine mit zwei Küssen, von Bühl mit einem Handkuß und einem leisen »Auf ein baldiges Wiedersehen« entlassen worden war und in ihre Wohnung zurückkam, fühlte sie sich »ausgenommen wie ein totes Huhn« und zu nichts mehr imstande. Sie setzte sich vor den Fernseher, zappte durch die Programme und schaltete nach einigen Minuten wieder aus, blieb aber vor dem dunklen Bildschirm sitzen. Sie hatte einen trockenen Mund und Kopfschmerzen, und ein seltsames, ihr nicht ganz unbekanntes Gefühl blinder Panik beschlich sie. Vielleicht werde ich krank, dachte sie. Warum sonst hätte der Abend sie so angestrengt? Es war doch eine freundliche, angeregte Stimmung gewesen. Sabine hatte interessant von ihrer Arbeit in einem Institut für Marktforschung erzählt, was nebenbei ihre offensichtliche Unabhängigkeit von Bühl erklärte. Bühl war ihr verändert erschienen, zurückgenommen und weniger sicher. Das schien ihm auch bewußt gewesen zu sein. Danach hatte sich sein leises Aufwiedersehen angehört. Er hatte damit andeuten wollen, daß ihre geplante persönliche Begegnung, die diesmal durchkreuzt worden war, nur aufgeschoben sei. Entsprechend bedeutungsvoll hatte er sie angesehen. Aber das war vielleicht nur sein üblicher therapeutischer Blick. Nein, sie verstand diesen Mann nicht. Und schon gar nicht dieses Paar, das so heftig um sie geworben hatte, gemeinsam oder gegeneinander, das war schwer zu entscheiden. Sie war jedenfalls froh, wieder allein zu sein, obwohl sie sich nicht gut fühlte.

Ich muß mich hinlegen, dachte sie.

Vorher wollte sie in der Küche ein Glas Wasser trinken, weil ihr Mund so ausgetrocknet war. Von der Diele aus warf sie einen Blick in ihr Arbeitszimmer, wo schattenhaft der große Blumenstrauß auf ihrem Arbeitstisch stand. Den hatte sie ganz vergessen wie etwas, das lange zurücklag. Sie waren also tatsächlich hier gewesen und hatten ihr auffälliges Zeichen hinterlassen. Im Augenblick kam ihr der Strauß wie ein Eindringling vor. Sie mochte ihn nicht in ihrer Nähe haben. Aber sie mußte ihn einige Tage behalten für den Fall, daß Bühl sie besuchte oder – sie dachte es mit einer Verzögerung – Sabine. Ja, das alles war möglich. Der Strauß war wie ein Fuß in der Tür. Sie konnte sie nicht einfach verschließen.

Warum auch? dachte sie. Was hatte sie eigentlich?

Als sie im Bett lag, versuchte sie an den kommenden Tag zu denken. Doch damit war sie gleich zu Ende. Sie mußte arbeiten, einkaufen, irgendwann essen gehen. Aber vielleicht geschah etwas Unerwartetes. Vielleicht änderte sich ihr Leben.

Wieder ergriff sie das Gefühl von Panik, und sie erinnerte sich wie in einem nachhallenden Schrecken an das Gesicht, das sie im Badezimmerspiegel gesehen hatte, das ovale Gesicht mit der mädchenhaft runden Stirn und den wie zum Sprechen leicht geöffneten Mund und den großen, hervorquellenden, dunklen, weit auseinanderstehenden Augen, die vielleicht gar nichts Bestimmtes sahen und ihr wie eine unerlaubte Enthüllung ihrer Erregbarkeit und Verletzbarkeit erschienen. Sie wollte nicht so gesehen werden. Aber anscheinend war es das, was die Leute anzog.

Wann war sie eigentlich das letzte Mal richtig geliebt worden? Wann war sie glücklich gewesen, mit wem? Sie hatte in den letzten Jahren mehrere Liebschaften mit verheirateten Männern gehabt, die alle sehr rasch zustande gekommen waren, aber sich nach Wochen oder Monaten und einmal auch nach wenigen Tagen wieder aufgelöst hatten, ohne daß ihr etwas Greifhaftes geblieben war. Auch ihre Erinnerung hatte sich aufgelöst in viele ähnliche Situationen, in denen sie vorübergehend gedacht hatte, dies könnte Liebe sein. Das erschrockene, wehrlose Gesicht, das sie gesehen hatte, war von all diesen Erfahrungen gezeichnet und sah trotzdem aus, als wäre alles an ihr vorbeigeglitten wie ein fremder, unverstandener Traum. Inzwischen hatte sie aufgehört, das Wort Liebe zu verwenden. Es war zu groß, zu schwer, zu abstrakt. Und sie hätte nicht sagen können, was es bedeutete. War das gut? Ja, es war gut, sie wollte es gut finden. Sie wollte mit diesem Gedanken einschlafen, erleichtert und gefeit gegen Abhängigkeit, ihr heimliches Bedürfnis nach Abhängigkeit, das eigentlich Angst war, grundlose Angst. Warum war sie wieder davon gestreift worden? Stell jetzt bitte keine unbeantwortbaren Fragen mehr, sagte sie zu sich wie zu einer anderen Person, von der sie sich abwendete, indem sie sich auf die Seite drehte.

Sie hatte unruhig geschlafen, war mehrmals wach geworden und morgens gegen acht, wenn sie gewohnterweise aufstand, noch einmal in einen tiefen Schlaf gesunken, aus dem sie erst nach anderthalb Stunden benommen wieder erwachte. Sie blieb noch eine Weile liegen, um zu sich zu kommen und ein Bild des Tages in sich entstehen zu lassen. Gab es außer der alltäglichen Routine irgend etwas Besonderes? Bühl wird mich heute sicher anrufen, dachte sie, und sich erkundigen, wie es mir geht. Es war jedenfalls ziemlich wahrscheinlich, daß er sich meldete. Immerhin hatte er ihr gestern vorsichtig zu verstehen gegeben, daß der Besuch zu zweit nicht in seinem Sinn gewesen sei. Darauf mußte er noch einmal zurückkommen, wenn er glaubhaft bleiben wollte als der Mann, der sich mit einem beträchtlichen Aufwand an Überredungskunst um ein Treffen mit ihr bemüht hatte. Er hatte sie tatsächlich neugierig gemacht. Aber seit gestern hatte sie keine Vorstellung mehr, worauf eine persönliche Begegnung mit Bühl hinauslaufen könnte. Es lag jetzt an ihm, sich deutlicher zu erklären: sich selbst und sein merkwürdiges Verhältnis zu seiner Frau, das für sie undurchschaubar geblieben war.

Wenn er sich nicht von selbst dazu äußerte, wollte sie ihn danach fragen. Sie wollte Offenheit von ihm fordern. Wenn er ohne Ausflüchte und ohne zu lügen ihre Fragen beantwortete, konnte daraus eine Gemeinsamkeit entstehen. Vielleicht verstand er das. Vielleicht war er bereit, sich darauf einzulassen. Es war jedenfalls ihre Bedingung.

Aber er rief nicht an. Den ganzen Tag über wartete sie darauf, weil sich in ihrem Kopf die Idee festgesetzt hatte, daß er sie anrufen müsse, so daß ihre Arbeit stockender als gewöhnlich voranging. Es kamen nur wenige Anrufe – ihr Lektor fragte nach dem Stand der Übersetzung, eine ehemalige Studienkollegin erzählte ihr von einem Freundinnentreffen, an dem sie nicht teilgenommen hatte, danach meldete sich die Änderungsschneiderin, die sagte, daß ihr Rock fertig sei –, und jedesmal, wenn es klingelte, hob sie mit Verzögerung ab und sagte leise »Ja?«, in der Erwartung, wieder wie bei ihrem ersten Gespräch Bühls sanfte Stimme zu hören, die plötzlich ganz nah und alle Angst beiseite schiebend gesagt hatte: »Oh, das klingt aber defensiv. Habe ich Sie gestört?«

Aber er rief nicht an. Nach jedem Anruf mußte sie sich zwingen, weiterzuarbeiten, mit einem Gefühl von Lustlosigkeit. Die Welt war wieder hinter einer unsichtbaren Mauer verschwunden. Nicht nur dieser Mann, der völlig undeutlich geworden war, sondern das ganze außerhalb von ihr stattfindende Leben. Auch der gestrige Abend war zu einem weit weggerückten Bild geworden, so blaß und nebelhaft wie eine überbelichtete Aufnahme, auf der nur Umrisse zu erkennen waren.

Am Abend kam ein weiterer Anruf. Sie zuckte zusammen, weil der Apparat dicht neben ihr stand. Das mußte er sein! Ja, natürlich, tagsüber war er beschäftigt gewesen, genau wie sie. Doch jetzt rief er an. Innerlich fühlte sie sich starr werden, als sie den Hörer abhob und »Ja?« sagte. Eine rauhe Männerstimme mit einem osteuropäischen, vermutlich russischen Akzent fragte nach Sascha. »Wo ist Sascha?« »Hier ist kein Sascha«, sagte sie. »Sie haben sich verwählt.« »Sascha?« fragte der Mann. »Nein, nein, hier ist kein Sascha. Sie haben die falsche Nummer gewählt,« sagte sie und legte auf. Nach einiger Zeit läutete es wieder. Sie wartete lange, ehe sie abhob. »Wo ist Sascha?« fragte der Mann. »Ich hab's Ihnen doch gesagt, hier ist kein Sascha. Sie haben die falsche Nummer gewählt.« Auf der anderen Seite war ratloses Schweigen, und sie rechnete schon damit, wieder den Namen Sascha zu hören, als der Mann fragte: »Welche Nummer?« »Die Nummer von Ihrem Sascha kenne ich nicht. Die Nummer, die Sie gewählt haben, ist meine Nummer.« Sie überlegte, ob sie dem Mann ihre Nummer sagen sollte, damit er sie nicht wieder automatisch wählte, weil er keine andere hatte. Aber es erschien ihr ratsamer, es nicht zu tun. »Also rufen Sie mich bitte nicht mehr an«, sagte sie und legte auf. Zehn Minuten später läutete es wieder. War das jetzt Bühl? Es war jedenfalls nicht auszuschließen. Sie wartete lange. Falls es der fremde Anrufer war, würde er vielleicht seinen Irrtum erkennen. Und Bühl – wenn er es denn war – würde hoffentlich genug Geduld haben, noch zu warten. Aber das war nicht sicher. Also hob sie ab und sagte »Ja?«. Schweigen empfing sie. Dann wurde aufgelegt. Jetzt hatte der Fremde wohl endlich begriffen, daß er sich gerirrt hatte.

Unversehens fühlte sie sich erleichtert, als sei nun alles wieder zurechtgerückt. Gut, Bühl hatte sie nicht angerufen. Dafür gab es sicher einen Grund. Er würde es schon noch tun, sobald er dazu kam.

Um sich von dem sinnlosen Warten zu befreien, beschloß sie, einen Spaziergang zu machen, einmal um den Block herum und dann noch durch den nahe gelegenen Park. Draußen ging das Leben weiter wie immer, und sie gehörte dazu. Lauter Lebensgeschichten umgaben sie: Mütter mit kleinen Kindern, die noch tapsig, aber begeistert vor ihnen herliefen, Liebespaare, aneinandergeschmiegt, mit auf den Rücken überkreuzten Armen, zwei gebeugte alte Männer, schon sommerlich angezogen in verblichener Eleganz, eine ältere blondierte Frau, die mit ihrem kleinen weißen Hund sprach, der wedelnd zu ihr aufblickte, und auf einer der grünen Parkbänke eine Frau, die versunken in einem Buch las. Lesende Menschen stellten für sie immer ein Geheimnis dar, das sie ein wenig zu lüften versuchte, indem sie unauffällig nach dem Autor und dem Titel des Buches schielte. Meistens gelang es ihr nicht, die Schrift auf dem Umschlag oder dem Buchrücken zu entziffern, wenn sie überhaupt zu sehen war. Es war ein ziemlich dickes Buch, das die Frau ohne einmal aufzublicken las. Auch als sie die Seite wendete, hob sie nicht einmal den Blick, um den Park und die Menschen wahrzunehmen, die an ihr vorbeigingen. Sie war ganz in ihrer eigenen Welt, oder war es eine fremde, völlig andere? Im Weitergehen hatte Bea den Einfall, ihren neuen Gedichtband mit einer freundlichen Widmung an Reinhard Klenze zu schicken, der ihr mit dem Hinweis, er würde sich freuen, wieder von ihr zu hören, seine Karte gegeben hatte. Sie hatte ihm ihre Adresse nicht gegeben, weil ihre Unterhaltung zum Schluß entgleist war. Das konnte sie jetzt ein wenig ausgleichen, indem sie ihm das Bändchen schickte. Seltsam, daß sie nicht gleich darauf gekommen war.

Am nächsten Tag nahm sie sich vor, nicht auf Bühls Anruf zu warten. Sie wußte ja nicht, in was für Bedingtheiten, Anforderungen und Verpflichtungen er steckte. Er führte das Leben eines prominenten, ständig in die Öffentlichkeit gezogenen Mannes. Sie durfte das nicht von sich aus sehen. Immerhin hatte er beim Abschied mit leiser Eindringlichkeit »Auf ein baldiges Wiedersehen« zu ihr gesagt. Das war so gut wie ein Versprechen, auf das sie sich verlassen konnte. Sie mußte sich nur gedulden: abwarten, indem sie nicht wartete. Es mußte ja nicht heißen, daß es lang dauerte, bis er sich meldete. Das glaubte sie eigentlich nicht. Es war jedoch alles eine Frage der Einschätzung.

An diesem Tag gelang es ihr besser, ruhig zu bleiben und es als vermutlich begründbar zu akzeptieren, daß Bühl nicht anrief. Am dritten Tag erging es ihr ähnlich, wenn auch ihre Ungeduld allmählich wieder zunahm. Sie erwog, Bühl in seiner Praxis anzurufen, verwarf das aber, um nicht aufdringlich zu wirken und von irgendeiner Sekretärin abgewiesen zu werden. Bühls Privatadresse hatte sie nicht. Sie stand auch nicht im Telefonbuch. Außerdem wollte sie nicht an Sabine geraten, obwohl es sicher unproblematisch gewesen wäre. Aber es hätte ja nichts geklärt.

An diesem zweiten Tag blieb ihr Telefon lange Zeit still, wie abgestorben, so daß sie mit ihrer Arbeit besser vorankam. Am späten Nachmittag rief das Lektorat des zweiten Verlags an, für den sie regelmäßig arbeitete, und machte Vorschläge für neue Übersetzungen, schon gleich im Zusammenhang mit der Terminfrage. Sie wurden sich grundsätzlich einig, nur noch nicht beim Zeitplan. Kaum hatte sie aufgelegt, läutete es wieder. Das war wahrscheinlich jemand, der schon längere Zeit versucht hatte, sie zu erreichen, jemand, der hartnäckig geblieben war, als ihr Besetztzeichen meldete, daß sie zu Hause war, aber gerade telefonierte.

Er? Mehr dachte sie nicht, um sich nicht wieder vergeblich auf diese Vorstellung einzulassen.

Sie hob ab. »Ja?« hauchte sie. Es klang erwartungsvoller, als sie es beabsichtigt hatte. Die Stimme, die ihr anwortete, kam zurück wie eine Woge von Worten, von der sie überrollt wurde.

»Hallo Bea, mein Schatz, hier ist Sabine. Wie geht es dir? Es ist ja schon elend lange her, daß wir uns gesehen haben, oder täusche ich mich? Ich finde es jedenfalls lang. Du, ich bin ganz in deiner Nähe und ich habe die Fotos dabei. Wenn es dich nicht stört, könnte ich gleich einmal vorbeikommen. Sag, wenn es nicht paßt. Dann komm ich ein anderes Mal.«

»Nein gut, es paßt. Ich bin gerade fertig mit meiner Arbeit.«

»Wunderbar. Dann bis gleich!«

Sabine hatte aufgelegt. Gleich würde sie an der Haustüre klingeln und mit energischen Schritten die Treppe hochkommen. Diesmal allein. Damit hatte sie überhaupt nicht gerechnet. Mußte sie etwas vorbereiten? Wie beim ersten Mal war sie nicht gewappnet, dieser Frau zu begegnen. Auf keinen Fall durfte sie irgendeine Schwäche zeigen. Aber ihr war schwindelig, und eine bleierne Schwere breitete sich in ihrem Körper aus. So wollte sie nicht gesehen werden. Sie mußte Sabine frei und beschwingt und ebenbürtig gegenübertreten.

Sie ging in die Küche, um ein Glas Wasser zu trinken. Dann stellte sie sich wieder, wie beim ersten Mal, hinter das zur Straße gerichtete Wohnzimmerfenster, um Sabines Ankunft zu beobachten, weil ihr das als ein Vorteil erschien. Es würde ihr helfen, eine Distanz aufzubauen. Einige Minuten war da nur die ruhige Wohnstraße – ein Bild ohne Inhalt, ohne eine Geschichte. Dann sah sie Sabine in einem sportlichen blauen Zweisitzer mit heruntergelassenem Verdeck vorfahren und mit einer einfachen Lenkbewegung rückwärts in eine Parklücke setzen. Das Verdeck wurde hochgefahren, und Sabine stieg aus und kam auf das Haus zu. Diesmal trug sie ein vorne geknöpftes, maisgelbes Kleid, das wie für sie gemacht war. Aber so wirkte sie wohl immer: eine elegante, selbstbewußte Frau mit einer Aura von Dominanz, die Bea schon hinter der Gardine auf ihrem Beobachtungsplatz am Fenster spürte und die noch stärker wurde, als Sabine auf dem letzten Treppenabsatz erschien und auf sie zukam, um sie zu umarmen. Zu umarmen und auf den Mund zu küssen. Ohne sie loszulassen, sagte sie: »Ich wollte dich eigentlich gleich am nächsten Tag besuchen. Dann kam etwas dazwischen, und ich hab mir gesagt, es sei gut, daß ich ein wenig gebremst wurde. Du ahnst ja nicht, wie aufgeregt ich bin, daß wir uns kennengelernt haben.«

Bea antwortete nicht, und Sabine sagte: »Ich hoffe, es ist dir nicht ganz fremd.«

»Ich weiß nicht recht. Es ist mir neu.«

»Hab keine Angst. Ich will dich nicht überrumpeln. Aber es ist alles nur Gewohnheitssache, glaub mir.«

Sie gab Bea einen weiteren, etwas flüchtigeren Kuß und streichelte ihr sanft über die Wange.

»Ich finde dich hinreißend. Aber das soll dir keine Angst machen. Komm.«

Damit löste sie ihre Umarmung, und sie gingen gemeinsam durch die Diele ins Wohnzimmer.

»Soll ich uns einen Tee kochen?« fragte Bea, darum bemüht, der Situation eine gesellschaftliche Form zu geben.

»Ja gut«, antwortete Sabine, »ich ordne inzwischen die Fotos.«

Als Bea mit dem Teegeschirr zurückkam, blieb sie mit dem Tablett in den Händen neben dem Tisch stehen und sagte: »Heinrich Johannes hat sich noch nicht gemeldet.«

»Das hätte ich dir vorher sagen können«, sagte Sabine. »Heijo ist ein Mann, der die Poesie der Anfänge liebt. Später wird es meistens schwieriger.«

»Ich war überzeugt, er würde sich melden. Er hat ziemlich starkes Interesse gezeigt.«

»Ich weiß«, sagte Sabine. »Das ist für mich nicht neu. Schließlich bin ich seine Ehefrau. Und das kann man auf zweierlei Weise sein: wissend und unwissend. Ich habe mich für das Wissen entschieden. Wie ich ihn kenne, meldet er sich noch.«

Sie lächelte. Es war ein mildes Lächeln, das ohne Herablassung zu sagen schien: Du mußt noch viel lernen. Beas Bewunderung für diese Frau, die sich so selbstverständlich und lässig ausdrückte, wie sie sich bewegte, wuchs. Eine Frau, die durch ihr Wissen erstarkt war, die offensichtlich viel erfahren hatte und völlig unversehrt wirkte.

»Ich nehme an, Heijo ist wieder einmal auf einem Kongreß und hält ein Referat. Oder ist wieder zu einer Talkshow eingeladen«, sagte Sabine.

»Du nimmst es an?«

»Ja, ich wohne nicht ständig bei ihm. Genau gesagt: meistens nicht. Ich habe seit Jahren eine eigene Wohnung. Ich hoffe, du besuchst mich mal da.«

»Ich verstehe überhaupt nichts mehr«, sagte Bea. »Warum seid ihr denn noch zusammen? Warum seid ihr zu zweit zu mir gekommen?«

»Das ist leicht zu erklären. Aber ich glaube, du weißt es auch. Heijo hat's ja gleich beim Hereinkommen gesagt: Ich wollte dich kennenlernen.«

Bea schwieg, schenkte den Tee aus.

»Ich fürchte, du siehst mich falsch«, sagte sie.

»Das würde ich gerne herausfinden«, antwortete Sabine. Sie nahm einen Schluck von ihrem Tee, stellte die Tasse ab und schaute Bea an.

»Ich habe den Eindruck, dein Leben ist viel zu eng«, sagte sie.

»Da magst du recht haben. Aber ich kann's nicht ändern. Ich muß Geld verdienen, um die Wohnung halten zu können und zu leben. Auch wenn es ein enges Leben ist, für deinen Geschmack.«

Sabine nickte und sah sie weiter nachdenklich an. Dann sagte sie: »Das pausenlose Übersetzen ruiniert dein Talent. Es kann sich daneben nicht entwickeln.«

Eine kalte Neugier erfüllte Bea. Es war zur Neugier geronnene Angst, die augenblicklich wieder zur Angst werden konnte.

»Wie kommst du darauf?« fragte sie, erschrocken, wie belegt ihre Stimme klang. Sabines Stimme war noch sanfter und ruhiger und unerbittlich eindringlich geworden, als sie weitersprach.

»Ich wollte es dir eigentlich nicht sagen, aber ich finde, du solltest dich damit auseinandersetzen. Dein zweiter Gedichtband, so schön einzelne Texte sind, ist ein Duplikat deines ersten Bandes. Du bist keinen Schritt weitergekommen. Es ist dasselbe Thema der monomanischen Abkapselung, das die Texte beherrscht und aus dem alle deine Metaphern hervorgehen, fast schon automatisch, möchte ich sagen. Aber wer den ersten Band nicht kennt, wird es vielleicht nicht merken. Auch ich war zuerst beeindruckt. Aber beim wiederholten Lesen hat sich der Eindruck von Routine und Stagnation immer mehr verstärkt. Ich verstehe natürlich, daß du das Buch schreiben mußtest und vielleicht überhaupt nicht bemerkt hast, daß du lauter Anleihen bei deinem ersten erfolgreichen Buch gemacht hast. Das ist ganz verständlich in deiner Lage. Und es ist, für sich genommen, immer noch ein schönes Buch. Doch wie gesagt ...«

Sabines Rede brach ab. In der entstehenden Pause merkte Bea, daß sie ihren Kopf gesenkt hatte und wie benommen vor sich hin starrte. Es fiel ihr schwer, den Kopf wieder zu heben und Sabine anzusehen.

»Hast du dich mit Heijo darüber verständigt?«

»Nein«, sagte Sabine, »Heijo ist kein kritischer Geist. Er hebt immer gleich ab und spricht seine eigenen Texte. Übrigens immer mit Erfolg, weil die meisten sich geschmeichelt fühlen. Er hat es darin zur Meisterschaft gebracht.«

»Du haßt ihn, nicht wahr?«

»Nein, keineswegs.«

»Aber du bist die Größte. Du bist immer die Größte. Du kannst alles beurteilen. Du weißt immer Bescheid.«

»Wollen wir uns nicht lieber mal zusammen die Fotos ansehen? In Erinnerung an unseren schönen Abend?«

»Ich hab jetzt keine Lust dazu.«

»Gut, ich lasse sie dir hier. Du kannst dir welche aussuchen oder auch alle behalten, meinetwegen. Ich kann mir ja neue Abzüge bestellen.«

Sabine trank einen letzten Schluck Tee und stellte ihre Tasse ab.

»Willst du gehen?« fragte Bea.

»Ich denke, es ist vernünftig, eh wir uns sinnlos streiten. Du kannst mich ja anrufen. Meine Nummer hast du ja.«

»Nein, ich hab nur Heijos Nummer. Da bist du ja wohl meistens nicht.«

»Ich stehe im Telefonbuch gleich unter seinem Eintrag.« Noch saß Sabine ihr gegenüber, aufgerichtet und zurückgenommen, aber sie saß noch da, als warte sie auf etwas.

»Du hast mich sehr verletzt«, sagte Bea.

»Das tut mir leid. Ich bin mit einer ganz anderen Absicht gekommen.«

»Du wolltest mich aufklären und kurieren.«

»Nein, ich wollte dich in meine Arme nehmen und verwöhnen. Nichts als verwöhnen. Aber du hast es mir unmöglich gemacht.«

Sie stand auf und ging zur Haustür. Bea folgte ihr. An der Tür drehte sich Sabine nach ihr um, nahm sie wortlos in die Arme und küßte sie in einer kurzen, heftigen Berührung beider Körper, die Bea betäubt zurückließ. Mein Gott, dachte sie, was will ich, was passiert mir? Werde ich ohnmächtig? Sie preßte beide Hände flach gegen ihr Gesicht und stand im Dunkeln ihrer plötzlichen Schwere, während sie hörte, wie sich Sabines Schritte im Treppenhaus entfernten. Noch fremder als dieses Geräusch war die Stimme, die rief »Warte! Komm zurück!«. Das Schrittgeräusch brach ab. Dann kam es wieder näher. Bea spürte, daß sie den Kopf schüttelte, einmal, zweimal. Dann hörte das auf. Eine Vorahnung von Sabines Umarmung und ihren Küssen hüllte sie schon ein, bevor sie davon ergriffen wurde. Hände waren an ihr, Hände, deren zielstrebige Sicherheit von beschwichtigenden Worten begleitet wurde, die nicht abrissen und, nur unterbrochen von kurzen Küssen, sie nicht zu sich selbst kommen ließen, nicht zu ihrer Angst, nicht zu dem wirklichen Vorgang ihrer langsamen, völligen Entkleidung, der wie einer jener bloßstellenden, hilflos erlittenen Träume war. Aber es war kein Traum.

Als Sabine am nächsten Morgen gegangen war, weil sie in ihr Institut mußte, blieb Bea wie in einer Windstille zurück. In ihrem alten Morgenmantel, das Haar noch wirr und zerwühlt, ging sie langsam in ihrer Wohnung hin und her, machte das Bett, räumte die Reste des eiligen Frühstücks auf, unterbrach das wieder, weil ihr etwas anderes eingefallen war, was sie in Ordnung bringen wollte, oder weil sie dösend irgendwo stehenblieb oder sich irgendwohin gesetzt hatte und sich schattenhaft an die wechselnden Bilder zweier aneinandergeklammerter nackter Körper erinnerte. Sie fühlte sich hypnotisiert und gelähmt, ohne den Wunsch, aus dem Bann herauszukommen, der wie eine völlige Leere war: ihr Körper das weiße Rauschen vergangener Lust. An Arbeit war nicht zu denken. Aber nicht nur, weil sie zu müde war, sondern weil Sabines kritische Worte ein Gefühl von Sinnlosigkeit in ihr hinterlassen hatten. Sie hatten etwas aufgedeckt, was sie immer schon geahnt hatte. Das Leben, das sie führte, war ohne Perspektive. Doch ein anderes gab es nicht. Auf ihrem Schreibtisch lag, schon versehen mit einer handschriftlichen Widmung, ein Exemplar ihres Gedichtbandes, das sie Klenze schicken wollte. Das würde sie nicht tun, solange sie das Buch nicht noch einmal gelesen hatte. Aber sie empfand einen unüberwindbaren Widerwillen dagegen. Sie war überzeugt, daß Sabines Urteil richtig war und daß ihre Unterwerfung damit zusammenhing, die zerstörerische Lust, die sie empfunden hatte. Es war ihr so vorgekommen, als ob es eine andere Lust nicht gäbe.

Gegen Mittag rief Sabine an. Sie sprach sehr fürsorglich, sehr zärtlich. Auch sie war müde. »Heute nacht werden wir süß schlafen, Arm in Arm«, sagte sie. »Und komm diesmal zu mir.«

Bea zögerte. Dann sagte sie: »Ich glaube, ich bin zu müde heute. Ich bleibe besser hier. Und ich muß auch erst nachdenken.«

»Worüber willst du nachdenken? Mach dir nicht selbst immer neue Schwierigkeiten.«

»Das will ich auch nicht. Ich möchte nur wissen, woran ich mit mir bin.«

Es entstand eine Pause, und die Antwort, die folgte, schien aus einem vorbereiteten Schrecken zu stammen.

»Du willst dich zurückziehen, nicht wahr?«

»Ich weiß nicht, was ich will. Ich habe noch nie so etwas erlebt. Ich bin irgendwie aus meinem Zentrum gerutscht.«

Das Schweigen auf der anderen Seite war eine bedrohliche, undurchschaubare Dunkelheit, aus der heraus sie sich belauert fühlte.

»Was ist los, Sabine? Warum sagst du nichts?«

»Was soll ich denn noch sagen?«

Die Stimme klang tonlos und ein wenig theatralisch. Dann belebte sie sich wieder: »Weißt du eigentlich, daß ich dich liebe? Weißt du das?«

»Nein, das weiß ich nicht. Woher soll ich das wissen?«

»Du bist einfach ein kaltes Luder, nicht wahr? Vielleicht willst du jetzt Heijo anrufen? Er ist augenblicklich in München und dann in Wien. Ich kann dir die Nummern geben. Oder hast du etwas anderes vor?«

Bea schwieg. Ein Erstaunen breitete sich in ihr aus, und sie fühlte sich leicht werden, so leicht, als könnte sie fliegen und von oben auf alles hinunterblicken, auf diese gespenstische Veränderung, die sich, wie ihr schien, ohne ihr Zutun vollzog und ohne daß sie eingreifen konnte, weil sie nicht wußte, ob sie es wollte. Innerlich stimmte sie zu, als Sabine sagte: »Du hast gar kein Zentrum. Du hast keins!«

Dann herrschte wieder Stille. Wieder hatte sie die Vision einer undurchdringlichen Dunkelheit, in der Sabine verborgen war. Mußte sie etwas Vermittelndes sagen? Sich entschuldigen? Etwas versprechen? Sie wollte aber nicht die Nacht bei Sabine verbringen. So wie es jetzt zwischen ihnen stand, konnte das nur schlecht ausgehen. Sabine war es, die wieder zu sprechen begann. Sie sagte: »Ich wollte dich nicht beleidigen. Es ist mir nur so herausgerutscht. Verstehst du das?«

»Ja«, sagte Bea.

»Wirklich, es tut mir leid. Ich kann dich sogar verstehen. Es war alles so neu für dich.«

»Ja«, sagte Bea.

»Ich glaube, wir brechen das am besten jetzt ab. Aber ruf mich bitte an, wenn du nachgedacht hast. Wir müssen beide klüger werden und ruhig miteinander sprechen, nicht wahr?«

»Natürlich«, sagte Bea. »Ich muß nur etwas Zeit für mich haben. Aber ich ruf dich an.«

»Ja, bitte. Und hab keine Angst! Du brauchst wirklich keine Angst zu haben. Du bist mein Schatz. Weißt du das? Ich hoffe, du weißt es. Bitte, vergiß es nicht!«

Sie hatte aufgelegt.

Bea ging ins Schlafzimmer, um sich anzuziehen, schaute sich dann kurz im Spiegel an und fand, daß sie unauffällig aussah. Ich werde ein bißchen rausgehen, dachte sie. Sie wollte in den Park gehen, weg vom Telefon, weg aus der Szenerie der vergangenen Nacht. Draußen, unter anderen Menschen, die nichts von ihr wußten, würde sie schneller zu sich selbst finden.

Es waren noch weniger Leute im Park als gestern nachmittag. Sie setzte sich auf die Bank, auf der gestern die Frau mit dem Buch gesessen hatte. Was sie jetzt brauchte, war das Gefühl, da zu sein, nur für sich. Nachdenken konnte sie nicht.

Sie wußte nicht, wie lange sie da gesessen hatte, als sie aufstand und ging, in der Absicht, sich zu Hause etwas zu essen zu machen und danach die in den letzten Tagen eingegangene Post durchzublättern und vielleicht das eine oder andere Schreiben zu beantworten. Mehr wollte sie heute nicht mehr tun. Klenze fiel ihr wieder ein, der große Mann mit den lappigen Ohren, den sie erschreckt hatte durch ihre hysterische Reaktion auf seine ganz normale Frage, ob er sie kennen müsse. Es war eigentlich sehr liebenswürdig, wie er ihre Reaktion aufgenommen hatte. Das Exemplar ihres Gedichtbandes, das sie ihm gewidmet hatte, lag immer noch uneingepackt auf ihrem Schreibtisch. Das würde sie jetzt abschicken, ohne es vorher noch einmal durchzulesen. Vielleicht schrieb er ihr ein paar Worte dazu. Das würde sie auf jeden Fall interessieren.

Sie war in diese Gedanken versunken, als sie ruckartig und schneller, als sie die Situation erfassen konnte, stehenblieb. Vor dem Haus, in dem sie wohnte, aber auf der gegenüberliegenden Straßenseite, parkte Sabines blauer Sportwagen. Wahrscheinlich saß sie im Wagen und beobachtete die Haustür. Oder sie stand irgendwo und lauerte ihr hier auf, hatte sie vielleicht schon kommen sehen und würde ihr gleich in den Weg treten, bereit und fähig zu irgendeinem Wahnsinn. Nervös blickte sie sich um, konnte aber Sabine in der Straße nirgends entdecken. Wahrscheinlich saß sie doch im Wagen und behielt die Haustür im Auge, um sie abzufangen, wenn sie aus dem Haus trat oder von einer Besorgung zurückkehrte. Sie hatte es also nicht ausgehalten, zu warten, bis sie von ihr angerufen wurde, wie sie es vereinbart hatten. Sie ließ ihr keine Ruhe. Offenbar war sie eine andere Person, als sie bisher gedacht hatte. Man konnte Angst vor ihr bekommen. Aber sie hatte nur Herzklopfen, keine richtige Angst, als sie sich umdrehte und ging.

Eine Stunde später kam sie zurück. Der Wagen stand nicht mehr da. Sabine war wohl wieder in ihr Institut gefahren. Aber als sie die Treppe hochstieg, hörte sie oben in ihrer Wohnung das Telefon läuten. Kurze Zeit verstummte es, begann dann wieder, als wollte es nicht mehr aufhören. Solange sie mich anruft, kommt sie nicht her, dachte Bea, die einen ihrer drei Koffer auf ihr Bett gelegt hatte und Sachen für einige Tage hineinwarf. Auch den für Klenze gewidmeten Gedichtband legte sie im letzten Augenblick noch dazu. Ihr fiel ein, die letzten, noch übriggebliebenen Rosen aus dem großen Strauß in den Mülleimer zu stopfen, dann blickte sie sich noch einmal um und verließ die Wohnung. Vorsichtig nach allen Seiten spähend ging sie zu ihrem Auto und schob den Koffer in den Kofferraum, wo noch einige vergessene Einkäufe aus dem Drogeriemarkt lagen, ein Zeichen, wie abgelenkt sie in den letzten Tagen gewesen war.

Nun fuhr sie. Wohin, wußte sie nicht. Sie fuhr nach Süden. Einmal mußte sie tanken. Mit der neuen Füllung würde sie mehrere hundert Kilometer weit kommen. Und je weiter sie kam, um so besser fühlte sie sich. Anfangs hatte sie wiederholt in den Rückspiegel geschaut, ob ein blauer Sportwagen sie verfolgte, um sich dann zu sagen, daß niemand wußte, wo sie war. Allmählich wurde sie immer müder. Mehrmals fielen ihr die Augen zu, und sie riß sie mit größter Anstrengung im letzten Augenblick wieder auf, aber es waren nur noch schmale, trübe, verschleierte Schlitze. Vor ihr leuchteten Bremslichter, rechts neben ihr drehten sich die großen schwarzen Pneus eines vielachsigen Lastzugs. Jemand hupte zornig, weil sie unachtsam die Spur gewechselt hatte. Sabine würde es für Selbstmord halten, wenn mir etwas passierte, dachte sie. Es war ein beiläufiger Gedanke, ohne irgendein Gefühl, als beträfe er eine andere Person. Schließlich fuhr sie auf den Parkplatz eines Rasthauses und schlief mit dem Kopf auf dem Lenkrad ein. Als sie wach wurde, war es schon dämmrig, und sie spürte in ihrer Benommenheit, daß sie unfähig war weiterzufahren. Sie stieg aus und ging in das Restaurant des Rasthofs, um etwas zu essen, denn sie hatte seit dem Frühstück nichts zu sich genommen, ohne daß ihr das richtig bewußt geworden war. Nun kämpfte ihre Müdigkeit gegen ihren Hunger, und die Müdigkeit siegte. Auf keinen Fall konnte sie weiterfahren. Sie hatte Glück und bekam ein Zimmer.

In der Nacht wurde sie wach, ohne gleich zu wissen, wo sie war. Sie hörte das Rauschen des nächtlichen Verkehrs auf der nahen Autobahn. Es war ein stetiges, an- und abschwellendes Geräusch. Wie viele Menschen unterwegs sind, dachte sie. Doch die meisten wissen, wo sie hinwollen. Im Unterschied zu mir. Jetzt wollte sie erst einmal weiterschlafen. Morgen würde sie es vielleicht auch wissen.

Episode

Als er auf den Bahnsteig kam, stand noch ein anderer Zug mit offenen Türen an der Bahnsteigkante, und die letzten Reisenden, die hinter ihm auf der Rolltreppe hochgefahren waren, eilten auf den nächsten Wagen zu und stiegen ein. Dann kam das Abfahrtssignal, und an der langen Wagenreihe schlossen sich die automatischen Türen. Es sah immer so aus, als hätte sich der Zug die Reisenden einverleibt, die nun als Silhouetten hinter den verstaubten Fenstern saßen und allmählich schneller werdend an ihm vorbeirollten. Sein Zug ging erst in zehn Minuten. Vorher kam noch ein anderer Zug, wie er auf der elektronischen Anzeige sah. Langsam schlenderte er ein Stück den Bahnsteig auf und ab, wo sich wieder neue Reisende mit ihrem Gepäck einfanden. Er selbst hatte wie gewöhnlich bei seinen Kurzreisen nur eine kleine Reisetasche dabei – gerade ausreichend für Schlafanzug, Waschbeutel und die Hausschuhe, außerdem zwei Bücher und die Tagungsunterlagen, die er während der Fahrt durchblättern wollte. Die Bücher waren neue Veröffentlichungen von Kollegen, denen er heute abend begegnen würde. Wülfing, der jüngere der beiden, würde ihn am Bahnhof in Münster abholen und mit ihm in die Universität fahren, wo das Seminar stattfand, an dem er sich mit einem Statement beteiligen sollte. Er hatte das leichtsinnigerweise vor einem halben Jahr zugesagt und dann versäumt, rechtzeitig abzusagen. Und nun mußte er hin und dem berüchtigten Begriffskünstler Frickenberger widersprechen, der sich laut Programm über das »Selbstbewußtsein als Kontextenthobenheit des Ichs« auslassen würde.

Nichts konnte falscher sein als diese These, denn das Ich konnte zu einem Bewußtsein seiner selbst doch nur durch seine Verstrickung in die Welt gelangen. Es sei denn – und so würde Frickenberger vermutlich retournieren –, das Ich begreift sich dabei in seiner prinzipiellen Unterscheidung vom Nicht-Ich als das jeweils eigene, sich selbst gestaltende, selbst verantwortende Sein. O Gott, so würde es laufen, mit ihm und gegen ihn. Der Bahnhof war jedenfalls das Nicht-Ich mit seinen vielen Bahnsteigen und den ein- und ausfahrenden Zügen voller Menschen, die alle voneinander abgegrenzt auf ihren Plätzen saßen und sich so wenig wie möglich beachteten. Frickenberger mußte das eigentlich gefallen. Er würde ihm den Bahnhof als Metapher für sein Konzept anbieten.

»Kontextenthobenheit« – was für ein hochtrabendes, abstraktes Wort für Alleinsein, Einsamkeit, Isolation. Frikkenberger würde auf die emotionalen Aspekte seiner Begriffsbestimmung vermutlich nicht zu sprechen kommen oder wenn, dann nur nebenbei. Es war für ihn die Ebene der alltäglichen Trivialitäten: das Beliebige, das zufällig so war, wie es war, ohne begriffliche Notwendigkeit – Stoff für Romane. Er erinnerte sich an eine Seminarsitzung, bei der Frickenberger das Wort »Roman« in diesem ironischen, abwertenden Sinn ausgesprochen hatte. Das war lange her. Damals war er noch sein Assistent gewesen, aber er hatte sich schon grundsätzlich von ihm gelöst. Er war

»zu den Psychologen übergelaufen«, wie Frickenberger immer noch sagte. Man konnte es durchaus so sehen, obwohl er bei der Philosophie geblieben war. Was er wirklich war, was sein Fundament war, wußte er nicht so genau. Er changierte. Er war jemand, der keine festen Bindungen an Gewißheiten und Gewohnheiten hatte. Ein zweimal geschiedener Mann, ein vagabundierender Junggeselle mit abgebrochener akademischer Laufbahn, das war seine Art von »Kontextenthobenheit«. Er war aus den Gleisen geraten. Nicht dramatisch. Er hatte noch einen Lehrauftrag. Aber ihm ging der Ruf eines Außenseiters voraus, den man bei Symposien wie dem bevorstehenden für die anregenden Nuancen und ungeschützte Thesen brauchte. Frikkenberger dagegen war akademisch eine unangefochtene traditionelle Bestandsgröße ersten Ranges und privat in seiner Ehe offenbar ein Musterbeispiel an Kontextenthobenheit – absolut versuchungsresistent gegen »Romane«.

Gut. Sollte er doch. Er vertat sein Leben auf seine Weise als eine hoch angesehene akademische Nischenexistenz. Er repräsentierte nichts, worum er ihn beneiden sollte, weder sozial noch intellektuell. Da er nun schon zu diesem Symposion fuhr, konnte er vielleicht versuchen, Frickenbergers Gedankengebäude ein wenig ins Wanken zu bringen. Nicht wie ein schweres Erdbeben, sondern wie eines der Stufe drei, das einige feine Risse hinterließ, die von ihm selbst vielleicht gar nicht gesehen wurden, sondern nur von dem einen oder anderen Zuhörer der Debatte. Zum Beispiel konnte er über die verborgenen Unterströmungen des Bewußtseins sprechen und sie, scheinbar in Frickenbergers Sinn, als »Begriffsverschmutzung« interpretieren, aber daran anschließend, wie bei der üppigen Ernte aus dem Nilschlamm, darin die Voraussetzung für neue fruchtbare Gedanken sehen. Er mußte natürlich damit rechnen, daß Frickenberger diesen Vergleich als bloßen Feuilletonismus bezeichnen würde, was in seiner Sprache verwahrlostes Denken bedeutete. Effektvoller Gebrauch von Schlagwörtern – das war die philosophische Sünde Nummer eins. Nur daß natürlich die Definitionshoheit, was ein Schlagwort war und was nicht, bei Frickenberger lag.

Ach, es hatte keinen Sinn, Gedankenspielen nachzuhängen, aus denen erfahrungsgemäß doch nichts wurde, weil alles, der unumstößlichen Rangordung entsprechend, schon im voraus geplant war. Wahrscheinlich wurde er durch den Zeitplan der Veranstaltung viel zu sehr eingeengt, um sich Extravaganzen leisten zu können. Er war ein Diskussionsteilnehmer der zweiten Reihe, was ihm im Grunde auch recht war. Das Ganze war ja doch mehr oder minder nur ein Schattenspiel, platonisch gesprochen.

Er spürte, wie Lustlosigkeit ihn anwehte. Das graue Einerlei, das seit Jahren die Hintergrundfarbe seines Lebens war. Nein, er haderte nicht damit. Das graue Einerlei war keine bedrohliche Szenerie, eher die Farbe der Alltäglichkeit und des Gleichmuts, und ja, einer gewissen Trägheit, die für ihn typisch war. Die Bahnhofsgeräusche hallten um ihn herum: sich überlagernde Lautsprecherdurchsagen auf nahen und ferneren Bahnsteigen, ein- und ausfahrende Züge, Wortfetzen und Schritte eiliger Menschen in seiner Nähe, deutlich abgehoben die helle Stimme eines Kindes und das ungeduldige »Komm! Komm!« einer Frau, die mit dem Kind an der Hand vorbeihastete, um noch den Zug auf dem Nachbargleis zu erreichen, dessen Abfahrt gerade angekündigt wurde. Alles kam ihm im Augenblick so vor, wie an unzähligen Fäden gezogen, und für einen Moment schloß er die Augen, um das verworrene Klanggewebe der Halle in sich aufzunehmen. Jetzt lief an seinem Bahnsteig planmäßig der Regionalzug ein, der sechs Minuten vor seinem Zug abfuhr. Langsamer werdend rollte die Wagenreihe an ihm vorbei und stand mit einem leisen Quietschen der Bremsen still. Die Türen öffneten sich, und die aussteigenden Reisenden drängten sich mit ihrem Gepäck durch die zähe Masse vor den Türen wartender Reisender, ein Austausch, der den vorübergehend überfüllten Bahnsteig wieder halbwegs geleert hatte, als der Zug weiterfuhr.

Schräg hinter ihm waren in einer Sitzgruppe von drei festmontierten Kunststoffschalen zwei Plätze frei geworden. Auf einem der äußeren Plätze saß eine junge Frau. Um nicht aufdringlich zu erscheinen, setzte er sich auf den anderen Außenplatz, ließ den mittleren Platz frei. Bei irgendeiner anderen Reisenden wäre er nicht auf diesen Gedanken gekommen. Doch sie war etwas anderes, etwas Besonderes, das hatte er schon beim ersten Hinschauen gedacht, und es war ihm nötig erschienen, sein plötzlich aufflammendes Interesse zu verschleiern, indem er sich auf den entfernteren Platz setzte. Die junge Frau sprach gerade in ihr Handy, drehte dabei zweimal den Kopf und sah kurz zu ihm herüber, als vergewissere sie sich ihrer Umgebung. Sie war vielleicht Anfang Zwanzig und, wie die meisten seiner Studentinnen, durchschnittlich hübsch. Aber etwas war auffallend an ihr und nahm ihr in seinen Augen die jugendliche Banalität: Sie hatte einen ungewöhnlich klar geprägten, üppigen Mund. Das waren Lippen, die sich bemerkbar machten, vor allem die schön gewölbte Unterlippe: ein rotes Kissen für einen anderen Mund. Die Oberlippe war unterhalb der Nasenrinne ziemlich tief eingekerbt, was ihr einen empfindsamen Ausdruck gab, eine wehrlose Offenheit und Verletzbarkeit. Er konnte nicht so lange hinschauen, wie er es gewollt hätte, und blickte statt dessen auf ihre Füße, die nackt in leichten Sandaletten steckten, ziemlich kleine, wohlgeformte Füße, die Zehennägel perlmuttfarben lackiert. Sie hatte das linke Bein über das rechte geschlagen, und der abgespreizte Unterschenkel und die Fußspitze wiesen halbwegs in seine Richtung. Nein, nicht wirklich, nur ungefähr, in zufälliger Annäherung, aber doch nah genug, um als ein irritierendes Objekt wahrgenommen zu werden. Wenn er auf dem Platz neben ihr gesessen hätte, wäre der Fuß zum Greifen nah gewesen.

War es möglich, ein Gespräch mit ihr zu beginnen? Sie telefonierte nicht mehr. Doch alles, was sich jetzt hätte sagen lassen, kam ihm gezwungen und verkrampft vor. Er begegnete ihrem Blick, der sich gleich zurückzog. Das war die natürliche, die zu erwartende Reaktion. Es war nicht schroff, nicht feindlich, aber anknüpfen ließ sich daran nicht. Na ja gut, in drei Minuten mußte sein Zug kommen. Und in Münster auf dem Bahnsteig würde Wülfing auf ihn warten, um mit ihm erst zum Hotel und gleich anschließend zum Veranstaltungsort zu fahren, wo nach der Kaffeepause sein Statement im Programm stand. Er würde dann keine Zeit mehr finden, noch einmal in seine Notizen zu schauen. Dazu blieb ihm nur noch die Bahnfahrt. Gut, daß es keine weitere Abwechslung mehr gab.

Unter den laufenden Lautsprecherdurchsagen erschallte jetzt laut eine auf seinem Bahnsteig. Sie begann mit einem Knackgeräusch, als habe der Sprecher sich das Mikro zurechtgebogen. Das Eintreffen seines Zuges verzögerte sich voraussichtlich um zehn bis zwölf Minuten. Das war noch keine Katastrophe. Im Gegenteil, es gab ihm noch etwas mehr Zeit, in seine Papiere zu schauen. Er zog den Reißverschluß seiner Tasche auf und nahm die blaue Mappe mit seinen Unterlagen aus dem Seitenfach, als die junge Frau ihn fragte: »Fahren Sie auch mit diesem Zug?«

»Ja, bis Münster.«

»Ich auch«, sagte sie. »Wären Sie wohl so nett, vorübergehend auf meinen Koffer aufzupassen? Ich hab nämlich etwas vergessen.«

»Ja, natürlich«, sagte er. »Ich setze mich neben Ihren Koffer.«

»Danke«, sagte sie. »Es ist nichts Wertvolles drin. Nur meine persönlichen Sachen.«

»Die sind ja auch wertvoll«, antwortete er.

»Für mich«, lächelte sie. »Jedenfalls herzlichen Dank. Ich beeile mich.«

Das war die unerwartete, nicht konstruierbare Gelegenheit, Bekanntschaft zu schließen, noch dazu, wo sie in dieselbe Stadt fuhren. Er blickte ihr nach, wie sie eilig zwischen den wartenden Reisenden und Reisegruppen zur Bahnsteigtreppe ging und dort verschwand. Ihr Koffer neben ihm sah ziemlich schäbig aus, eine abgewetzte Lederimitation mit zwei primitiven Schlössern, die nicht viel Sicherheit versprachen. Das Ganze wurde notdürftig durch einen Riemen zusammengehalten. Es sah jedenfalls nicht so aus, als wäre darin eine Bombe versteckt. Ein so schäbiger Kunststoffkoffer wäre allerdings eine raffinierte Tarnung gewesen.

Hoffentlich kam sie bald zurück, damit sie vor der Abfahrt noch miteinander reden konnten. Dann wollte er ihr sagen, er habe sie schon im Verdacht gehabt, eine Attentäterin zu sein, weil sie so schnell verschwunden sei. Ja, das war ein möglicher Anknüpfungspunkt. Er konnte sagen: Gerade weil sie so unverdächtig aussehe, sei sie ihm verdächtig erschienen. Von da aus konnte er leicht etwas über ihr Aussehen sagen, wenn sie locker genug war, sich auf einen Flirt mit einem Unbekannten einzulassen. Immerhin hatte sie den Kontakt hergestellt, als sie ihn gebeten hatte, auf ihren Koffer aufzupassen. Was mochte sie wohl vergessen haben? Vielleicht hatte sie keine Zeit mehr gehabt, eine Fahrkarte zu kaufen, weil an den Schaltern meistens lange Schlangen von Wartenden standen. Aber sie hätte ja im Zug nachlösen können. Oder war das teurer als am Schalter? Er wußte das nicht, weil er seine Reisen meist längere Zeit vorausplante und die Karten im Reisebüro bestellte oder aber von den Veranstaltern geschickt bekam, wie dieses Mal. Es war ja auch egal, was sie noch erledigen wollte. Hauptsache, sie kam bald zurück.

Er hatte keine Lust mehr, in seine Papiere zu schauen, verstaute die Mappe wieder in seiner Reisetasche und wartete. Der Bahnsteig war inzwischen wieder mit Wartenden überfüllt. Auf die beiden Plätze neben ihm hatte sich ein älteres Paar gesetzt. Wenn sie gleich zurückkam, mußte er aufstehen und ihr den Platz wieder frei machen. Seinen eigenen hatte er versäumt zu reservieren. Es wäre bei dem Gedränge auch schlecht möglich gewesen. Es war unangenehm zu warten neben dem fremden Koffer, nicht wissend, ob sie pünktlich zurückkommen würde. Letzten Endes war das nicht sein Problem. Sie mußte ja wissen, wieviel Zeit ihr für ihre eilige Besorgung blieb, um was auch immer es sich handeln mochte. Sie hätte es mir ja eigentlich sagen können, dachte er, dann hätte ich mich besser darauf einstellen können. Nun gut, wichtig war das nicht. Jedenfalls nicht für ihn. Er konnte es in Ruhe abwarten.

Jetzt kam schon wieder eine Ansage für Gleis 4. Der verspätete IC werde im Gegensatz zu der letzten Ansage nun doch schon in fünf Minuten eintreffen. Und zwar entgegen dem Fahrplan an Gleis 5, also am selben Bahnsteig gegenüber. Der Sprecher wiederholte die Ansage. Trotzdem konnte er durchaus nicht sicher sein, daß auch sie die Ansage gehört hatte, wo immer sie jetzt war. Verständlich waren die Durchsagen meist nur auf dem Bahnsteig, für den sie bestimmt waren. Alles andere verschwamm im Geräuschpegel der weiten Halle.

Was tun, wenn sie nicht rechtzeitig zurückkam? Vielleicht konnte er den Koffer einem Bahnbeamten übergeben? Er mußte jedenfalls mit diesem Zug fahren, ob sie rechtzeitig zurückkam oder nicht. Beruflich konnte er es sich nicht leisten, den Termin für seinen Auftritt nicht einzuhalten. Aber konnte er den ihm anvertrauten Koffer einfach unbeaufsichtigt stehen lassen, wenn er keinen Bahnbeamten fand, der darauf achtgab, bis sie zurückkam? Wahrscheinlich konnte dieses schäbige Gepäck stundenlang unbeaufsichtigt auf dem Bahnsteig stehenbleiben, ohne daß sich jemand dafür interessierte. Schließlich würde der Koffer vermutlich vom Bahnpersonal in Verwahrung genommen, bis sie sich meldete. Doch bis dahin war sie wohl längst wieder aufgetaucht. So oder so würde jedenfalls kein großes Problem entstehen. Trotzdem war ihm die Vorstellung unangenehm, sie würde, weil sie die veränderte Zugabfahrt nicht gehört hatte, auf den nun fast leeren Bahnsteig zurückkommen und schon von der Treppe aus ihren verwaisten Koffer sehen. Es war für ihn ein peinliches Bild, auch wenn er durch die frühere Abfahrt des Zuges gerechtfertigt war.

Noch blieben allerdings einige Minuten. Er war aufgestanden und blickte zu der Bahnsteigtreppe hinüber in der Erwartung, daß sie, hochgefahren von der Rolltreppe, dort jederzeit erscheinen könnte. Und plötzlich änderte sich sein inneres Bild. Es war wie ein Riß in der Zeit. Ein Ruck über die Schwelle der Zukunft hinweg. Der Zug war abgefahren, der Bahnsteig leer. Er stand noch bei ihrem Koffer und erwartete sie. Das war sie – die optimale Situation, die man sich nicht vorstellen konnte, bis sie plötzlich eintrat. Man mußte sie nur erkennen und ergreifen. Sie hatte den Zug verpaßt, und er hatte ihn fahren lassen mit allen Verpflichtungen, die für ihn daran hingen. Der nächste Zug fuhr erst in einer Stunde. Nun konnten sie zumindest zusammen Kaffee trinken und miteinander reden, und vielleicht konnte er sie dafür gewinnen, auch den nächsten und den übernächsten Zug fahren zu lassen und den Abend mit ihm zu verbringen in idealer »Kontextenthobenheit«. Das Wort gefiel ihm immer besser. Er wollte es Frickenberger entwenden, um es umzuwidmen für seine privaten Phantasien. In Münster konnte er anrufen und irgendeinen Zwischenfall, einen Unfall vortäuschen, der es ihm unmöglich machte zu kommen.

Ja, das wollte er tun. Er mußte seinen Zug fahren lassen, ohne zu wissen, was mit ihr los war, weshalb sie so eilig verschwunden war und ihm die Aufsicht über ihren dämlichen Koffer übertragen hatte, der als ein totes Relikt neben ihm stand und nichts über sie verriet, nichts garantierte. Sein Einsatz war, sich blind zu entscheiden, den Zug, mit dem er erwartet wurde, fahren zu lassen. Damit würde er sie beeindrucken, vielleicht aber auch erschrecken. Vielleicht waren seine Überlegungen völlig verstiegen. Sie war in ihrer Welt und er in seiner, das ließ sich nicht einfach überbrücken. Er wußte nur: Wenn sie noch vor der Abfahrt des Zuges kam, der soeben angekündigt wurde, würde sie selbstverständlich noch im letzten Augenblick in einem automatischen Impuls in den Zug einsteigen. Und er würde auch einsteigen, aber angesichts der Menschenmassen, die inzwischen auf dem Bahnsteig standen, wohl kaum einen Platz neben ihr finden. Also mußte sie zu spät kommen. Und er mußte, gewiß überraschend für sie, trotz allem, was an ihm zerrte, als ein zuverlässiger Wächter bei ihrem Koffer stehenbleiben: ein Anblick, der ihr ein schlechtes Gewissen machen, ein Verhalten, das ihr imponieren würde, obwohl oder weil es verrückt war. Ja, es war verrückt, aber es gefiel ihm, weil es so unerwartet war.

Jetzt lief der Zug ein. Ein lange silberne Wagenkette, die zunächst noch wie mit einem Überschuß an Vorwärtsdrang Waggon für Waggon an ihm vorbeisauste, aber dann in magischer Disziplin zum Stehen kam. Die Türen öffneten sich, und auf dem Bahnsteig entstand das übliche Gedränge. Vielleicht war der Halt des Zuges wegen der Verspätung etwas verkürzt? Gelähmt stand er neben dem Koffer und schaute zur Bahnsteigtreppe hinüber. Sollte er jetzt einsteigen oder nicht? Er fühlte sich unfähig zu irgendeiner Entscheidung. Jetzt läuft alles falsch, dachte er, obwohl doch nur geschah, wovon er noch soeben phantasiert hatte. Er mußte sich seiner möglichen Lächerlichkeit aussetzen. Anders war nichts zu gewinnen. Das war sein Risiko. Er willigte ein in diesen neuen Grund. Die Menschenknäuel an den Wagentüren waren schon fast abgeschmolzen. Bitte einsteigen!, kam die Durchsage.

Da sah er sie. Sie winkte schon von weitem und lief auf ihn zu. Er kam ihr mit dem Koffer entgegen. Sie entschuldigte sich, sie bedankte sich, alles in großer Eile, und er reichte ihr den Koffer in den Wagen, stieg dann rasch in den nächsten Wagen, in dem er einen reservierten Platz hatte. Sie fuhren. Endgültigkeit dieses Vorgangs. Immer schnelleres Vorbeigleiten hinter der Scheibe. Er saß mit dem Rücken zur Fahrtrichtung, hinter sich den Wagen, in den sie eingestiegen war. Konnte er hinübergehen, um noch ein paar Worte mit ihr zu reden? Sicher konnte er das. Aber wozu? Was sollte er sagen? Wo er doch schon nicht mehr wußte, was er eigentlich hatte sagen wollen. Möglicherweise behielt sie so eine bessere Erinnerung an ihn.

In der Oper

Das Schließen der Türen und das langsame Verlöschen aller Lampen in dem großen, bis in die oberen Ränge voll besetzten Raum, in dem sich noch einige eilige Nachzügler durch die Sesselreihen zu ihren Plätzen schoben, war ihr früher manchmal wie der Anfang einer unerklärlichen Katastrophe erschienen. Besonders der Augenblick, wenn das letzte Räuspern erstarb und nur noch über den Ausgängen die roten Notbeleuchtungen brannten. Alle warteten, daß von links, empfangen vom aufrauschenden Beifall, schnellfüßig der Dirigent erschien und sich an seinem Pult vor dem Zuschauerraum verbeugte, sich dann umwandte und den Taktstock hob. Gleich mußte das Orchester einsetzen, und nach einigen Takten würde sich der Vorhang heben und den Blick auf eine andere Welt freigeben. Dann endlich war man gerettet.

Aber sie wußte, es gab keine andere Welt. Die Musik konnte sie nicht herbeirufen. Die Sänger konnten sie nicht beschwören. Sie befand sich immer in derselben Welt, mitten in diesem Publikum, neben ihrem Mann, der mit ihr hergekommen war, um ihr eine Freude zu machen, wie er gesagt hatte und wie er es vielleicht selbst glaubte. Es war sein Recht, es so zu sehen. Er erfüllte seine Rolle als Ehemann.

Wie gut, daß es dunkel wurde. Sie blickte nach oben, wo

an der Decke die dreiblättrigen Ampeln verblaßten und in ihrem dunklen Hintergrund verschwanden, und schon hörte sie den Beifall, der den Dirigenten begrüßte. Neben ihr klatschte ihr Mann in seine großen, schweren Hände, als wollte er ihr ein Beispiel geben, was jetzt zu tun war und auch von ihr erwartet wurde, oder als klatschte er für sie mit.

Wie labil diese Bewegung wirkt, mit der sie den Kopf in den Nacken legt, dachte er. Es sieht wie Hingabe aus. Aber es ist nur ihre lethargische Haltlosigkeit. Sie fühlt sich schlaff. Sie gibt mir zu verstehen, daß sie sich langweilt. Das hatte er sich anders vorgestellt.

Er hatte gedacht, ihr mit dem Opernbesuch eine Freude zu machen. Er selbst war kein Opernfreund, hörte aus eigenem Antrieb nie Musik. Nur ihr zuliebe hatte er sich über das Programm der Oper informiert und die Kritiken in den lokalen Zeitungen gelesen, die die Inszenierung fast einhellig wegen ihres Einfallsreichtums gelobt hatten. Auch die schönen ausdrucksstarken Stimmen der beiden Gäste, die die Hauptpartien sangen, hatten sie hervorgehoben.

Wie er es gewohnt war, hatte er sich dann noch im Lexikon informiert. Die Oper war ein Werk von Schostakowitsch und war in der Sowjetunion verboten gewesen, wurde aber jetzt überall wieder in der Urfassung aufgeführt. Die Handlung beruhte auf einer Erzählung von Nikolai Ljeskow, aus der Mitte des 19. Jahrhunderts. Es war ein Leidenschaftsdrama unter Menschen in der Abgelegenheit der russischen Provinz, das auf ein tatsächliches Verbrechen zurückging, offenbar eine etwas ferngerückte archaische Geschichte. Den Namen des Autors hatte er auch noch nicht gehört, aber anscheinend war er eine bekannte

Größe der russischen Literaturgeschichte. Da das Stück am Geburtstag seiner Frau auf dem Programm stand, hatte er zwei Karten für das 1. Parkett gekauft. Er hatte gehofft, sie damit aus der Lähmung herauszuholen, die sie seit Monaten befallen hatte. Ablenkung wird ihr guttun, hatte er gedacht. Aber sie schien alles abzuweisen, was von ihm kam.

Der Vorhang war hochgefahren und hatte das Bühnenbild freigegeben, einen Wald aus kahlen Stämmen, im Hintergrund von Stegen und Brücken durchzogen, auf denen reglose Gestalten in schäbigen, lehmfarbenen Gewändern standen. Links vorne war ein mannshohes Gerüst aufgebaut, das ein breites, aufgedecktes Bett ins Licht hob. Am Fuß der Treppe, die zu dem Bett führte, stand eine junge Frau mit gesenktem Kopf. Sie trug über ihrem weißen Nachtgewand eine rote Samtjacke, zu der der rote Rock gehörte, der auf dem aufgedeckten Bett lag. Jetzt hob die Sängerin den Kopf und sang, langsam und schleppend, gedehnt durch Pausen, eine einfache Klage: »Ich kann nicht schlafen.«

Ich auch nicht, dachte sie. Aber jetzt, wenn ich nicht hier wäre, könnte ich vielleicht schlafen. Wenn ich anderswo wäre. Anderswo, was für ein Wort. Es flüstert mir zu, daß es anderswo besser ist als hier. Aber das ist wohl eine Täuschung.

Seit Monaten schlief sie schlecht, obwohl sie tagsüber alles tat, um sich müde zu machen. Abgesehen von einer Putzhilfe, die einmal in der Woche kam und die Spuren der beginnenden Verwahrlosung jedesmal beseitigte, führte sie den Haushalt selbst, obwohl alles langsamer ging und vieles liegenblieb. Aber sie wollte durchhalten und bei ihrem

Mann keine unbeantwortbaren Fragen aufkommen lassen. Sie spielte weiter die Ehefrau, an die er gewöhnt war. Wenn sie vor dem Schlafengehen zwei Gläser Rotwein trank, schlief sie zwar ein, war aber nach einer Stunde wieder wach. Im Schlaf hatte ihr Herz begonnen, rascher zu schlagen, und die Unruhe weckte sie. Bei jedem dritten Schlag stolperte ihr Herz und drohte auszusetzen, rumpelte dann schwerfällig weiter. Neben ihr lag ihr Mann, der manchmal im Schlaf seufzte oder sich auf die andere Seite drehte, von ihr weg, anscheinend ohne daß er wach geworden war. Sie wollte Wasser trinken und sich einen feuchten Lappen auf ihr Gesicht legen. Doch sie wollte vermeiden, daß er wach wurde und merkte, daß sie wieder nicht schlief, wollte nicht, daß er Fragen stellte. Es ging eine Spannung von ihm aus, gegen die sie sich nicht schützen konnte. Er war undurchdringlich in seiner Zurückgezogenheit, ein geballter, unausgesprochener Vorwurf, während in ihr Angst, Wut, Schuldgefühl und der Wunsch zu fliehen wie toter Abfall in einem Strudel umeinanderwirbelten, ohne daß sie dem Einhalt gebieten konnte. Sie selbst war nichts anderes mehr als dieses ständige stundenlange Kreisen in ihrem Kopf. Sie hatte nichts mehr, worauf sie hoffte, außer auf ein kurzes Entkommen in einen kurzen Schlaf. Ab und zu hatte sie Tabletten genommen, um den Schlaf herbeizuzwingen, war aber nach zwei oder drei Stunden wieder aufgewacht, obwohl die Betäubung immer noch wirkte. Sie lag dann reglos auf dem Rücken und versuchte ruhig zu atmen. Ihr Gehirn war von einer gipsernen Bandage umwickelt. Oft lag sie bis zum Morgengrauen wach, und ihre Gedanken taumelten als blasse Schatten über eine leere Leinwand, bis der Wecker klingelte und sie aufstehen mußte, um den Kindern, die in die Schule mußten, das Frühstück zu machen. In den letzten Tagen hatte ihr Mann diese Aufgabe übernommen, weil er gesehen hatte, wie erschöpft sie war. Er hatte nicht wissen wollen, woran sie so auffällig litt, hatte nur gesagt, daß sie zu einem Arzt gehen solle. Er fühlte sich hilflos und abgestoßen von den peinlichen Zuständen ihres allmählichen Verfalls und hatte sich in sein Schweigen zurückgezogen. Vermutlich wartete er darauf, daß sie ihm ein Geständnis machte. Manchmal war sie nahe daran gewesen, sich ihm durch ein Geständnis auszuliefern. Sie hatte sich Formulierungen zurechtgelegt. »Ich muß dir etwas sagen«, wollte sie beginnen. »Ich hatte damals, als du immer wieder verreist warst, ein kurzes Verhältnis mit einem verheirateten Mann. Das ist aber vorbei. Wir haben uns getrennt. Er ist mit seiner Frau und seinen Kindern in die USA gezogen.«

Sie konnte sich nicht vorstellen, wie ihr Mann darauf reagieren würde. Aber es kam ihr so vor, als gäbe sie damit alles preis, was allein ihr gehörte. Obwohl sie es verloren hatte, gehörte es immer noch ihr. Sie durfte es nicht verraten. Niemand durfte darin herumwühlen und darüber urteilen.

Natürlich würde ihr Mann sich mit diesen dürren Sätzen nicht zufriedengeben. Er würde mehr wissen wollen, ohne dem standhalten zu können. Die Fassade seiner Sicherheit würde wahrscheinlich zusammenbrechen. Das fürchtete sie am meisten. Sie schwieg auch für ihn, schwieg für sie beide, damit sie noch eine Zukunft hatten. Denn was blieb ihnen sonst? Möglicherweise sah er es genauso.

Er saß neben ihr wie ein Denkmal, während auf der Bühne Arien einer mörderischen Leidenschaft gesungen wurden und der Orchesterklang drohend und dröhnend die

Geständnisse untermalte. Gravitätisch und gespenstisch, wie zeitlupenhaft sich die Sänger bewegten, wie sie die Arme ausbreiteten, hierhin und dorthin blickten. Die Gefühle wehten durch den Raum wie blutige Fahnen. Das Stück war eine Moritat über das böse Ende hemmungsloser Leidenschaft. Die junge Frau eines reichen Kaufmanns liebte einen Knecht und brachte nacheinander ihren Schwiegervater, ihren Mann und eine Nebenbuhlerin um, alle, die sich ihrer Leidenschaft entgegenstellten. Die Handlung entsprach sicher nicht dem Geschmack ihres Mannes. Hatte er die Karten nur gekauft, weil heute ihr Geburtstag war? Oder hatte er mit Bedacht diese Oper ausgewählt? Hatte er einen Anlaß gesucht, um mit ihr zu reden? Hatte er einen Verdacht? Ihr war es vollkommen egal, wie die Geschichte ausging. Die Verhältnisse, in denen sie lebte, waren ganz anders. Doch sie konnte sich nicht dagegen wehren, daß die Musik in ihren Ohren zu einem grellen Getöse verschmolz. Alles rückte von ihr ab. Und alles, woran sie nicht denken wollte, kam wieder.

Jedesmal spürte sie wieder den Kälteschock dieses Augenblicks.

»Es ist unmöglich«, hatte ihr Geliebter gesagt, »wir können so nicht weitermachen. Sieh das bitte endlich ein. Ich jedenfalls kann es nicht.«

»Warum nicht?« hatte sie gefragt. »Weißt du denn nicht, daß wir gar nicht anders können? Weißt du das nicht?«

»Es gibt noch anderes zu bedenken«, hatte er in dieser seltsamen, künstlichen Steifheit geantwortet, die ihn neuerdings immer überkam, wenn er sich gegen sie wehrte. »Wir sind nicht allein auf der Welt.«

Was waren das plötzlich für Allgemeinplätze! Wie konnte er ihr damit kommen! Nach allem, was sie einander gesagt und gestanden hatten, nach all diesen einzigartigen Augenblicken ihrer Vereinigung. Nein, es konnte nur eine Anwandlung von Schwäche sein, kein grundsätzliches Vergessen, kein Verrat.

»Du«, hatte sie gesagt und mit beiden Händen seinen Kopf an ihr Gesicht herangezogen, um ihn Auge in Auge anzusehen und ihm einzuprägen, was er offenbar nicht erkennen wollte: »Alles, was du sagst, weiß ich auch. Ich leide wie du darunter. Ja, wir sind mit anderen Menschen zusammen. Jeder von uns. Mit lieben Menschen. Aber wir können trotzdem nicht voneinander los. Wir sind nicht mehr frei, uns so oder so zu entscheiden.«

»Vielleicht«, hatte er geantwortet.

Seine Stimme hatte ratlos und entmutigt geklungen, und so leise, als ergebe er sich einem fremden Zwang.

»Ich jedenfalls kann es nicht«, hatte sie gesagt, »ich kann es nicht einmal wollen. Und du willst es auch nicht. Du hast es dir nur aus Angst eingeredet. Aber du weißt es besser. Das spür ich doch. Komm, schau nicht weg! Schau mich an! Berühr mich von oben bis unten – weißt du noch?«

Sie hatte ihn unverwandt und beschwörend angeschaut, erfüllt von all den Bildern ihrer immer wieder erneuerten Nähe. Und sie glaubte zu sehen, daß es war wie immer und ihre innere Kraft auf ihn überging.

»Du!« hatte sie gesagt. »Du!«

Und wie zur Besiegelung hatten sie sich in regloser Versunkenheit geküßt.

Dennoch hatte sie in diesem Augenblick schon gewußt, daß sie ihn verloren hatte.

Es ist ja nur eine Oper, dachte ihr Mann. Aber das Stück war keine gute Wahl. Nun, er würde ja erfahren, wie sie es aufgenommen hatte. Vielleicht machte er sich falsche Gedanken. Er würde es erfahren. Das war das Gute an der Sache. Nein, gut war es leider nicht. Er war auf die hymnischen Kritiken hereingefallen. Ein Lustspiel, eine komische Oper wäre jedenfalls besser gewesen. Aber das stand nicht auf dem Programm. Und vermutlich wäre sie auch dazu nicht in der richtigen Verfassung gewesen. Als er sich ihr vorhin zugewandt hatte, war sie ihm völlig abwesend erschienen. Nicht daß er hätte sagen können, woran er es erkannt hatte. Sie sah nicht so aus als hörte sie zu. Irgend etwas, ein lähmendes Gewicht in ihrem Inneren, zog sie von allem weg. Heute war sie 48 Jahre alt geworden, also neun Jahre jünger als er. Gewiß kein besonderes Alter. Aber weil sie spät geheiratet hatten, waren ihre beiden Kinder erst neun und elf Jahre alt. Das hatte ihr nie etwas ausgemacht. Im Gegenteil, die Kinder waren für sie ein Geschenk gewesen, und er nahm an, daß es im Grunde noch immer so war. Doch in den letzten beiden Jahren, in denen er oft für längere Zeit nach Afrika und nach Mittelamerika reisen mußte, hatte sie sich verändert. Ein Schatten war über sie gefallen, so etwas wie eine Depression. Das war ja eine Krankheit, von der man immer häufiger in den Zeitungen las. Vor allem Frauen im mittleren Lebensalter waren davon betroffen. Er hatte es erst für eine Stimmungsschwankung gehalten, die verschwinden würde, wie sie gekommen war. Doch ihre hartnäckigen Schlafstörungen, ihr schlechtes Aussehen, ihre Vergeßlichkeit und die Langsamkeit, mit der sie sich bewegte, hatten ihn nachdenklich gemacht. Er hatte ihr nahegelegt, einen Arzt aufzusuchen.

Sie hatte davon nichts wissen wollen. Er hatte das für einen Ausdruck ihrer Antriebslosigkeit gehalten. Vielleicht war es etwas anderes, das sie vor ihm verbarg. Im Grunde wollte er es nicht wissen. Es war ein verborgener Sprengsatz, den er unbeabsichtigt auslösen konnte. Er konnte ihn nicht finden und durfte keine falschen Bewegungen machen.

In den letzten Tagen hatte er es übernommen, das Frühstück für die Kinder zu machen und dafür zu sorgen, daß sie rechtzeitig in die Schule kamen. Die Mutter sei krank, hatte er ihnen gesagt. Sie hatten das hingenommen und keine weiteren Fragen gestellt. Sie reagieren wie ich, hatte er gedacht, sie spüren, daß etwas nicht stimmt, und schauen lieber weg. Ausnahmsweise hatte er sie in die Schule gefahren und war früher als sonst in seinem Büro gewesen, wo er sich bei einer ausführlichen Zeitungslektüre entspannt hatte, wie jemand, der endlich zu Hause und bei sich selbst ist. Ich muß abwarten, ich muß Geduld haben, hatte er sich gesagt.

Sie hatte ihn verloren, ohne zu verstehen, wie es geschehen war. Er, der so eindringlich um sie geworben und durch sein drängendes Begehren ihr Begehren entfacht hatte, war auf dem Höhepunkt der Leidenschaft auf Distanz gegangen, als trete er von einem Abgrund zurück.

Auch er war verheiratet und hatte zwei Kinder. Aber kleinere, die noch nicht zur Schule gingen. Es war eine geordnete Welt, wie auch ihre eigene Ehe mit ihrem soliden, zuverlässigen Mann und ihren zwei gemeinsamen Kindern, die sie als den Mittelpunkt ihres Lebens gesehen hatte. Zu Beginn war der Ehebruch oder der Seitensprung oder wie immer die unsäglichen Worte lauteten, mit denen eine Erfahrung wie die ihre gewöhnlich benannt wurde, für sie beide eine Geschichte auf Widerruf gewesen, ein Erlebnis, das selbstverständlich ohne Dauer war, bis er nach der zweiten oder dritten heimlichen Zusammenkunft plötzlich und für sie ganz unerwartet gesagt hatte: »Was soll denn werden, wenn wir nicht mehr voneinander loskommen?«

Sie hatte das zunächst für eine abwegige Frage gehalten. Doch irgend etwas, ein noch von Angst verschleierter Wunsch, hatte ihr eingeflüstert, daß es genau das sei, was sie ersehnte und nur bisher nicht zu denken gewagt hatte. Ja, sie wollte, daß es so kam, auch wenn es eine nicht auszumalende Katastrophe bedeutete. Sie wollte ihn für sich und wollte durch ihn sich selbst finden, das, was unentdeckt in ihr steckte, weil es von ihrer Ehe und ihrem Familienleben überformt und gebändigt worden war. Bisher war es für sie selbstverständlich gewesen, sich den Konventionen ihres Lebens anzupassen, und sie hatte die damit verbundenen Annehmlichkeiten, vor allem die Sicherheit und Ordnung, als willkommene Entschädigung und Belohnung gesehen. Doch nun war etwas in ihr geweckt worden, was durch nichts anderes ersetzt werden konnte. Es war unvergleichbar. Und sie konnte von nichts anderem mehr phantasieren.

Sie hatten sich in der Uni-Bibliothek kennengelernt, wo sie einen Stapel kunsthistorischer Bücher durchgesehen hatte für einen Aufsatz, den sie schreiben wollte, eine Gewohnheit, die sie Jahre nach ihrem Studium wieder aufgenommen hatte. Seit ihr Mann im Ministerium für die Vergabe von Entwicklungsgeldern verantwortlich war, mußte er immer häufiger ins Ausland reisen, manchmal auch für längere Zeit. Deshalb begrüßte er es, daß seine Frau sich eine eigene Beschäftigung gesucht hatte.

Sie hatte sich angewöhnt, ein- oder zweimal in der Woche in den Lesesaal der Universitätsbibliothek zu gehen und dort, manchmal noch etwas wahllos, Bücher zu entleihen und durchzublättern und sich irgendwo festzulesen. Nachträglich hatte sie es als ein Zeichen gesehen, daß ihr eins von den Büchern, die sie zur Ausleihe zurücktrug, von dem Stapel heruntergerutscht und hingefallen war und ein Mann neben ihr sich schnell danach gebückt und es ihr lächelnd zurückgegeben hatte.

»Soviel Wissen kann man nicht auf einmal festhalten«, hatte er gesagt.

Durch diese Bemerkung war er ihr aufgefallen. Er war deutlich, vielleicht zehn Jahre jünger als sie und ein ganzes Stück größer, ein schlaksiger, schlanker Typ mit einem dunklen Haarschopf und blauen Augen, die sie neugierig musterten, fast etwas zu aufdringlich, wie sie fand. Später erzählte er ihr, er sei von ihr so beeindruckt gewesen, daß er es nach allem, was dann geschehen sei, nur als eine Vorahnung bezeichnen könne. Die vielen Bücher, die sie auf dem Arm trug und sorgsam an ihre Brust drückte, und das kleine Mißgeschick, daß ihr das oberste Buch wegruschte und vor seine Füße fiel, hatten zu der Lebendigkeit ihrer Erscheinung beigetragen. Jedenfalls war sie das Besondere, die einzigartige Frau, der man in der Regel nie begegnete und die plötzlich neben ihm stand. Er hatte die Geistesgegenwart besessen, sie zu einem Kaffee einzuladen, und sie war, ein wenig überrascht über sich selbst, bereitwillig darauf eingegangen. Als sie sich in einem nahe gelegenen Café an einem Tisch gegenübersaßen, hatten sie sofort, als sei es selbstverständlich, damit begonnen, sich miteinander bekannt zu machen. Er war ein habilitierter Literaturwissenschaftler, aber bisher noch ohne Professur. »Und ich bin eine ehemalige Studentin, die noch einmal den Versuch macht, in Büchern den Sinn des Lebens zu finden«, hatte sie gesagt.

»Vielleicht muß man ihn anderswo suchen«, hatte er geantwortet, und es hatte sich wie ein Angebot angehört, ihr dabei zu helfen. »Anderswo« wurde ihr Lieblingswort.

Immer wieder dachte sie an diesen Moment, in dem schon alles entschieden war. Sie hatte ein Gefühl des Schwebens gehabt, und eine seltsame Leichtfertigkeit und Bereitschaft, sich auf alles einzulassen, hatte sie ergriffen.

»Was raten Sie mir denn?« hatte sie gefragt.

Er ging nicht direkt darauf ein. Statt dessen sagte er: »Der Sinn des Lebens ist das Leben selbst.«

»Und woran erkennt man ihn?« hatte sie gefragt.

»Eine gute Frage«, hatte er gesagt und hinzugefügt: »Der Sinn zeigt sich. Aber man muß Mut haben, ihn zu erkennen.«

Sie fand das ziemlich anspruchsvoll, gerade wichtigtuerisch formuliert. Aber etwas in ihr wollte diesen Eindruck nicht gelten lassen und schob ihn beiseite.

»Das verstehe ich«, hatte sie geantwortet.

Danach hatten sie eine Weile geschwiegen, und das Schweigen war wie ein Eingeständnis, daß sie beide wußten, von sich selbst gesprochen zu haben. Sie hatte in ihre Kaffeetasse geblickt und den winzigen Bodensatz ausgetrunken. Er hatte sofort gefragt, ob er ihr noch eine Tasse Kaffee bestellen dürfe.

»Nein danke«, hatte sie geantwortet, »ich muß jetzt gehen.«

»Wirklich?« hatte er gefragt, was in ihren Augen eine Dreistigkeit war, die eine frostige Antwort verdiente. So hätte alles schon zu Ende sein können, wenn er nicht hinzugefügt hätte: »Ich kann Sie nicht einfach gehen lassen, ohne die Aussicht, Sie wiederzusehen.«

Lächelnd hatte sie gefragt, ob das jetzt sein Beispiel für den Mut zum Leben sei?

»Genau«, hatte er geantwortet.

»Übermorgen um dieselbe Zeit bin ich wieder im Lesesaal«, war ihre Antwort gewesen.

Als wäre sie wie im Sprung über die folgenden Begegnungen hinweggelangt, war die nächste Szene, an die sie immer wieder dachte, der Moment, wie sie zusammen in einem engen Fahrstuhl in den dritten Stock eines kleinen, abgelegenen Hotels hochgefahren waren, in dem er ein Zimmer reserviert hatte. Ihr Mann war wieder auf einer Auslandsreise. Für die Kinder hatte sie eine Studentin engagiert, die schon zweimal den Haushalt betreut hatte, als sie mit ihrem Mann ein Wochenende verreist war. Wie damals hatte sie reichlich Vorräte eingekauft und alles Wichtige mit der Studentin besprochen und war dann gegangen in dem erregenden Gefühl, alle Verbindungen zu ihrem Leben gekappt zu haben. Alles, was sie davon noch mitgenommen hatte, war das Nachtzeug in ihrer Tasche. Sie ging zu einem Parkplatz in der Nähe, wo er in seinem Wagen auf sie wartete. Als sie einstieg, sagte er: »Da bist du ja! Ich hatte schon Angst, du würdest nicht kommen.« »Du kennst mich noch nicht«, hatte sie geantwortet und gedacht, daß sie sich selbst auch nicht kannte und nicht wußte, ob sie auf dem Weg zu sich selbst oder von sich fort war. Vielleicht war es beides.

Er hatte das Zimmer in dem kleinen Hotel außerhalb der Stadt für das ganze Wochenende bestellt und seiner Frau gesagt, daß er zu einer Tagung fahre. Die Frau hatte das ohne jede Nachfrage akzeptiert. Sie selbst hatte der Studentin nur etwas von einem Seminar gesagt, an dem sie teilnehmen wolle. Es war ihr nichts anderes eingefallen. Wenn ihr Mann anrief, war es vielleicht gar nicht so falsch, daß er nur eine ungefähre Auskunft bekam. Bis zu seiner Rückkehr konnte sie sich dann etwas Genaueres ausdenken, falls er nicht sowieso vergaß zu fragen, wo sie gewesen sei.

Wie leicht auf einmal alles war, wie selbstverständlich, als ginge man nur von einem Zimmer in ein anderes und schlösse hinter sich die Tür. Eine neue Gegenwart baute sich auf, als sie stumm nebeneinander durch den Flur gingen, vorbei an der Reihe der Zimmertüren mit den messingfarbenen Nummern, bis sie vor der richtigen Tür standen. »Hier«, hatte er gesagt. Und als sie in dem Zimmer waren, einem vergleichsweise engen Raum, der in ihren Augen nichts weiter ausdrückte als Unausweichlichkeit, war ihr Kopf wie durch einen Sog von allen Nebengedanken entleert worden. Sie hatten sich geküßt und dann, wie zu einem Wettkampf, der nackt ausgetragen wurde, jeder für sich ausgezogen. Sie war noch einmal ins Bad gegangen. Als sie zurückkam, lag er im Bett und hob ohne ein Wort die Decke an. Als sie zu ihm schlüpfte und sein Arm sich um ihre Schulter legte, hatte sie es gesagt: »Berühr mich von oben bis unten!«

Sie hatten sich in diesen beiden Tagen und Nächten geliebt, als ob sie sich für immer aneinander sättigen wollten. Und tatsächlich hatte sie sich danach zurückgezogen, bis ihr

Mann von seiner Reise zurückkehrte und ihr Leben für eine Weile wieder in den gewohnten alltäglichen Bahnen weiterlief. Aber als ihr Mann bald wieder verreisen mußte, hatte sie nach einem kurzen inneren Kampf ihren Liebhaber angerufen und sich noch am selben Tag mit ihm getroffen. Von da ab hatte es sich jedesmal so abgespielt. Sobald ihr Mann das Haus verlassen hatte, wählte sie die vertraute Nummer, ungeduldig wartend, daß ihr Liebhaber sich meldete, was durchaus nicht immer der Fall war, weil er ein Seminar leitete oder eine Vorlesung hielt oder in einer, wie er selbst sagte, sinnlosen und zähen Sitzung saß. Wenn sie ihn dann erreichte, war er nicht immer allein und konnte nicht so frei antworten, wie sie es erwartete. Trotzdem verständigten sie sich meist rasch, weil sie sich einig waren, die erste Gelegenheit, sich zu treffen, wahrzunehmen, auch wenn es nur für eine halbe Stunde in ihrem oder seinem Auto war.

Wenn ihr Mann längere Zeit nicht verreist war, telefonierten sie während seiner Dienstzeiten. Er war es meist, der anrief und sie fragte, wo sie sei, was sie gerade tue, was sie anhabe und was sie darunter trage, ob sie vielleicht nackt sei und wo überall er sie küssen solle. Sie beantwortete alle Fragen bereitwillig, und um die Erregung seiner dunkler werdenden Stimme zu hören, schilderte sie auch Situationen, die sie für ihn erfand. Einmal hatte sie gesagt: »Ich laufe in Strumpfhosen und offener Bluse in der Wohnung herum, weil ich keine Lust habe, mich anzuziehen. Die Kinder sind in der Schule bis kurz nach eins, und mein Mann kommt erst abends nach Hause. Also warum kommst du nicht her? Was soll uns davon abhalten? Komm bitte gleich, so schnell du kannst! Ich bin verückt vor Sehnsucht nach dir.«

Und tatsächlich war er gekommen, und sie hatte ihn so empfangen, wie sie sich beschrieben hatte. Fixiert von seinem Blick war sie vor ihm die Treppe hochgestiegen, und im Schlafzimmer waren sie übereinander hergefallen. Ein Verlangen nach Zerstörung hatte sie ergriffen. Sie hatte ihn an sich gerissen, sich an ihn gepreßt, ihn umschlungen und sein Gesicht mit Küssen bedeckt, als fordere sie ihm ein Geheimnis ab, das er selbst nicht kannte, zu dem sie beide noch nie vorgedrungen waren, das aber auf sie wartete am Ende eines langen dunklen Ganges.

Quer über den beiden Betten liegend, von denen sie das Bettzeug nach allen Seiten heruntergestoßen hatten, sah sie sich plötzlich in den verspiegelten Türen ihres Kleiderschranks zusammen mit seinem sich bäumenden Körper über ihr. Sie hatte ihre Beine senkrecht in die Luft gestreckt und hielt ihn damit wie in einer Gabel. In ihrem flackernden Bewußtsein stellte sie sich vor, ihr Mann käme herein, doch sie würden immer weitermachen, während er in der Tür gebannt stehenblieb und alles mit ansehen mußte, die ganze Wahrheit über sie, die einzige Wahrheit. Ja, dachte sie, ja, wir können nicht aufhören. Und während sie es dachte, denken mußte, weil sie es nicht zurückweisen konnte, spürte sie immer mehr, wie die Lust sich in ihr sammelte. Sie klappte die Beine herunter und umklammerte den heißen Körper, um ihn noch fester an sich zu ziehen, und die Wellen der Lust überliefen sie und überstiegen sich, eine nach der anderen, als ob es nicht enden könnte.

Das Erlebnis hatte ihr Verhältnis zu ihrem Liebhaber verändert. Sie war nun die Fordernde, die von ihm Besitz ergriff und ihn zu bestimmen versuchte. Ja, er gehörte ihr. Sie waren ein immer enger verschmelzendes Paar. Er konnte ihr nicht mehr genommen werden – hatte sie gedacht. Doch in ihr Schlafzimmer war er nur noch einmal gekommen, und es war nicht mehr dasselbe gewesen. Auch ihr war es so vorgekommen, als spielten sie sich ihre Leidenschaft nur noch vor. Das hatte sie allerdings erst denken können, als er gegangen war. Er war wortkarg und bedrückt gewesen und hatte sie zum Abschied nur flüchtig geküßt. Wie betäubt war sie in das Schlafzimmer zurückgegangen, um alle Spuren zu beseitigen und die verwühlten Betten zu machen. Dabei hatte sie sich in der Spiegelwand des Kleiderschranks gesehen: eine bleiche, zerzauste Frau in einem schwarzseidenen Morgenmantel, den sie sich übergezogen hatte, um ihren Liebhaber an der Haustür zu verabschieden. Nun stand sie hier verlassen, mitten im Chaos ihres Zimmers und ihres Lebens. Das ganze Zimmer roch nach Sex. Und sie selbst auch. Sie mußte lange lüften und die Betten neu beziehen, sich dann gründlich duschen und von oben bis unten abseifen, um vielleicht heute abend die tapsigen Zärtlichkeiten ihres Mannes zu erdulden. Alles zog sich in ihr zusammen bei dem Gedanken. Sie würde wie so oft nicht dazu fähig sein, weil sie kein Gegenstand war. Ihr Liebhaber hatte sie dafür verdorben. Er hatte sie geeicht. Sie brauchte ihn unbedingt, um das alltägliche Leben durchzustehen, jetzt schon wieder, weil ihr Abschied so flüchtig gewesen war. In zwanzig Minuten wollte sie ihn anrufen. Dann war er sicher wieder in seinem Institut. »Fühlst du dich gut?« wollte sie ihn fragen, »liebst du mich?«

Aber er war nicht zu erreichen gewesen. Das muß gar nichts bedeuten, hatte sie sich sofort gesagt. Doch bald war es immer klarer geworden: Er hatte angefangen, sich zurückzuziehen. Schließlich hatte er ihr erklärt, daß er mit seiner Frau und den Kindern für längere Zeit an eine Universität in den USA gehe, wo er ein interessantes berufliches Angebot bekommen habe. Damals hatte sie die Vision gehabt, daß sich am Horizont ihres Lebens eine riesige schwarze Welle auftürmte und auf sie zurollte. Sie lebte immer noch in dieser Dunkelheit.

Was um sie herum geschah, war so unwirklich wie das Mondlicht auf der Bühne und das ehebrecherische Paar, das gemeinsam den von einer Reise heimkehrenden Gatten der Frau erschlug, während der Dirigent das Orchester zu einem Klanggewitter aufputschte, in dem ihre Erinnerungen untergingen. Sie wußte nicht mehr, was sie empfunden hatte. Das war sicher nur gut, obwohl sie sich wie ausgelöscht fühlte. Jetzt ging das Licht an, zur Pause. Das Publikum klatschte, die Darsteller verbeugten sich. Die ersten Leuten standen auf und schoben sich aus den Sesselreihen, um ins Foyer zu gehen.

»Sehr melodramatisch«, sagte ihr Mann, »aber eindrucksvoll. Vor allem die beiden Hauptdarsteller. Die sind großartig.«

»Ja«, sagte sie.

Er schob sich vor ihr aus der Reihe hinaus, und im Gang hielt sie sich neben ihm, erleichtert, daß er nicht weiter über das Stück und dessen Thema zu reden versuchte. Im Foyer herrschte schon Gedränge, besonders an dem Tisch, wo Sekt ausgeschenkt wurde.

»Warte hier«, sagte er, »ich hol uns zwei Gläser, damit wir anstoßen können auf deinen Geburtstag.«

»Ja, ich warte hier«, sagte sie.

Um sie herum standen Leute in kleinen Gruppen und unterhielten sich oder zogen paarweise an ihr vorbei. Alle wirkten so gelöst und selbstsicher, aber sie konnte sich nicht als ein Mitglied dieser Gesellschaft fühlen. Sie hatte nichts Eigenes. Sie war nicht echt. Sie war nicht gegenwärtig wie alle anderen. Doch ihr Herz schlug langsam in ihr weiter, obwohl sie nur eine Hülle war. Vielleicht würde es sie ablenken, wenn ihr Mann zurückkam. Es würde sie ein wenig gegen die Umgebung abschirmen, wenn er neben ihr stand. Aber sie hatte Angst, mit ihm sprechen zu müssen über das, was sie gesehen hatten. Er war in dem Gedränge am Getränketisch verschwunden, und als sie wegblickte in die entgegengesetzte Richtung, erstarrte sie. Dort, keine zehn Meter von ihr entfernt, stand ihr Liebhaber und schaute sie ebenso gebannt an wie sie ihn. Woher kam er? War er im Urlaub hier oder war er schon wieder zurückgekehrt? Er trug einen dunkelblauen Anzug, den sie noch nie an ihm gesehen hatte. Er sah ungewohnt elegant aus. Neben ihm stand eine kleine Frau, die gerade ein leeres Glas auf ein Tablett stellte, das eine vorbeikommende Hosteß ihr hinhielt. Sie trug ein silbriges Kleid, das an ihr billig und banal aussah. War das seine Frau? Diese Person, die trotz ihrer hochhackigen Schuhe ihm nur bis zur Schulter reichte? Wie zur Antwort auf ihre Frage schüttelte er den Kopf, was aber wohl heißen sollte: »Komm bitte nicht her! Es hat keinen Zweck. Mit uns ist es zu Ende! Ich bin für dich nicht da!« Dann legte er seinen Arm um die Frau, als wollte er sie vor ihrem Blick beschützen, und führte sie in einen entfernteren Teil des Foyers, wo sie von anderen Leuten verdeckt wurden. Es hatte sehr vertraut ausgesehen. Ja, das war seine Frau. Eine unverständliche Tatsache. Und sie stand hier, beiseite geschoben, mit einem kurzen Kopfschütteln abgewiesen. Du bist es nicht mehr! Vergiß es! Alles, was zwischen ihnen gewesen war, war ausgelöscht.

Um sie herum war das Gewimmel, und wie aus einem Nebel tauchte ihr Mann mit den beiden Sektgläsern auf, überreichte ihr eins und stieß mit ihr auf ihren Geburtstag an.

»Auf dein nächstes Lebensjahr!« sagte er, »auf daß es ein gutes Jahr wird!«

»Danke«, sagte sie.

Wie ein Festredner, der nach Worten suchte, blickte er auf sein halb leer getrunkenes Glas hinunter, bevor er weitersprach.

»Es hat ziemlich lange gedauert«, sagte er. »Die Vorstellung ist ja restlos ausverkauft. Und viele Leute haben Durst bekommen.«

Er blickte wieder auf sein Glas, als wollte er weitertrinken.

»Etwas Frisches tut gut, nicht wahr?«

»Ja«, sagte sie.

Gleichzeitig tranken sie ihre Gläser aus. Auch bei ihnen kam eine Hosteß mit einem Tablett vorbei, die die leeren Gläser einsammelte und »danke schön« sagte.

»Hast du dir ein wenig die Leute angesehen?« fragte er.

Sie suchte nach einer Antwort, die seiner freundlichen Zuwendung angemessen war.

»Ich glaube, den meisten gefällt es«, sagte sie.

»Ja, ganz offensichtlich«, sagte er lebhaft, »es ist ja auch eine neuerdings viel gespielte, berühmte Oper, wie ich gelesen habe. Auch wenn sie von Mord und Totschlag handelt. Ich bin gespannt, wie es weitergeht.«

Alles geht weiter, alle hangeln sich weiter. Er auch, dachte sie. Von Satz zu Satz. Und ein Satz nach dem anderen verschwindet, wie eben alles verschwindet.

Das erste der drei üblichen Klingelzeichen kündigte das Ende der Pause an, und die ersten Leute verließen das Foyer, um ihre Plätze aufzusuchen. Sie hatte Angst, sich umzuschauen, ob ihr Liebhaber mit seiner Frau irgendwo zu sehen war. Vielleicht saßen sie auch schon auf ihren Plätzen. Was hatte er an dieser Frau gefunden, die gar nicht zu ihm paßte? Und warum hatte er die Geschmacklosigkeit besessen, sie ihr in einer Weise zu präsentieren, als habe er mit seiner Frau das große Los gewonnen? Vielleicht hätte sie hingehen sollen, um ihm ins Gesicht zu sehen und vor ihm auf den Boden zu spucken.

»Sollen wir auch schon reingehen?« fragte ihr Mann.

»Ich möchte lieber nach Hause«, sagte sie.

»Warum das?« fragte er. »Es gibt doch noch zwei Akte.«

»Bitte«, sagte sie. »Ich möchte nicht mehr. Ich fühl mich nicht gut.«

Sie sah, wie sein Gesicht versteinerte, und ihr Herz krampfte sich zusammen vor Mitleid und Schuldgefühl.

»Ich will das nicht sehen«, sagte sie. »Es ist nicht gut für mich.«

Er sah sie stumm an. Sie konnte nicht erkennen, was er dachte. Vielleicht fragte er sich, wer sie eigentlich war.

»Gut. Gehen wir zur Garderobe«, sagte er.

Das zweite Klingelzeichen ertönte, als er ihr in den Mantel half und immer mehr Menschen den offenen Türen des Zuschauerraums zustrebten.

Die Aufführung ging gleich weiter. Alle machten weiter.

Ihr Mann schwieg. Er hatte sich verausgabt mit seinen

hilflosen Bemühungen um Kontakt, und er würde nun während der ganzen Heimfahrt und auch den restlichen Abend schweigen. Und dieses Schweigen würde andauern, auch wenn sie längst wieder dazu übergegangen wären, miteinander zu reden. Wahrscheinlich würden sie eine Routine entwickeln, in der ohne Stocken sich eins ans andere reihte, weil es nichts mehr zu sagen gab. Eine höfliche Ausweglosigkeit war jetzt die Rettung, in die sie einwilligen mußte, denn sie hatte ja ihre Chance gehabt. Jetzt war er an der Reihe, und sie würde sich seinen Bedingungen anpassen, blind und taub wie sie war.

Als sie in der Tiefgarage des Opernhauses zu ihrem Wagen gingen, der großen schwarzen Limousine mit den weichen Ledersitzen, spürte sie neben sich seine starre Anwesenheit und Dominanz. Er hielt ihr die Tür auf, sie stieg ein. Er startete den Wagen, hielt an der Schranke, ließ die Scheibe herunter und schob den Parkschein in den Automaten. Vor ihnen schnellte der Sperrarm hoch. Alles funktionierte. Alles war wie immer. Langsam glitt der Wagen die Rampe hoch. Draußen dann die Stadt, die Lichtreklamen, der Verkehr. Und Schweigen. Wie ein Urteil, das vollstreckt wurde.

Das normale Leben

Er stolperte. Jemand verlangte seine Fahrkarte. Oder war es eine Gepäckkontrolle? Jemand wie ein großer menschenähnlicher Schatten mitten im Gedränge von anderen, die er nicht richtig sah. Er brauchte Hilfe, aber er wußte nicht, an wen er sich hier wenden konnte, in dieser Enge, eingekeilt zwischen körperlosen Körpern, stummen Schatten, in dieser bedrohlichen Gleichgültigkeit. Er wußte nicht, wie er in diese Lage gekommen war. Alles war grau und dunkel. Unterhalb des Herzens verschwand sein Körper im Dunkeln. Er wunderte sich nur matt darüber. Es fehlte ihm die Kraft. Oder war es die Erinnerung? Er erinnerte sich an nichts.

Nebenan sprang der Motor des Kühlschranks an. Und jetzt wußte er es wieder: Er war in seinem Apartment in Ahrenshoop an der Ostsee, das er vor elf Jahren, noch zusammen mit Dagmar, seiner zweiten Frau, in einem letzten Versuch, die bröckelnde Ehe zu retten, erworben hatte. Es war allerdings ein vergeblicher Rettungsversuch gewesen, denn die beiden Male, die sie in der Enge des Zweizimmer-Apartments eine Woche zusammen verbrachten, hatten den Trennungsprozeß nur beschleunigt. Zuerst hatte er vorgehabt, das wenige Jahre nach der Wende sehr günstig gekaufte Apartment wieder abzustoßen, aber damit gewartet, weil die Preise stiegen. Und inzwischen hatte er sich daran gewöhnt, zwei- oder dreimal im Jahr herzukommen, um sich von der Stadtluft zu erholen und meistens auch, um etwas zu schreiben, einen Artikel, eine Kritik oder einen seiner Vorträge für eine Reihe mit dem Titel »Die Wissenschaft des Lebens«, mit denen er sich seit seiner Pensionierung als Rundfunkredakteur noch einen späten Namen gemacht hatte. Eine Auswahl davon war vor zwei Jahren als Buch erschienen, und der Verlag plante einen weiteren Band mit neuen Arbeiten, diesmal unter dem Obertitel »Das Glück«. Darüber, vor allem über die Spannung von »Glück haben« und »glücklich sein«, oder luck und happiness, fortuna und beatitudo, hatte er in den letzten Tagen vor großen Auditorien gesprochen. Es war ein Erfolg gewesen, der ihn belebt und bestätigt hatte. Doch was gewöhnlich danach folgte – die Interviews, die Einladungen zum Abendessen, die nicht enden wollenden Gespräche mit den verschiedensten Leuten –, hatte ihn mehr als früher angestrengt. Noch kurz vorher war er im Krankenhaus gewesen und hatte erwogen, die Reise abzusagen, hatte sich dann aber anders entschieden. Und das war auch die richtige Entscheidung gewesen. Er hatte die drei Auftritte in Osnabrück, Bremen und Lübeck so gut geschafft, wie er es sich nur wünschen konnte. Nun wollte er sich erholen.

Draußen hörte er immer noch den Sturm, der in den Kronen der Pappeln rauschte und in wuchtigen Böen und prasselnden Regengüssen gegen die Fensterläden drückte. Gestern abend, nach seiner Ankunft, war der im Wetterbericht angekündigte Sturm erst ein Wehen gewesen, ein kühler Anhauch aus der dunklen Wolkenwalze am Horizont, die sich mit ihren zerrissenen Rändern allmählich über das feurige Rot des Sonnenuntergangs geschoben hatte. Wie immer bei seiner Ankunft hatte er einen Teil seiner Sachen schnell und routinemäßig in den Schrank eingeräumt, war dann quer über den verwilderten, von Maulwurfhügeln aufgewühlten Sportplatz zum nahen Supermarkt gegangen, um für sein Abendessen und das Frühstück einzukaufen. Anschließend war er, auch wie immer, auf dem fast menschenleeren Strand, dicht am Wasser, spazierengegangen und hatte das düstere Himmelsschauspiel und seine Spiegelung im Grau der Meeresfläche betrachtet, war aber von dem sich verstärkenden kalten Wind bald vertrieben worden und hatte, kurz nachdem der Regen begann, das Apartment erreicht. Seiner Gewohnheit folgend hatte er sich ein Wurstbrot und ein Käsebrot gemacht, eine Flasche Bier geöffnet und sich damit vor den Fernseher gesetzt, um sich die Abendnachrichten anzusehen. Achtlos seine Brote kauend und mit Bier hinunterspülend, hatte er sich die kontroversen Statements der Politiker angehört, die seit Monaten einander die Schuld am Niedergang der Gesellschaft zuschoben und gegenseitig ihre Reformkonzepte verwarfen, und in dem Gefühl, daß ihn alles nichts mehr anginge, weil er die Folgen nicht mehr erleben würde, hatte er den Ton ausgeschaltet, bis der Wetterbericht kam und das Sturmtief ankündigte, dessen Ankunft draußen zu hören war.

Jetzt war es tief in der Nacht. Fast halb vier, wie er auf dem Leuchtzifferblatt seines Weckers sah. Ein paar Stunden hatte er geschlafen, war aber immer wieder halb wach geworden, ohne sich aus den wirren, anscheinend pausenlos aufeinander folgenden Träumen lösen zu können, in denen er auf der Flucht vor etwas war, was sich immer wieder an ihn heftete und ihn umringte. Jetzt allerdings war er wach. Er lag auf dem Rücken und hatte den rechten Arm in das leere, unbezogene Bett neben sich gestreckt, als habe er dort etwas gesucht. In den beiden letzten Jahren war er immer allein hier gewesen, im Gegensatz zu den Jahren davor, in denen er sich hier mit wechselnden Frauen getroffen hatte, gewissermaßen zur Kompensation seiner zwei gescheiterten Ehen. Es waren oft Frauen gewesen, die er bei seinen öffentlichen Auftritten kennengelernt hatte. Einige hatten ihm auch geschrieben. Sie knüpften fast immer an die Themen an, über die er gesprochen hatte.

So hatte sich diesmal in Osnabrück bei einem Abendessen in einem kleinen Kreis, zu dem seine Gastgeber ihn im Anschluß an die Veranstaltung eingeladen hatten, nach anfänglichem lockeren Geplauder das Thema »Glück«, über das er geredet hatte, wieder durchgesetzt. Es war ein hin und her wogendes Gespräch, an dem er sich zunächst in dem Gefühl, genug geredet zu haben, nicht beteiligt hatte. Aber als jemand von der Poesie des ersten, jugendlichen Liebesglücks sprach, hatte er aus Überdruß und in dem Gefühl, es notfalls auch begründen zu können, gesagt: »Junge Menschen können überhaupt nicht lieben.« Sofort waren alle Augen erwartungsvoll auf ihn gerichtet gewesen, besonders die Augen einer schwarzhaarigen Frau, die ihm schräg gegenüber saß und mit zum Kreis der Veranstalter gehörte. Offensichtlich war sie heftig interessiert an seiner improvisierten Behauptung und fragte ihn nach seinen Gründen. »Weil Jugendliche noch nicht wirklich wissen, daß sie sterben müssen«, hatte er gesagt. »Deshalb kommt ihre Wahrnehmung nicht über Idealisierungen hinaus.« Er sah, daß ihr das Eindruck machte. Aber es kam leidenschaftlicher Einspruch vom Hausherrn, der erregt, mit unerwarteter Lautstärke erklärte, diese Ansicht könne er nicht gelten lassen. Seine Jugendliebe sei sein Heiligtum, und das lasse er sich nicht nehmen.

Einen Augenblick hatte es so ausgesehen, als wäre die Gesellschaft gesprengt worden. Die Frau des Gastgebers, die rechts neben ihm saß, war angesichts dieses Gefühlsausbruchs ihres Mannes wie erstarrt. Die anderen warteten gespannt, was er antworten würde, und in seiner hochmütigen Langeweile hatte er sich versucht gefühlt, die Erregung des Gastgebers durch eine weitere riskante Formulierung zu schüren. Doch verbindlich lächelnd hatte er geantwortet, solchen persönlichen Erfahrungen könne niemand widersprechen. Darauf hatte er einen dankbaren Blick seines Gegenübers aufgefangen. Und als wäre ihm ein Schleier von den Augen gefallen, hatte er gesehen, daß es eine interessante, intelligente Frau war, deren Urteil ihm nicht gleichgültig war. Er kannte diesen Vorgang, wenn eine Frau – es war eigentlich immer eine Frau gewesen – sich plötzlich von allen anderen abhob und eine Deutlichkeit gewann, die sie einzigartig und unaustauschbar erscheinen ließ. Ich muß einmal darüber schreiben, dachte er, während er sie noch ansah und von ihr angesehen wurde. Er schätzte sie auf Ende Vierzig. Ihr Gesicht hatte einen dramatischen Zug durchgestandener Erfahrung. Ihre dichten schwarzen Haare verdeckten ihre Stirn bis hinunter zu den Brauen, was dem Blick ihrer dunklen Augen eine brennende Intensität und Tiefe gab.

Zwei Stunden später, als er die erste Gelegenheit ergriffen hatte, sich zu verabschieden, fuhr sie ihn zu seinem Hotel. Im Auto hatte sich gleich eine Atmosphäre von Vertrautheit eingestellt, ein wortloses Einverständnis, nicht mehr über die Abendgesellschaft und die entgleisende Unterhaltung zu sprechen, weil man sich darüber ohnehin einig war. Statt dessen fragte sie ihn nach den weiteren Stationen seiner Vortragsreise. Er hatte erzählt, daß er noch nach Bremen und Lübeck müsse und dann für zwei Wochen nach Ahrenshoop an die Ostsee fahre. »Ahrenshoop«, hatte sie ausgerufen, »das kenne ich. Da bin ich auch mal gewesen, vor ein paar Jahren. Es hat mir sehr gut gefallen. Ich habe es in Erinnerung als ein Künstlerdorf mit lauter reetgedeckten Häusern.« »Ein Dorf würde ich es nicht nennen«, hatte er geantwortet. »Es ist ein kleiner Urlaubsort mit vielen Kunstgalerien und schönen Häusern. Ich habe mir dort ein Apartment gekauft und bin mehrmals im Jahr dort.« »Beneidenswert«, hatte sie gesagt.

Es wäre leicht für ihn gewesen, zu sagen »Besuchen Sie mich doch mal«. Es schien fast so, als hätte sie es erwartet und ihm durch ihre Begeisterung sogar nahegelegt. Aber er war seit zwei Jahren nicht mehr in einer so intimen Situation gewesen, und es war ihm nicht klar, was er eigentlich wollte. Er hatte gezögert, bis die Gelegenheit verpaßt war.

Im Hotelzimmer, als er schon dabei war, sich auszuziehen, und über den Abend nachdachte, war ihm aufgefallen, daß er die blaue Mappe mit dem Tagebuch von Stefan Ketteler nicht mitgebracht hatte, die ihm dessen Bruder nach der Lesung überreicht hatte. Er mußte sie im Haus seines Gastgebers oder im Auto seiner flüchtigen Bekanntschaft liegengelassen haben. Es war jetzt zu spät, sich darum zu kümmern, zumal er den Namen der Frau vergessen hatte, wie alle anderen Namen der Abendgesellschaft auch. Aber er besaß ja noch den Brief mit der Einladung. Das würde ihn morgen früh auf die Spur führen. Bevor er weiterreiste, mußte er sich das Manuskript wieder beschaffen. Er dachte daran mit einem zwiespältigen Gefühl von Neugier und Abneigung, denn der Autor hatte sich umgebracht, und zwar auf höchst ungewöhnliche Weise: Er hatte sich in einen winterlichen Wald gelegt und einschneien lassen. Der Bruder hatte ihm das in der Gedrängtheit ihres kurzen Gespräches ohne jeden Kommentar mitgeteilt und nur noch hinzugefügt: »Ich habe das Skript für Sie fotokopiert, weil ich denke, es wird Sie interessieren.« Selbst hatte er nur eine ungenaue Erinnerung an einen gehemmt und verspannt wirkenden Menschen, der ihn vor gut einem Jahr – oder war es anderthalb Jahre her? – telefonisch um ein Interview gebeten hatte. Eigentlich hatte er absagen wollen, weil er mit einer eiligen Arbeit beschäftigt war. Aber der scheue oder resignative Unterton des Anrufers hatte ihn bewogen, ihm einen Termin zu geben. Er war pünktlich gekommen, hatte eine Reihe vorformulierter Fragen gestellt und war bald wieder gegangen. Mehr war es nicht gewesen, wenn er sich recht erinnerte. Der Selbstmord des Autors ließ sich jedenfalls nicht mit dem Interview in Verbindung bringen, auch wenn der Bruder so etwas anzunehmen schien. Nun, er wollte es lesen, wenigstens in Stichproben.

Als er am nächsten Morgen zum Frühstück herunterkam, wurde ihm beim Empfang die blaue Mappe mit der Bemerkung überreicht, eine Dame habe das für ihn abgegeben. Das konnte auch die Gastgeberin gewesen sein oder sonst jemand aus dem örtlichen Kulturverein. Doch es lag eine Briefkarte dabei mit der knappen, schwungvoll geschriebenen Mitteilung: »Dies fand ich in meinem Auto. Dank noch einmal für den schönen Abend und gute Reise nach Ahrenshoop, Ihre Anne Schöller.« Darunter stand ihre Adresse. Er steckte die Karte in seine Brieftasche und verstaute die blaue Mappe in der Außentasche seines Koffers, wo er sie während seiner weiteren Vortragsreise wieder aus dem Gedächtnis verlor.

Die letzte Frau, die ihn in seiner Ferienwohnung besucht hatte, war Nina gewesen, die er bald danach an Dave Hanles verloren hatte, der vor kurzem gestorben war. Kurz vor seiner Abreise hatte sie ihm das aus England geschrieben. Der Brief hatte neben den üblichen Drucksachen und einer nachträglichen Information zu seiner bevorstehenden Vortragsreise in seinem Briefkasten gelegen, als er aus der Klinik nach Hause gekommen war. Doch er hatte den Kasten erst einen Tag später geleert. Nina hatte ihm lange nicht mehr geschrieben, außer Kartengrüßen, die Dave mit unterschrieben hatte. Und als er den Brief mit Ninas runder, ein wenig naiver, aber druckvoller Schrift sah, hatte er gleich gedacht, daß sie etwas Besonderes mitzuteilen habe, eine gute oder schlechte Veränderung, die auch ihn betraf. Vielleicht ging es um die Vorbereitung der geplanten Ausstellung, und sie kündigte ihren und Daves Besuch an. Möglicherweise aber kam sie auch allein. Dann konnten sie sich ja in Ahrenshoop wiedersehen, wo sie oft zusammen gewesen waren. Er war überrascht, wie sehr ihn nach ihrer Trennung vor zwei Jahren diese Vorstellung wieder stimulierte. Er hatte sich nicht eingestanden, wie sehr er sie vermißte, ihre spontane, natürliche Sexualität, die Wärme, die sie ausstrahlte.

Er hatte sich gesetzt und den Brief in die Hand genommen, ohne ihn schon zu öffnen, in der Befürchtung, er würde enttäuscht werden. Und als wäre das ungeöffnete, unentfaltete Papier schon eine heimliche körperliche Annäherung, konnte er sie sehen in einer jener einfachen Szenen, die für sie typisch waren und die er nie vergessen konnte. Es war hier im Wohnzimmer gewesen. Er hatte auf der Couch gesessen, und Nina war, aus dem Nebenzimmer kommend, mit einigem Abstand vor ihm stehengeblieben und hatte mit vorgewölbten Lippen einen Kuß angedeutet, eine luftige Botschaft, die den künstlichen Abstand, den sie einhielt, spielerisch, aber auch so deutlich überbrückte, daß er sie in seinem Gesicht zu spüren glaubte. Er hatte auf gleiche Weise geantwortet, und sie hatte das Zeichen noch einmal wiederholt. Dann hatte sie mit beiden Händen den Saum ihres Rockes gefaßt und ihn langsam an ihren stämmigen, wohlgeformten Beinen bis zum Bauch hochgezogen. »Das ist alles für dich«, hatte sie gesagt. Man konnte es nicht totaler, nicht unumwundener sagen. Das Lächeln, mit dem sie ihn ansah in diesen langen Sekunden, war ein Lächeln des Einigseins und des Vorauswissens. So war sie auf ihn zugekommen und zwischen seinen gespreizten Beinen dicht an ihn herangetreten. Er hatte ihre Wärme gespürt, das betäubende Fluidum ihrer Nähe. Und während er mit beiden Armen ihre Beine umschlang, hatte sie sein Gesicht an ihre Brust gedrückt.

Genauso war es. So war sie. Weil er geglaubt hatte, diese Erinnerungsbilder seien im Laufe der Zeit durch andere Eindrücke überdeckt worden, erschreckte es ihn, wie unabweisbar ihm die Szene wieder vor Augen gekommen war. Er hoffte, daß er nicht von solchen Phantasien heimgesucht wurde, wenn er längere Zeit allein, ohne Ablenkung, in der Ahrenshooper Wohnung lebte, wo ihn alles an

Nina erinnerte. Also, was schrieb sie ihm? Warum schrieb sie ihm? War es denkbar, daß ihr Brief etwas enthielt, was es ihm möglich machte, ruhiger an sie zu denken? Oder hatten sich vielleicht auch bei ihr die Erinnerungen wieder gemeldet? Und würde sie ihm das gestehen, so offen, wie sie damals vor ihn hingetreten war?

Er riß den Umschlag auf und starrte auf eine Todesanzeige. Dave war vor einer Woche gestorben und in Cardiff, seiner Geburtsstadt, beerdigt worden. Beigelegt war ein handgeschriebener Brief von Nina, der auf zwei Seiten darstellte, was geschehen war. Es war die Geschichte einer unbegreiflichen Vereitelung, die auch sie getroffen hatte. Dave, ihr Schützling, der viele Jahre als Europaflüchtling auf den Bahamas gelebt und in aussichtsloser Isolation seine Bilder gemalt hatte, dann aber, nach seiner durch Nina ermöglichten Rückkehr, in England und vor allem in Deutschland eine zwar noch bescheidene, doch zunehmende Aufmerksamkeit für seine Kunst gefunden hatte, war plötzlich, in wenigen Tagen an einer fiebrigen Grippe gestorben – laut Ninas Schilderung, ohne es zu begreifen und bis zuletzt in freudiger Erwartung einer geplanten Ausstellung seines malerischen Gesamtwerkes, auf die sich alle seine Hoffnungen richteten. Einen Tag vor seinem Tod war noch ein Brief des Sponsors der Ausstellung angekommen, den sie ihm vorgelesen hatte, und Dave, schon sehr geschwächt von seinem hohen Fieber, hatte mit tonloser Stimme gesagt: »Ich glaube, ich hab einen Fuß in der Tür.« Für Nina war das ein schrecklicher und ein tröstlicher Moment gewesen.

Gleich nachdem er den Brief gelesen hatte und noch immer im Bann des Überfalls seiner Erinnerung und mühsam beiseite geschobener Spekulationen über neue Möglichkeiten der nun entstandenen Situation, hatte er versucht, Nina in London unter Daves Nummer anzurufen. Doch der Anschluß war schon stillgelegt. Auch in Ninas Hamburger Wohnung hatte er sie nicht erreicht. Vielleicht war sie irgendwohin gefahren, um sich von dem Schock und den Anstrengungen zu erholen. Er wollte es jedenfalls immer wieder versuchen, bis er sie erreicht hatte. Vielleicht würde sie sich von ihm einladen lassen, für ein paar Tage nach Ahrenshoop zu kommen, um miteinander zu besprechen, was man für Daves hinterlassenes Werk tun konnte. Er wollte anbieten, für den Katalog der geplanten Ausstellung einen Aufsatz über Daves künstlerische Entwicklung, sein Leben und sein Werk zu schreiben. Allerdings war es wohl nicht sicher, daß die Ausstellung unter den veränderten Umständen überhaupt zustande kam. Aber auf jeden Fall war das ein Thema, über das er problemlos mit Nina reden konnte, ein Anknüpfungspunkt. Vermutlich hatte Nina mehr den Künstler in Dave geliebt als den Mann. Und mehr noch den Musiker als den Maler. Den ehemaligen pianistischen Meisterschüler, der ihr vor zwei Jahren zu ihrem 60. Geburtstag von London aus den ersten Satz der Pathétique durchs Telefon vorgespielt hatte. Damals war sie von ihm zu Dave übergelaufen. Der originelle musikalische Geburtstagsgruß war nicht der Grund, aber der Auslöser gewesen. Der Grund, das war er, sein, wie sie es genannt hatte, Senioren-Machismus. Er hatte neben ihr immer noch andere Liebschaften gehabt, ohne es vor ihr zu verbergen, stets mit dem Argument, daß sie nicht verheiratet seien und er nach zwei gescheiterten Ehen nicht mehr verheiratet sein wolle. Er hatte immer wieder die Distanz gesucht. Sie schien das akzeptiert zu haben, doch es hatte ihr nicht entsprochen, obwohl er umgekehrt bereit gewesen war, ihre allmählich unübersehbare Zuneigung zu Dave hinzunehmen.

Sie hatten Dave bei einer gemeinsamen Reise zu den Bahamas kennengelernt, wo er in Nassau auf New Providence seit Jahren von der Hand in den Mund lebte, indem er für Touristen stark farbige Genreszenen und Landschaftsbilder und gelegentlich auch Porträts malte, denen man sein großes Talent und seinen eigenwilligen Blick immer ansah, auch wenn er durch die geringen Preise, die er für seine Bilder erzielte, ganz gegen seine Vorstellungen von meditativer Sorgfalt und handwerklicher Geduld in der Regel zur Eile gezwungen war. Dave war vor einem Jahrzehnt aus Abscheu und Protest gegen den auf dem europäischen Kunstmarkt ausgebrochenen »Wettstreit der Formlosigkeiten und Primitivitäten«, über den er sich immer noch erregte, aber auch aus finanziellen und gesundheitlichen Gründen auf die Bahamas ausgewandert und saß nun dort ohne künstlerische Perspektive fest, weil er kein Geld für die Rückkehr hatte. Nina, die als Witwe eines reichen Mannes über ein Vermögen verfügte, war durch die Existenz und das Talent des romantischen Außenseiters so fasziniert gewesen, daß sie sich entschlossen hatte, nicht nur Daves ersehnte Rückkehr nach Europa, sondern auch seine gesellschaftliche Eingliederung und den Start in ein neues Leben zu finanzieren. Und sie war es auch gewesen, die die neuen Kontakte für ihn knüpfte. Nina war eine geborene Retterin, die dazu neigte, alle Männer zu ihren Söhnen zu machen. So mochte es ihr entgegengekommen sein, daß Dave elf Jahre jünger war als sie, während er selbst vierzehn Jahre älter war, obwohl in der Sexualität, wie er sie mit ihr erlebt hatte, diese Unterschiede verschwammen.

Er hatte ihren Brief schon dreimal gelesen. Ihre Trauer war dabei für sein Empfinden von Mal zu Mal mehr zurückgetreten und in Formeln erstarrt. Im Vordergrund stand ihre Darstellung der Beerdigung, die unter erstaunlich großer Beteiligung stattgefunden hatte, als hätte Dave sein ganzes Leben in Cardiff verbracht oder als wäre eine Bestattung ein unterhaltsames Schauspiel, an dem immer viele Menschen teilnahmen, die den Verstorbenen nicht gekannt hatten. Auch in den rituellen Handlungen, die der Priester vollzog, hatte eine archaische, nichts verschleiernde Sachlichkeit geherrscht. Der Sarg war ein schlichter Holzkasten gewesen, der sichtlich zum Verfall bestimmt war. Eine Messingplatte mit Daves eingraviertem Namen und seinen Lebensdaten, die man, anscheinend nach walisischer Sitte, auf den Sargdeckel geschraubt hatte, dokumentierte in amtlicher Endgültigkeit, daß in dem Kasten ein Leichnam lag.

War Dave eigentlich sein Freund gewesen? Sie hatten sich oft über Kunst unterhalten, und er hatte seine Bilder geschätzt. Doch Freundschaft konnte man das wohl nicht nennen. Es sei denn, man verstand »Freundschaft« als ein so weiträumiges, undefinierbares Wort wie »Liebe«. Das war zwar üblich, aber er hatte es deshalb nie benutzt, nicht einmal in Gedanken. Und nun wurde alles, was damit zusammenhing, beiseite gedrängt durch andere, nicht vertreibbare Phantasien. Er dachte an Ninas warme üppige Weiblichkeit, in deren Schutz und mit deren Hilfe Dave seinen unerwarteten Aufschwung genommen hatte. Ninas lebensspendende Arme waren jetzt leer. War es abwegig anzunehmen, daß sie sich schon vorsichtig nach ihm ausstreckten? Ich bin es ja nicht, der gestorben ist, dachte er.

Doch es war noch keine zwei Wochen her, daß er nachts von einem Schmerz in seiner Brust geweckt worden war, der sich durch nichts beschwichtigen ließ, so daß er schließlich den Notarzt gerufen hatte. Mit Blaulicht und Sirene war er in die Klinik gefahren worden, wo er auf einem Bett, vorbei an im Gang wartenden Patienten, zu einer Schnelluntersuchung in einen Raum der Ambulanz gerollt wurde. Von dort war er einige Stockwerke höher in die Intensivstation gebracht worden, einen großen, dunklen, von Notlampen trübe erleuchteten Raum, in dem, vielleicht zur Verschleierung erschreckender Tatbestände, die an den Wänden aufgereihten Krankenbetten hinter bodenlangen Vorhängen verborgen waren. Auf seinen Wunsch ließ man seinen Vorhang so weit offen, daß er die Mitte des Raumes sehen konnte, wo ab und zu eine Krankenschwester oder ein Pfleger sein Blickfeld kreuzte. Er lag auf dem Rücken, angeschlossen an verschiedene Meßgeräte, über sich einen Monitor, der seinen Herzschlag aufzeichnete und ab und zu ein kurzes Piepsen von sich gab. Hier und da waren befremdliche Geräusche zu hören: ein leises Stöhnen oder ein kraftloses Husten und lange Zeit das Röcheln eines schwer verschleimten Menschen, der gegen sein Ersticken ankämpfte. Das Bett dieses Kranken war nicht weit von seinem Bett entfernt, was ihm das Gefühl einer unerlaubten, geradezu obszönen Zeugenschaft gab. Nach einiger Zeit hörte er dort die Stimme des Arztes, der zu jemandem sagte: »Den müssen wir mal absaugen.« Der Kranke schien nicht bei Bewußtsein zu sein. Nur das breiige Brodeln in seinen Bronchien war zu hören. Dann eine andere energische Stimme, die den Kranken weckte, um ihm zu erklären, was mit ihm geschehen sollte. Es kamen nur unverständliche Laute, und nach einer Pause war mehrfach ein langgezogenes gräßliches Schlürfen zu hören. Danach war das Atmen hinter dem Vorhang ruhiger geworden, aber einzelne Atemzüge kämpften schon wieder mit neuem Schleim.

Der Arzt war dann zu ihm gekommen, hatte nach seinem Befinden gefragt und einen Blick auf den Monitor geworfen.

»Sie haben Glück gehabt«, sagte er. »Es ist kein ausgewachsener Infarkt. Aber Genaues können wir erst sagen, wenn wir Sie katheterisiert haben.«

»Wann wird das sein?« hatte er gefragt.

»Kann ich nicht sagen«, hatte der Arzt geantwortet. »Wir müssen Sie erst vorbereiten. Vielleicht aber schon heute. Der Chef will Sie auch erst sehen.«

Ach ja, heute, hatte er gedacht. In wenigen Stunden wurde es ja schon Tag.

Als der Arzt gegangen war und ihn sich selbst und seinen Gedanken überlassen hatte, war er von der Verwunderung erfaßt worden, hier zu sein, fortgerissen aus seinem Leben, von dem ihn plötzlich seit wenigen Stunden ein tiefer, dunkler Graben trennte. Er befand sich jetzt auf der anderen Seite, von der man nicht mehr aus eigenen Kräften fort konnte, so verkabelt, um nicht zu sagen gefesselt, wie er war. Er mußte jetzt Geduld haben. Und das Beste, was er tun konnte, war, alles zu beobachten. Immerhin war er vierundsiebzig Jahre alt und mußte eine Lektion nachholen, mit der er nicht gerechnet hatte. Gut, er war dazu bereit. Das hieß aber nicht, daß er sich mit den unsichtbaren Patienten hinter den Vorhängen identifizierte. Er hatte die Nachtschwester gleich darum gebeten, seinen Vorhang nicht zuzuziehen.

Draußen heulte der Sturm, und er hörte das Ächzen der alten Kiefer. Hoffentlich stürzte sie nicht gegen das Haus und beschädigte das reetgedeckte Dach. Sein Herz schlug viel zu schnell, was wohl mit dem Klimawechsel und dem Sturm zusammenhing. Aber es war vielleicht keine besonders gute Idee gewesen, so kurz nach seinem nächtlichen Herzanfall hierherzukommen, in dieses Haus, in dem er um diese Jahreszeit fast allein lebte und im Notfall niemanden erreichen konnte. So genau hatte es der Arzt wohl auch nicht gemeint, als er ihm bei der Abschiedsvisite gesagt hatte: »Kehren Sie in Ihr normales Leben zurück.« Vermutlich war das nur eine Formel, die er häufig bei Entlassungen von Patienten gebrauchte. Er hatte nicht gefragt, ob damit auch die Erlaubnis verbunden sei, schon in der nächsten Woche auf eine Vortragsreise zu gehen und anschließend für zwei oder drei Wochen in sein Apartment an der Ostsee zu fahren, wo er allein lebte. Die Frage war ihm zwar durch den Kopf geschossen, aber er hatte die Geduld des Arztes nicht strapazieren wollen und sich gesagt: Ich würde ja auf jeden Fall fahren, auch wenn man mir abriete.

Doch als er aus der Klinik in seine Wohnung zurückkehrte, wo ihm mit seinem ungemachten Bett, der heruntergerissenen Decke und einer weit offenen Schranktür die Panik seines nächtlichen Herzanfalls wieder vor Augen trat, war ihm einen Augenblick lang schwindelig geworden, und er hatte sich selbst wie in einem mit einer Handkamera aufgenommenen, verwackelten und unterbelichteten Film gesehen: eine taumelige Gestalt mit angstverzerrtem Gesicht und gekrümmt vor Schmerzen, die sich aus dem Bett aufrappelte, um den Notarzt zu rufen, ein paar Sachen zusammenzusuchen und sich notdürftig anzuziehen.

In der Klinik hatte man ihm am nächsten und übernächsten Tag zwei weitgehend verstopfte Koronargefäße mit einem Ballonkatheter geweitet und eins von ihnen mit einem implantierten Stent gegen erneute Verengungen gesichert. Der Eingriff war nicht einfach gewesen. Der Katheter mußte gegen einen anderen ausgetauscht werden, ehe es gelang, ihn an die kritische Stelle zu führen. Da das länger als gewöhnlich gedauert hatte, wurde die Dilatation des anderen Gefäßes auf den nächsten Tag verschoben. Er hatte das alles mit großer Ruhe und einer objektiven Neugier über sich ergehen lassen und sich in dem Gefühl, alles werde gutgehen, die Prozedur auf dem Monitor angeschaut. Das Innere seines Brustkorbs erschien dort als ein erleuchtetes nebelhaftes Feld, in dem dunkle gebogene Bachläufe zu einem grauen Schatten führten, der wie eine pulsierende Gewitterwolke am oberen Bildrand schwebte und sein Herz war. Der Operateur hatte ihm die Stenose gezeigt, die oberhalb von einem seitlichen Zufluß ein großes Gefäß fast vollständig verstopfte. »Sie sind keinen Tag zu früh gekommen«, hatte er gesagt. »Das hier war eine ausgezeichnete Gelegenheit, auf der Straße tot umzufallen. Aber das werden wir jetzt korrigieren.«

Den Katheter hin- und herschiebend, hatte er den Zugang zu der verstopften Stelle gesucht und ihn dabei immer wieder aufgefordert, tief einzuatmen und kurz den Atem anzuhalten, bis er den Assistentinnen am Schaltpult hinter dem Glasfenster das Kommando zur Dehnung des Gefäßes gegeben hatte. »Sechzehn Atü!« War das ein Wagnis? Ein Ausfallschritt, eine Parade im Gefecht gegen den Tod? Es dauerte nur Sekunden, und das Ergebnis war offenbar zufriedenstellend.

Zur Abschiedsvisite brachte der Arzt Kopien der Röntgenaufnahmen mit, auf denen der Zustand vor und nach der Dehnung zu sehen war.

»Schauen Sie, die Gefäße sind wieder durchgängig und gut gefüllt«, hatte er gesagt. »Das sieht sehr gut aus.«

Er hatte es verstanden und erkannt, doch die Befriedigung, die er in der Stimme des Arztes hörte, nicht empfinden können. Und um noch etwas mehr zu hören, hatte er nach dem Stent gefragt: ob er jetzt am richtigen Platz saß und ob damit das Problem gelöst sei.

»Erst einmal«, sagte der Chefarzt. »In einem halben Jahr müssen Sie zur Kontrolle kommen, falls Sie nicht vorher Beschwerden haben. In einem Drittel der Fälle setzt sich das aufgedehnte Gefäß wieder zu.«

»Und dann?«

»Müssen wir es wieder aufdehnen. Aber das wollen wir nicht hoffen.«

Er blickte zu den Ärzten hinüber, die am Fußende seines Bettes standen. Ihre Gesichter waren neutral, und er konnte ihnen nichts entnehmen.

»Ich habe gedacht«, sagte er, »der Stent sei ein Riegel, den man dem Tod vorschiebt.«

»So können Sie es sagen«, antwortete der Chefarzt.

»Aber es gibt leider keinen Riegel, den der Tod nicht öffnen kann.«

Die ernsten Mienen der am Fußende aufgereihten Ärzte zeigten zustimmende Bewunderung für diese Formulierung ihres Chefs, der jetzt den Stationsarzt nach den Ergebnissen des morgendlichen Belastungs-EKG fragte. Offenbar war alles in Ordnung, denn in der erkennbaren Absicht, den Auftritt zu beenden, drückte ihm der Arzt die Hand und gratulierte ihm.

»Sie können zufrieden sein«, sagte er. Und dann, als erteile er ihm einen weltlichen Segen, fügte er hinzu: »Kehren Sie in Ihr normales Leben zurück.«

Als er wieder allein war, hatte er gedacht, daß Jubel in ihm ausbrechen müsse. Aber er hatte sich nur leer und betäubt gefühlt und zerstreut seine Sachen gepackt. Zu Hause ereilte ihn der Nachhall des Schreckens. Der gesichtslose Feind, der sich in der Nacht auf seine Brust gestemmt hatte, um ihm das Leben auszudrücken, konnte wiederkehren. Doch wenn er, wie ihm aufgetragen worden war, in sein normales Leben zurückkehren wollte, mußte er das vergessen.

Diesmal ist es ihm nicht gelungen, sich sofort bei seiner Ankunft heimisch zu fühlen, obwohl er sich daran gehalten hat, alles so zu machen wie immer. Er hat die Sachen in den Schrank geräumt, hat eingekauft, ist zu einem kurzen ersten Spaziergang an den Strand gegangen und hat, zurückgekehrt in seine Behausung, sich sein kleines Abendessen zubereitet und die Tagesschau eingeschaltet – alles war wie immer. Aber das normale Leben hatte sich aus allem, was er tat, verflüchtigt. Auch bei den Veranstaltungen war das so gewesen. Alles verlief wie zu erwarten – der Empfang auf dem Bahnhof, die persönliche Vorstellung zu Beginn der Veranstaltung, der Vortrag selbst, die anschließende Diskussion und das Signieren – es war das normale Leben, doch er hatte das Gefühl gehabt, daß alles schon vergangen war und er in einem Nachspiel seines Lebens als Darsteller seiner selbst auftrat. Es war kein einschneidendes Gefühl. Nur eine Anmutung, die wieder verging, ein Hauch von Fremdheit, von dem er angeweht wurde, während er unverändert und äußerlich unangefochten den Anforderungen der wohlbekannten Situationen gerecht wurde. Und natürlich erfüllte er damit auch die Erwartungen seines Arztes, indem er alles so machte, wie er es vorher gemacht hatte, als er noch nicht von dem Gedanken gestreift worden war, daß alles ein Spiel mit einem absehbaren Ende sei.

Ob es stimmte, was ihm Nina geschrieben hatte, daß Dave nicht begriffen hatte, daß er im Sterben lag? Er konnte es sich nicht vorstellen. Aber vielleicht nahm man seinen eigenen Tod nur vorweg, solange man noch ein Stück von ihm entfernt war. Man vernahm ihn als unerhörte Dissonanz. Vor allem, wenn man allein war, nicht eingebettet in vertraute Zusammenhänge, und die Fremdheit schon im eigenen Körper begann, wenn auch nur als ein zu schneller Herzschlag, der sich nicht beruhigen ließ. Es liegt wohl am Sturm, der in Böen durch die Baumkronen braust und mit einem dunklen Wummern gegen die Fenster drückt. Doch der Sturm ist nicht stärker geworden seit gestern abend und wird wohl abflauen gegen Morgen, so daß er nach dem Frühstück am Strand spazierengehen kann. Dann erst wird hier sein normales Leben beginnen. Vielleicht am Abend oder am Nachmittag wollte er endlich das Tagebuch von Stefan K. lesen, das er seit dem Abend in Osnabrück mit sich herumtrug. Ausgepackt hatte er es noch nicht. Es mußte in der Außentasche seines Koffers stecken. Er war ganz sicher. Er hatte es am Morgen seiner Abreise dort hineingeschoben und mit dem Gefühl einer besonderen Sorgfaltspflicht den Reißverschluß zugezogen. Daß er es dann doch wieder vergessen hatte, mochte mit den Umständen seiner Reise zusammenhängen, vor allem mit den vielen Menschen, denen er begegnet war. Zeit, um hineinzuschauen und ein wenig darin zu lesen, hatte er genug gehabt, besonders gestern abend nach seiner Ankunft. Doch da war die blaue Mappe wieder aus seinem Bewußtsein verschwunden. Dagegen hatte er immer wieder an Anne Schöller gedacht, deren Kartengruß er bei sich trug, unschlüssig, wie er darauf reagieren sollte. Zumindest wollte er sich bedanken. Im Augenblick war sie ihm nicht mehr so gegenwärtig, wie sie ihm an dem Abend in Osnabrück erschienen war. Das hing sicher mit seiner Müdigkeit zusammen. Vielleicht konnte er gleich schlafen. Nichts anderes wünschte er sich jetzt.

Licht ist in die Wohnung eingedrungen, durch die Vorhänge, die Läden, ein graues gefiltertes Licht, das aus der Stille zu kommen scheint, die draußen herrscht. Der Sturm hat aufgehört. Er hat sich mit der Dunkelheit verzogen, und zurückgekommen ist das Licht und hat alles lautlos in Besitz genommen. Alle Gegenstände verharren im Bann dieses grauen Lichtes. Er sieht die Zimmerwand mit dem Schrank, die Türen zum Wohnraum und zum Bad, bevor er die Augen wieder schließt und sich seiner Müdigkeit überläßt. Der Schlaf in den Morgenstunden hat die vielen Bilder der schlaflosen Nacht gelöscht und hat ihn vereinfacht und beruhigt zurückgelassen, allein mit sich selbst. Nichts fehlt ihm jetzt. Niemand kann etwas von ihm verlangen.

Als er zum zweiten Mal erwacht, ist es zehn Uhr. Zeit sich zu strecken, ein paar gymnastische Übungen zu machen und aufzustehen. Unter der Dusche wäscht er sich die Haare. Rasieren wird er sich erst, falls er sich entschließt, in einem der drei Restaurants, zwischen denen er zu wechseln pflegt, zu Abend zu essen. Das reicht dann auch noch für den nächsten Tag. Solche kleinen Erleichterungen sind der Luxus, den er sich immer hier gönnt. Vielleicht wird er abends auch zu Hause bleiben und fernsehen oder lesen. Und er wird versuchen, Nina anzurufen. Nina oder Anne Schöller, je nachdem, er weiß es noch nicht. Vielleicht beide. Aber die Reihenfolge will er nicht dem Zufall überlassen. Früher hätte er sich vielleicht anders entschieden und dem Neuen, dem Unbekannten den Vorrang gegeben. Jetzt hat er das Gefühl, daß er sich das Risiko einer Enttäuschung nicht leisten kann, denn seine Zeit ist knapp geworden. So empfindet er es, seit er aus der Klinik gekommen ist. Er sieht alles, als erkenne er es wieder, nachdem er es schon verlassen und verloren hatte. Vielleicht war das anfangs immer so, wenn er nach längerer Unterbrechung nach Ahrenshoop zurückkehrte. Aber er hat diesen Empfindungen keine Bedeutung beigemessen, hat sie eigentlich gar nicht wahrgenommen. Sie werden auch wieder vergehen, wenn er erst wieder in seinem normalen Leben ist. Doch dazu muß er sich Zeit lassen, auch wenn er glaubt, daß seine Zeit knapp ist. Er muß aufhören, sich im Kreis zu drehen und immer wieder zurückzuschauen. Hier sein, da sein, sich wiederfinden, dazu war er hierhergefahren, im Vertrauen auf Wiederholbarkeit.

Nach dem Frühstück geht er im klaren Licht eines wolkenlosen blauen Himmels am Strand spazieren, wo das Meer seinen vom Sturm weit vorgeschobenen Spülsaum mit braunen Algenhaufen, blasigen Schaumresten und Muschelschalen als seine Hoheitsgrenze auf den Sand gezeichnet hat. Jetzt schwappen zwischen den Buhnen nur matte Wellen an den Strand. Er geht dicht am Wasser entlang, weil der Sand hier fester ist. In der Ferne ist der Leuchtturm auf der Landspitze des Darß zu sehen. Vielleicht ist es auch ein Aussichtsturm. Er hat es einmal gewußt, aber wieder vergessen. Er ist nie dort gewesen, wegen seiner Abneigung gegen Ausflugsziele und die Menschenansammlungen, denen man vielleicht dort begegnete. Auch, weil er in den letzten Jahren nicht mehr mit dem Auto gekommen ist. Die Vortragsreisen macht er lieber mit der Bahn, weil er dann lesen kann. Zahlreiche Bücher hat er in den letzten Jahren bei Bahnfahrten gelesen, falls er nicht zufällig neben einer Frau saß, die ihn interessierte. Wenn es sich ergab, hatte er dann eine Unterhaltung angeknüpft. Obwohl es meistens nicht besonders unterhaltsam war, jedenfalls nicht der Austausch von Allgemeinheiten und gefälligen Floskeln, mit denen es meistens begann.

Manchmal war es aber auch anders gelaufen. Er hatte gesehen, wie sich das Gesicht der Frau belebte, als tauche sie aus dem Halbschlaf ihres gewohnten Lebens auf. Ihre Stimme gewann an Klang, ihre Gestik wurde ausdrucksvoller, und die Pausen zwischen seinen und ihren Worten verkürzten sich. Es war ein wechselseitiger Austausch verborgener Energien, der mit dem, worüber sie so angeregt sprachen, eigentlich nichts zu tun hatte.

Nie hatte sich etwas daraus ergeben, außer einmal einer Kaffeepause dank einer Verspätung des Zuges, durch die seine Reisebekanntschaft und auch er ihre Anschlüsse verpaßten. Eine halbe Stunde hatten sie in einer Imbißstube auf unbequemen Hockern an einem kleinen runden Tisch einander gegenübergesessen, und die Unterhaltung war ins Stocken geraten, weil sie jetzt anders hätte fortgesetzt werden müssen. Er hatte sie nicht um ihre Adresse gebeten, weil er damals gerade in eine andere Geschichte verwickelt war, die inzwischen längst ihre Bedeutung verloren hatte. Statt dessen hatte er die Uhr im Auge behalten, um sie rechtzeitig zu ihrem Bahnsteig zu begleiten, und war dann rasch umgekehrt, weil sein eigener Zug in wenigen Minuten fuhr.

Das war vor fünf oder sechs Jahren gewesen. Und außer an diese Umstände konnte er sich nicht mehr an sie erinnern, weder an das, was sie von sich erzählt hatte, noch an ihr Aussehen, ihre Erscheinung. Nicht nur die feineren, individuellen Züge, auch ihre Haarfarbe – ein dunkles Blond oder ein mittleres Braun? – konnte er sich nicht mehr vor Augen rufen. Dennoch hatte sie in seinem Gedächtnis einen festen Platz behalten, eine für sie reservierte Leerstelle, in der sie für ihn zu einem abstrakten Symbol der unendlichen Möglichkeiten geworden war, die das Leben bereithielt und in der Regel verbarg. Wenn sie sich auf der Straße begegneten, würden sie sich vermutlich nicht erkennen. Vielleicht aber doch, wenn der Zufall sie noch einmal in einem Zug nebeneinandersetzte, was ungeachtet seiner Abwegigkeit ein Lieblingsgedanke von ihm war. In seiner Phantasie, mit der er die Situation immer wieder ausschmückte, eröffnete er das Gespräch mit dem Satz: »Dieses Mal sollten wir uns nicht von Verspätungen abhängig machen.« Aber der Satz war nur sinnvoll, wenn auch sie sich erinnerte. Und vor allem, wenn sie es auch tatsächlich war und nicht eine Vorspiegelung aus der unendlichen Vielfalt der Erscheinungen. Und das war natürlich eine Unwahrscheinlichkeit von geradezu astronomischen Ausmaßen.

»Ach, was soll das?« dachte er.

Er war einen Moment stehengeblieben, hatte über die Meeresfläche und den Strand geblickt und war dann weitergegangen, dicht am Wasser entlang, wo die Möwen vor ihm aufflogen. Die Gedankenspielerei hatte eine Mißstimmung hinterlassen, einen Anflug von Depression. Irgend etwas fehlte ihm, irgend etwas war ihm abhanden gekommen. War es die Zuverlässigkeit seines Körpers, die er immer vorausgesetzt hatte, auch in seinem fortgeschrittenen Alter? Sein Körper hatte ihn bis vor kurzem nie enttäuscht, wie ein guter Bundesgenosse, mit dem er in alle Gefechte gezogen war. Dave, der so viel Jüngere, war dagegen plötzlich gestorben. Er schien vom Tod überwältigt worden zu sein, ohne sich zu wehren und ohne zu begreifen, was mit ihm geschah. Vielleicht weil es für ihn unvorstellbar war zu sterben. Das konnte er sogar verstehen. Als er nachts mit Schmerzen und einem beklemmenden Gefühl in der Brust erwacht war, hatte er versucht, still liegenzubleiben und ruhig zu atmen, in der Vorstellung, es würde gleich besser werden. Einen anderen Gedanken hatte er nicht zulassen wollen, vielleicht auch, weil er Angst hatte aufzustehen. Es war die Angst, die ihm einflüsterte, daß die Schmerzen bald vergehen würden, bis ein neuer stärkerer Schmerz unter dem Brustbein ihm klarmachte, daß es um sein Leben ging. Wenn das die ihm vorbestimmte Art des Sterbens war, dann kannte er jetzt vielleicht die halbe Strecke. Das reichte erst einmal. An das finale Crescendo mochte er nicht denken. Wozu auch? Immerhin hatte er von seinem Arzt einen Freispruch auf unbestimmte Zeit bekommen. Davon wollte er den bestmöglichen Gebrauch machen. Dazu war er hier.

Nach einer dreistündigen Strandwanderung kam er am frühen Nachmittag zurück, aß in dem kleinen Pavillon beim Supermarkt eine Fischsuppe, machte dann Einkäufe und holte, wieder zu Hause, einen der beiden Liegestühle mitsamt der gepolsterten Auflage und einer Wolldecke aus dem Wandschrank, um in dem kleinen Gartenstück, das zu seinem Apartment gehörte, einen verspäteten Mittagsschlaf zu halten. Er schlief kurz und leicht und wurde wach, als er die Stimmen von Leuten hörte, die hinter der Hecke vorbeigingen, wahrscheinlich auf dem Weg zum Strand. Er selbst wollte zur anderen Seite gehen: zum Segelhafen und zum Bodden, in den die Flüsse mündeten und aus dem die Süßwasserfische kamen, vor allem der Boddenzander, den er häufig aß. Abgesehen von den Jollen und Kuttern mit ihren typischen braunen Segeln, die im Hafen für kurze Segeltörns bereitlagen, war die Boddenseite der Landzunge einsamer und ursprünglicher als die Seeseite mit dem Strand, weil hier ein dichter, bis weit ins Flachwasser reichender Schilfgürtel Land und Wasser trennte. Hier ging er gerne spazieren, besonders bei schönem Wetter, wenn eine leichte Brise durch das graugrüne Schilfdickicht wehte und weit dahinter wie ein Silberstreif die Wasserfläche des Boddens und der ferne flache Rand des Festlandes zu sehen waren. Er hatte sich sagen lassen, daß das Schilf nicht geerntet werde und für die reetgedeckten Häuser Schilf aus Holland bezogen wurde. Er war unentschieden, ob ihn das enttäuschte oder ob er es begrüßen sollte. Auf dem Rückweg kam er an der Pferdekoppel vorbei, wo wie im vergangenen Jahr drei Pferde weideten, die zu einem nahe gelegenen Reitstall gehörten. Zwei standen dicht beisammen, eins abseits, eine klassische Konstellation, dachte er. Zu Hause rasierte er sich, zog ein frisches Hemd an und ging zum Abendessen in den Ort. Kurz nach neun kam er zurück. Noch Zeit, um Nina in Hamburg anzurufen. Aber sie meldete sich nicht, und ihr Anrufbeantworter war nicht eingeschaltet. So hörte er nicht einmal ihre Stimme. Anne Schlössers Nummer hätte er bei der Auskunft erfragen müssen. Das reichte, um es bleiben zu lassen. Vielleicht war er wirklich etwas depressiv. Den Rest des Abends verbrachte er vor dem Fernseher. Er sah einen Bericht über einen Naturpark in North Dakota, zwei Boxkämpfe, das mehrmals gefilmte Kullern einer Golfkugel in ein kleines Loch, die Spätnachrichten, den Wetterbericht und entschloß sich, schlafen zu gehen. Gelähmt durch ein Gefühl des Widerwillens hatte er das Tagebuch von Stefan K. noch nicht ausgepackt. Aber am nächsten Morgen legte er die blaue Mappe nach dem Frühstück auf den Tisch, damit er sie nicht übersehen konnte, wenn er von seiner Strandwanderung zurückkam.

Wie gewohnt ging er durch die von hohen alten Bäumen gesäumte, nur für die Fahrzeuge der Anlieger zugelassene

Alleestraße, die »Zum Hohen Ufer« hieß und direkt auf den Kammweg der Steilküste führte. Weil die Baumkronen das helle Sonnenlicht filterten, war sie an diesem Morgen von Licht und Schatten gesprenkelt und erinnerte ihn an ein gotisches Kirchenschiff. Rechts und links lagen, weit abgerückt von der Straße, hinter ausgedehnten Rasenflächen, aber ebenfalls wie von einer schützenden Leibgarde von mächtigen alten Bäumen umgeben, große reetgedeckte Villen. Viele stammten noch aus der Vorkriegszeit oder sogar aus dem ersten Jahrzehnt des auslaufenden Jugendstils. Einige, wohl in den letzten Jahren erbaute, hatten sich im Stil und ihren architektonischen Dimensionen und dank der vermutlich vorgeschriebenen Grundstücksgröße den älteren Häusern angepaßt, so daß trotz der Individualität jedes einzelnen Hauses der Eindruck einer geschlossenen Gesellschaft erhalten geblieben war, die ihren Reichtum und ihre lässige, komfortable Lebensart zur Schau stellte. Ursprünglich waren es wohl reiche Berliner gewesen, die sich hier für große Familien mit dazugehörigem Personal geeignete Landhäuser hatten bauen lassen. Die Männer pendelten dann zwischen der Hauptstadt und dem Ferienquartier hin und her, während die Frauen mit den Kindern und den Bediensteten im Sommer viele Wochen oder Monate hier verbrachten. Inzwischen waren wohl auch Hamburger und Lübecker und andere reiche Leute von sonstwoher dazugekommen. Hier und da waren einige Autos geparkt, Wagen der Oberklasse, deren Nummernschilder er von der Straße aus nicht entziffern konnte. Andere standen wahrscheinlich in den später angebauten Garagen. Aber die meisten Häuser schienen zur Zeit unbewohnt zu sein. Das machte sie in seinen Augen besonders geheimnisvoll und phantasieanregend. Einige Häuser, deren Inhaber gestorben oder verarmt waren, wurden vielleicht auch von Agenturen an wohlhabende Feriengäste vermietet. Für eine einzelne Person waren sie natürlich viel zu groß, und wahrscheinlich waren sie sündhaft teuer. Sicher hätte er es sich für zwei oder drei Wochen leisten können. Doch er besaß ja ein gut eingerichtetes Apartment, das für ihn und auch für zwei Personen völlig angemessen war. Nur »angemessen« – das hieß eben, daß man in seinen vier Wänden zusammen mit ein paar Möbelstücken eingesperrt und auf eng begrenzte Bewegungen reduziert war. Die großen Villen mit ihren weiträumigen Grundstücken versprachen ein ganz anderes Leben. Zum Beispiel konnte er eine Frau wie Anne Schlösser nicht einfach in sein Apartment einladen, sondern mußte sie, wenn sie ihn besuchte, in einem Hotelzimmer unterbringen, was eine schwerfällige Situation war und die Distanz verfestigte. Eine Einladung in eine der großen Villen, die genügend Raum für Abstand und eine ungezwungene Annäherung versprachen, würde sie vermutlich annehmen. So ein großes Haus schuf eine erotische Situation, nicht sofort und unausweichlich eine sexuelle.

Während er weiterging und am Ende der Villenstraße in den von dichtem Sanddorngebüsch eingeschlossenen Dünenweg einbog und ein Stück weiter die Treppe zum Strand hinunterstieg, phantasierte er von den ungesehenen Innenräumen eines unbestimmten Hauses, das ihm gehören, und von einer Frau, die ihn dort besuchen würde. Es war nicht mehr Anne Schlösser und auch nicht Nina, sondern eine aus vielen Bildern abgeleitete Erscheinung, die immer nur für kurze verwischte Augenblicke – mal nackt im Bad, mal am Eßtisch mit einem Glas Rotwein am Mund, mal in einem langen Rock am Kaminfeuer sitzend und mal im Bett, mit entblößten Schultern und gelöstem Haar – zu sehen war, während er selbst nur als ein Schatten in diesen Szenen auftrat. Ihre Unwirklichkeit störte ihn nicht, denn sie verhinderte, daß er auf irgend etwas neidisch wurde, was nicht für ihn erreichbar war. Es war ein Tagtraum mit der matten Durchsichtigkeit einer behauchten Scheibe, hinter der der Strand, das Meer, der Möwenflug und die am Himmel aufkommende weißgraue Bewölkung immer zu sehen waren. Und während er ging und den weichen, lokkeren Sand unter seinen Schuhen spürte, verflog das körperlose Phantasma einer Frau und eines Hauses, die ihm beide nicht gehörten, ohne daß er etwas entbehrte. Er fühlte sich entspannt und angeregt und heimisch in der Welt, die ihn umgab. Daß sie ihm ein paar Geheimnisse vorenthielt, war ein Reiz, der ihn belebte, fast so, als wäre es ein Versprechen.

Er kam zwei Stunden später, erfrischt, aber ein wenig müde, nach Hause, und das erste, was er sah, war die auf dem Tisch bereitliegende blaue Mappe, und eine spontane Abneigung erfaßte ihn. Wieder sah er den ungebetenen Gast, einen mageren, hoch aufgeschossenen, gehemmt wirkenden jungen Mann, der ihm vor anderthalb Jahren ein überflüssiges, nirgendwo veröffentlichtes Interview abgetrotzt hatte. War er eigentlich verpflichtet, sich wieder mit ihm zu beschäftigen, weil er sich inzwischen, aus welchen Gründen auch immer, umgebracht hatte? Die Verantwortung für sein Leben hatte er selbst getragen und nicht bei ihm abgegeben, als er ihn besuchte. Nun gut, er hatte das Manuskript aus den Händen des Bruders in Empfang genommen, dann mußte er wohl auch hineinschauen. Aber zuerst wollte er sich eine Tasse Kaffee machen. Mal sehen, vielleicht war es ja doch interessant und konnte ihn auf neue Gedanken für seine Vorträge bringen.

Nun saß er, friedfertiger gestimmt, in seinem Sessel, hatte seine müde gelaufenen Beine auf einen herangezogenen Stuhl gelegt und die blaue Mappe auf seinen Schoß. Er trank den letzten Schluck Kaffee und schlug das Skript an einer beliebigen Stelle auf. Der Text bestand aus lauter kurzen, voneinander abgesetzten Notaten. Er blätterte weiter. Und als er sah, daß es anscheinend überall so war, begann er irgendwo zu lesen:

»Wie sich alles setzt im Leben, selbst das Ungeheuerlichste, wie alles in eine Gewöhnlichkeit, in die Normalität gezogen wird, dieser Sog des Alltäglichen, dieser vergebliche Widerstand gegen das Sich-in-die-Dinge-Fügen.«

»Diese enttäuschenden Augenblicke des Lebens, wenn jemand als Unbekannter irgendwoher kam und als Bekannter, als zu gut Bekannter wieder ging.«

»Wahrheit. Aber wer gewöhnt sich schon an die Wahrheit.«

»Im allzu Vertrauten liegt die angst machende ganze Leere des Daseins verborgen.«

»Es gibt keine Wahrheit, aber es gibt Lüge.«

»Im Bett liegend – die Nacht vor sich – die Vorstellung habend, es läge jemand neben mir – und eine unsagbare Übereinstimmung spüren mit der von Störung unbedrohten Einsamkeit.«

»Auch das Sterben kann man lernen.«

»Langsam verliere ich alles: die Sehnsucht, die Wut, die

Angst, die Radikalität des Denkens, den Zwang zur Rationalität.«

»Ich existiere noch. Aber der Tod ist lediglich das noch nicht eingetretene Faktum.«

»Ich bin jetzt sechsundzwanzig. Sechsundzwanzig Jahre, die ich mir hätte schenken können.«

»Ich glaube nichts mehr von dem, was ich glauben müßte, um mein Leben in Zukunft noch ertragen zu können.«

Er riß sich los von den Zeilen, blickte auf. Jeder einzelne Satz, und es waren lauter einzelne, nur in ihrer dunklen Tiefe verbundene Sätze, trug in sich einen Todeskeim. Doch sie alle schienen in ihrer Klarheit und Präzision nicht von dem Menschen zu stammen, an den er sich erinnerte. Er las weiter, in dem Bemühen, den befremdlichen und widersprüchlichen Eindruck besser zu verstehen, holte den übersprungenen Anfang des Textes nach und vertiefte sich dann in die Fortsetzung. Aber Struktur und Inhalt des Textes änderten sich nicht. Jeder Satz gehorchte der gleichen düsteren Logik einer systematischen Entwertung des Lebens und der Annäherung an ein unvermeidliches Ende. So monoton das auch war, er konnte sich nicht davon lösen, denn der Autor hatte, im Unterschied zu vielen jungen Menschen, die mit ihrem Leben nicht zurechtkamen, nicht nur vom Selbstmord phantasiert, sondern sich tatsächlich umgebracht. Dieses Wort, das sein Bruder gebraucht hatte, war eigentlich nicht ganz zutreffend. Denn es war kein gewaltsamer Tod. Stefan K. war nicht aus einem Hochhaus oder von einer Autobahnbrücke gesprungen, er hatte sich nicht vor einen Zug geworfen, sich nicht die Pulsadern durchgeschnitten oder sich erhängt, sondern hatte sich für eine sanfte, friedliche Form des Sterbens entschieden: den Tod durch Erfrieren. Darauf konnte man nur kommen, wenn man lange und umsichtig über sein selbstbestimmtes Ende nachgedacht hatte. Es war ein langfristig geplanter und klar und dauerhaft begründeter Tod.

In einem kurzen Nachwort war der Bruder auf den Bruch in Stefans Leben eingegangen, ohne ihn erklären zu können. Nach einer anscheinend normalen Kindheit und Jugend hatte er sich von allen Werten und Gewohnheiten seiner Herkunft abgewandt, aber trotz seiner herausragenden Intelligenz die notwendigen Schritte in ein selbstgestaltetes, erwachsenes Leben nicht geschafft. Seine Aufzeichnungen gaben darüber nur verstreute Auskünfte, die überdeckt und übertönt wurden durch die hochmütige Allgemeinheit seiner Reflexionen über die niederziehende Sinnlosigkeit des Lebens schlechthin. Aber nach und nach fügten sich die bruchstückhaften Bekenntnisse seines Scheiterns zu einem Bild zusammen: Er hatte sein Studium nicht zu Ende gebracht, keinen Beruf gefunden, war von den finanziellen Zuwendungen seiner Eltern abhängig geblieben und, dies war für ihn die größte Demütigung, hatte nie mit einer Frau geschlafen. Sein einziger Versuch in einem Bordell hatte ein ihn beschämendes, vorzeitiges Ende genommen und ihn für immer abgeschreckt. So hatte er gelernt, sich als aus dem Leben verbannten Versager zu sehen. Im Sommer, dem vitalen Höhepunkt des Jahres, wenn alles um ihn herum blühte und reifte, war er jedesmal in tiefe Depressionen versunken. Tag und Nacht heimgesucht von Angstzuständen und Gefühlen der Nichtigkeit, war der Gedanke, sein Leben freiwillig zu beenden, seine letzte Ausflucht geworden. Vielleicht war es zunächst nur ein

Gedanke gewesen, den er als sein Notgepäck mit sich herumtrug. Aber er konnte ihn nicht mehr aufgeben. Und so wurde daraus allmählich ein fester Plan, ein nicht mehr revidierbarer Entschluß, in dessen Schutz er noch fast zwei Jahre weiterlebte.

Kurz vor seinem selbstbestimmten Ende hatte er geschrieben: »Die Vorstellung, noch einen solchen Sommer durchstehen zu müssen wie den letzten, würde eine unsagbare Untröstlichkeit verursachen, die Chance der Befreiung verpaßt zu haben, wie alles in diesem Leben.« Der Tod war zu seinem einzigen Projekt geworden, das nicht scheitern durfte wie alles andere. Nicht um eines Lebens willen, von dem er sich nichts mehr versprach.

Ein später Wintereinbruch mit starken Schneefällen wurde für ihn zum Zeichen, daß die Stunde der Wahrheit gekommen war. Er fuhr von Osnabrück in das nahe gelegene Wiehengebirge. Von der Endstation aus machte er sich im dichten Schneetreiben zu Fuß auf den Weg in den Wald. Weitab vom Weg legte er sich in eine von Unterholz verdeckte Bodenmulde und ließ sich einschneien. Der anhaltende Schneefall tilgte seine Spuren. Waldarbeiter fanden ihn eine Woche später. Sein von Frostblasen und dunklen Hautflecken entstelltes Gesicht muß ein erschreckender Anblick gewesen sein. Die Papiere in seiner Brusttasche, die er wohl mit Absicht nicht vernichtet hatte, verrieten, wer er war. Seine einzige Hinterlassenschaft, die über Jahre fortgesetzte Aufzeichnung seiner Gedanken, war schon vorher entdeckt und von seiner Familie als schlimmes Zeichen verstanden worden. Es war ein exakt aufgeschichteter Stapel von mehreren hundert Blättern, der, beschwert durch einen Stein, auf dem sonst leergeräumten Tisch seiner Dachkammer lag, die er zum Monatsende gekündigt hatte. Sein Lebenswerk, eine Philosophie der Entwertung und des Verschwindens, hatte er beglaubigt durch seinen Tod. Hatte der Bruder einen unausgesprochenen Wunsch des Toten erraten, als er ihm nach seinem Vortrag in Osnabrück die Kopie des Manuskripts übergab?

Er legte die Mappe beiseite und stand auf, um ein Glas Wasser zu trinken. Dann entschloß er sich, noch einmal zum Strand zu gehen, um Abstand zu gewinnen. Was er bisher gelesen hatte, war wie ein Bergrutsch über ihn hereingebrochen und hatte seine Erinnerung an den Besuch von Stefan und das Interview, das er ihm gegeben hatte, völlig verwandelt. Seine Eindrücke waren vielleicht nicht falsch gewesen, doch oberflächlich, und nachträglich zurechtgestutzt. Und auf jeden Fall hatte er keine gute Rolle gespielt.

Nach einer Stunde kam er zurück. Es tat immer gut, auf das Meer zu blicken, auf seine Weite unter dem grau bewölkten Himmel und den ewigen Wellenschlag. Es waren die ständigen Veränderungen im Immergleichen, die ihn zugleich belebten und beruhigten.

Zuletzt hatte er auch den langen Brief gelesen, den Stefan kurz vor seinem Tod an einen alten Freund geschrieben hatte. Die beiden hatten sich an der Universität kennengelernt und sich über ihre Selbstmordgedanken ausgesprochen. Inzwischen aber hatte der Freund einen Beruf ergriffen und geheiratet. Und in Erinnerung an die gemeinsamen Phantasien hatte er versucht, auch Stefan von seinen tödlichen Plänen abzubringen. Nach dessen Antwort zu urteilen, hatte ihm der Freund einen einfühlsamen und eindringlichen Brief geschrieben. Doch er hatte geantwortet, der Tod sei für ihn die einzige Alternative zu einem würdelosen, aussichtslosen Leben. Um mit seinen Plänen Ernst zu machen, hatte er für den kommenden Monat die Annahme weiterer Geldzuwendungen seiner Eltern verweigert und seine Wohnung gekündigt. Damit war das geplante Lebensende plötzlich ganz nahe gerückt. Das genaue Datum war nur noch abhängig von der Witterung.

Er lebte nur noch auf Widerruf. Manchmal ging er noch zur Bank und holte einen Kontoauszug ab, um sich zu bestätigen, daß kein »Finanzengel« ein Wunder vollbracht hatte, um ihn zu retten. Eine Zeitlang hatte er Zeitungen ausgetragen, die Arbeit aber bald wieder verloren. Aus seinen Aufzeichnungen ging nicht hervor, ob er die Arbeit aufgegeben hatte oder gekündigt worden war. Nun schlief er meistens bis gegen Mittag. Danach ging er ziellos in der Stadt herum, machte regelmäßig einen großen, einen kleineren und noch einen späten Spaziergang. Manchmal stahl er im Supermarkt etwas zu essen. Manchmal setzte er sich wie früher in den Lesesaal der Stadtbücherei und las eine Tageszeitung. Und wo immer sich eine Gelegenheit bot, blätterte er in Sexmagazinen. Sein unerfülltes körperliches Begehren, das er mit sich herumtrug, empfand er als den letzten, ihm noch verbliebenen Rest seiner schwindenden Authentizität. Seit das geplante Lebensende so unübersehbar nahe gerückt war, ging es ihm viel besser als in den voraufgegangenen Jahren. Er dachte nicht mehr mit der Heftigkeit seiner Not und Verzweiflung an den Tod, sondern sah ihm ruhig entgegen wie einer Arbeit, die ihm noch zu tun übrigblieb. Er stand kurz vor seinem Ziel. Und obwohl er es nicht betonte, war er stolz auf seine Konsequenz.

In dieser letzten Phase hatte er ihn nicht kennengelernt. Der Eindruck wäre sicher anders gewesen. Aber auch jetzt mußte er erkennen, daß seine Erinnerungen an den Besuch und das Interview unvollständig und verzerrt waren. Laut Stefans Darstellung hatte das Gespräch viel länger gedauert und war nicht so mechanisch verlaufen, wie er geglaubt hatte. Nachdem er den schriftlichen Fragenkatalog beantwortet hatte, war es noch zu einem kurzen Gespräch gekommen, das mit einer Frage geendet hatte, die wahrscheinlich die einzige und eigentliche Frage war, die Stefan ihm hatte stellen wollen: »Wie kann man leben, wenn man, wie Sie, an nichts glaubt?«

Glaubte er an nichts? Nicht an irgend etwas Religiöses und Metaphysisches, nicht an eine politische Utopie. Aber er glaubte an das Leben. Sollte er das jetzt vielleicht rechtfertigen?

Er erinnerte sich, daß in diesem Augenblick seine Ungeduld in Unwillen übergegangen war. Gereizt durch den Anblick dieses verstörten Menschen, der anscheinend gekommen war, um ihn in eine dieser typisch jugendlichen Lebenssinndiskussionen zu verwickeln, hatte er sich auf eine kurze Antwort beschränkt: »Zum Leben braucht man keine Begründung. Das Leben ist ein sich selbst begründender Prozeß. Man lebt, weil man lebt, und um zu leben. Das ist wie beim Atmen. Dazu braucht man keinen Grund.« Nach einer kurzen Pause, in der er ein Unbehagen beiseite schieben mußte, hatte er hinzugefügt: »Leben ist der Wert schlechthin. Alle anderen Werte sind davon abgeleitet.«

Anscheinend hatte er ziemlich laut und schroff gesprochen wie jemand, der keine weitere Frage und keinen Einspruch mehr zulassen will, denn im Gesicht seines Gegenübers war so etwas wie ein Erschrecken zu sehen gewesen, vielleicht aber auch nur ein jähes, widerstandsloses Begreifen. Stefan hatte stumm genickt, bevor er antwortete: »So sehe ich das eigentlich auch.« Er hatte das als abschließende Bemerkung akzeptiert und nichts weiter dazu gesagt, denn er hatte befürchtet, ein uferloses Gespräch auszulösen. Er hätte dieses Gespräch auch nicht verhindern können, wenn sein Besucher seiner pauschalen Zustimmung noch eine weiterführende Frage hinzugefügt hätte, aber er hatte sich für das Gespräch bedankt und war gegangen. Es war ein kleinlauter Abschied gewesen. Stefan hatte sich nicht noch einmal nach ihm umgedreht. Er war mit dem unangenehmen Gefühl zurückgeblieben, sich unzulänglich und schlagwortartig ausgedrückt zu haben, hatte aber dann den Eindruck dieses befremdlichen Besuches abgeschüttelt und sich wieder seiner Arbeit zugewandt.

Aus den Aufzeichnungen hatte er nun erfahren, wie Stefan seine Argumentation verarbeitet hatte. Er hatte daraus ein Paradoxon gemacht. »Der Sinn des Lebens besteht darin, sich ständig in Bewegung zu halten, um nicht dauernd nach ihm fragen zu müssen«, hatte er geschrieben. Ja, so konnte man seine Äußerung über das sich selbst begründende Leben auf den Begriff bringen. Doch die Ironie war die Abwehr eines Menschen, der sich nach Leben sehnte und, innerlich tief gespalten, es zugleich zu entwerten versuchte.

Er verstand das, hatte es auch damals intuitiv erfaßt, und mußte sich nun fragen, warum er auf die Unsicherheit seines Besuchers so auftrumpfend und einseitig mit einer Verklärung der Vitalität geantwortet hatte. Hatte er eigene Ängste überspielen wollen? Wollte er diesem Jungen mit seiner Lebenserfahrung imponieren? Vielleicht sogar mit seinen erotischen Erfolgen? Ja, natürlich, auch das Denken stand im Dienst der vitalen Selbstbehauptung. Er hatte eine Art Dominanzgebrüll ausgestoßen, um den anderen seine Schwäche spüren zu lassen und sich selbst gestärkt zu fühlen. Insofern bestätigte sein Verhalten die Richtigkeit seiner Diagnose.

Doch wenn er es recht überlegte, hatte Stefan, der genug von ihm gelesen hatte, seine Antwort schon vorausgesehen, als er ihn nach einem Leben ohne einen übergeordneten Sinn fragte. Er hatte genau die Antwort von ihm hören wollen, die er bekommen hatte. Wenn er sie nicht ausgehalten hatte, dann war das sein Problem. Dann war ihm eben nicht zu helfen gewesen. Jedenfalls war er bei ihm an die falsche Adresse geraten. Obwohl er in einem fatalen Sinn die richtige Adresse für diesen Menschen gewesen war, der sich bei ihm sein Urteil abgeholt hatte. Ich hätte ihn überhaupt nicht empfangen dürfen, dachte er.

Schluß jetzt. Es hatte keinen Sinn, in dieser alten Geschichte herumzuwühlen. Sie war abgeschlossen und ohnehin nicht mehr zu ändern. Wie übrigens auch die Lebensgeschichte von Dave, deren Ende allerdings so banal war wie ein Stolpern oder Ausrutschen mit tödlichen Folgen. Es verhöhnte alle seine hektischen Bemühungen um Beachtung und Erfolg. Die vielen Briefe, die er geschrieben hatte, die Partys, zu denen er gegangen war, um sogenannte wichtige Leute kennenzulernen – der plötzliche Tod ließ das alles lächerlich aussehen, als eine illusionäre Anstrengung, verständlich zwar, aber übertrieben und absurd. Das einzig Gute daran war, daß Dave, fixiert auf seine Wünsche und seine Pläne, nicht begriffen hatte, was mit ihm geschah. Daneben nahm sich Stefans selbstbestimmtes Ende imponierender aus, denn es war eine hoch bewußte, einzelgängerische Tat, mit der er sich im Gegensatz zu Dave von allen Fetischen der Gesellschaft, vom Leben und von seinen eigenen unerfüllten Wünschen abgewandt hatte. War es deswegen besser? Tot waren sie jedenfalls beide. Der Tod war der Graben, der ihn von beiden trennte.

Aber wenn er sich wegdrehte, waren sie nicht verschwunden. Sie waren anwesend wie zwei Gespenster, die sich gegen ihn verbündet hatten. Einen Augenblick lang hatte er die absurde Vorstellung, sie säßen hier in seinen Sesseln, um mit ihm zu reden und durch ihn noch eine letzte Existenz zu erhalten: kompletter hysterischer Unsinn, der aber nicht verflog. Doch dann erinnerte er sich an den Satz, den ihm sein Arzt mit auf den Weg gegeben hatte, und einem plötzlichen Einfall folgend, änderte er den Wortlaut des Satzes, stülpte seinen Sinn um und adressierte ihn an Dave und Stefan. »Kehrt in euren Tod zurück!« dachte er.

Er hatte es nicht laut gesagt, sondern die Worte wie eine innere Leuchtschrift vor sich gesehen und vor sich hingehalten. Und das genügte, um die Gespenster zu vertreiben.

»Jetzt werde ich erst einmal essen gehen«, fügte er hörbar hinzu.

Erst jetzt spürte er, wie hungrig er war. Es war Zeit zum Abendessen. Gebannt durch seine Lektüre, hatte er seit dem Frühstück, außer einem kleinen Rest Joghurt, nichts gegessen. Kein Wunder, daß er ein wenig abgedreht war. Er war gut beraten, wenn er sich in den nächsten Tagen diese Todesfälle und Todesphantasien vom Leibe hielt.

Er beschloß, ins Restaurant Saatmann zu gehen und einen Boddenzander zu essen und dazu zwei oder drei Glas Bier zu trinken. Sein Durst war noch heftiger als sein Hunger, und es gehörte zur Vorfreude, sich das goldhell gefüllte, schaumgekrönte Glas vorzustellen, das er an seine Lippen hob, um einen ersten Schluck zu tun. Bevor er losging, schaute er in den Spiegel. Ach ja, er mußte sich noch rasieren, so lästig das auch war. Früher hatte er jahrelang einen Bart getragen, bis er eisgrau zu werden begann. Auf alten Fotos kam er sich sehr fremd vor. Jetzt kamen in regelmäßiger Hartnäckigkeit weiße Stoppel in seinem Gesicht und an seinem Hals zum Vorschein. Aber nachdem er die Prozedur beendet und sein Gesicht mit Rasierwasser erfrischt hatte, fand er seinen Anblick im großen und ganzen akzeptabel. Sollte er sich vielleicht noch eine Krawatte umbinden? Er hatte, wenn er verreiste, immer einige dabei, obwohl er selten Gebrauch davon machte, schon gar nicht hier, in seinem Urlaubsquartier. Krawatten waren hübsche Luxusgeschenke, die er sich gelegentlich machte. Wenn er sich ein Hemd, einen Pullover kaufte, nahm er gewöhnlich noch eine Krawatte mit. Als er noch mit Dagmar verheiratet gewesen war, hatte sie diese Einkäufe ironisch kommentiert. Seit der Scheidung hatte sich niemand mehr seinem kleinen Laster in den Weg gestellt, was zu einer unübersehbaren Wucherung in seinem Kleiderschrank geführt hatte. Also mußte er sich zu seiner Rechtfertigung wieder einmal seines Reichtums bedienen. In Frage kamen eine zimtbraune, mit kreisrunden elfenbeinweißen Flecken gemusterte Krawatte von Lagerfeld und eine burgunderrote, changierende von Armani. Er hielt sich vor dem Spiegel nacheinander beide vor die Brust und entschied sich für die rote, weil sie weniger auffällig war. Eigentlich könnte ich mir auch mal wieder einen neuen Blazer kaufen, sagte er sich.

Als er etwas später den hell beleuchteten, gut besuchten Gastraum betrat und einen Einzeltisch für sich fand, beim Ober ein Bier bestellte und die Speisekarte aufschlug, war er guter Laune. Alles war, wie er es wünschte und gewohnt war. Auch den Boddenzander gab es, als normale und als kleinere Seniorenportion. Heute kam nur die normale für ihn in Betracht. Und zum Schluß würde er auch noch ein Dessert bestellen, um diesen Tag seines Lebens zu feiern, stellvertretend für alle anderen Tage, die gewesenen und die kommenden. Die Welt war noch in Ordnung, jedenfalls hier und heute. Das Licht, die Wärme, auch das gestärkte, weiße Tischtuch, auf dem seine Hände lagen, gehörten dazu. Und nun kam der Ober mit dem Bier. »Ein Rostocker«, sagte er. Dann nahm er die Bestellung entgegen und wiederholte sie, eine Parole, die er eilig in die Küche trug.

Er trank, ließ das Bier kühl durch seine Kehle rinnen und stellte das Glas vor sich hin, greifbar für den nächsten Schluck. Morgen wollte er einen neuen Versuch machen, mit Nina zu telefonieren. Wenn sie sich wieder nicht meldete, würde er es bei Anne Schöller versuchen. Vielleicht konnte er sie überreden herzukommen. Er hatte diese Art von Verrat oft begangen, auch mehrfach gegenüber Nina. Diesmal wäre es kein Verrat, denn Nina hatte ja ihn wegen Dave verlassen. Und das war, obwohl Dave jetzt tot war, noch immer der unwiderrufene Stand der Dinge. Immerhin waren sie in Kontakt geblieben, aus Anhänglichkeit und beiderseitigem Interesse. Und weil er damals bald Ersatz gefunden hatte, nicht dauerhaften Ersatz, sondern gelegentlichen. Damit hatte er leben können. Wenn Nina nun zu ihm zurückkehrte, was er für wahrscheinlich und sinnvoll hielt – eigentlich das Beste, was sie tun konnten –, dann würde es für sie beide ein besonderer Reiz sein, zusammen wieder die gemeinsame Vergangenheit zu entdekken. Es würde ihnen viel wieder einfallen, was oberflächlich durch neue Eindrücke verdeckt gewesen war. Anne Schlösser dagegen, an deren eindringlichen Blick er sich wieder erinnerte, war ein unerforschtes Geheimnis, das ihn anders anzog als die brachliegenden intimen Erinnerungen, die ihn mit Nina verbanden. Sie war in seiner Phantasie wie eine dunkle Zimmerflucht, in der sie sich verbarg und auf ihn wartete. Sie wollte gefunden werden und wissen, daß sie gesucht worden war. Er stellte sich vor, daß dies ein heftiger, brennender Moment war. Beide Frauen waren so verschieden, daß sie in seinen Augen einander nichts wegnahmen. Aber wenn es darauf ankam, war Nina die erste Wahl. Und diesmal würde die Beziehung totaler sein. Nina würde es so erwarten, und er selbst konnte es sich immerhin vorstellen. Denn seit der Nacht, in der der Schmerz wie ein schwerer Stein auf seiner Brust gelegen hatte, und auch seit seiner Ankunft hier in seinem für zwei Personen eingerichteten Apartment schien es ihm nicht mehr so unbedingt wünschenswert, allein zu leben, wie er nach seinen zwei gescheiterten Ehen jahrelang gedacht hatte. Vielleicht war das nur eine vorübergehende Anwandlung, das Nachbeben des erlebten Schreckens und der beiden Todesberichte, die er in seinem Gepäck hatte. Jetzt jedenfalls saß er hier, trank Bier und wartete auf sein Essen, und das war das einzige, was ihm im Augenblick fehlte.

Und nun kam das Fehlende auch schon und wurde ihm

mit dem Wunsch für einen guten Appetit serviert: das weiße Fleisch des Fisches, die Zitronenscheibe, die Kartoffeln und in einer kleinen weißen Porzellankanne anstelle der von der Speisekarte vorgesehenen Sauce sein Sonderwunsch: goldgelbe ausgelassene Butter. Nichts blieb ihm jetzt zu wünschen übrig als ein weiteres Glas Bier.

Ein feiner Nieselregen näßte sein Gesicht, als er das Restaurant verließ und auf die dunkle Straße trat. Er hatte Regen erwartet und den Trenchcoat angezogen und eine Mütze eingesteckt, als er zum Essen gegangen war. So war es für ihn nur angenehm, die kühle Nässe im Gesicht zu spüren und die reine Luft zu atmen. Da die geschlossene Wolkendecke Mond und Sterne verbarg, war es außerhalb des ohnehin schon spärlich beleuchteten Ortes unerwartet dunkel, so daß es ihm im ersten Augenblick so vorkam, als ginge er mit bedeckten Augen durch hauchzarte Gespinste winziger Tropfen, die unsichtbar in der windstillen Luft hingen. Auf der Straße, die in den Ort führte, kam ihm ein Auto entgegen, dessen Scheinwerfer durch das Spalier der Alleebäume geisterten, ihn aber auf dem dunklen Fußweg neben der Straße nicht erfaßten. Es verschwand hinter ihm zwischen den ersten Häusern des Ortskerns, während er in entgegengesetzter Richtung weiterging. Links vor der Straße erstreckte sich das tiefer gelegene Gelände der Pferdekoppel, eine muldenförmige, nur verschwommen erkennbare Fläche, die von der Dunkelheit mit einem schwarzgrauen Schaum überzogen war. Die Pferde schienen nicht da zu sein. Dann sah er sie doch, schemenhaft, im hinteren Teil des Geländes, wo sie sich kaum von der schwarzen Wand der Bäume und Büsche abhoben, die zu den alten Villengrundstücken der Boddenseite und des Hafens gehörten. Licht war dort nicht zu sehen, obwohl es noch nicht so spät war. Vielleicht waren auch nicht alle Häuser bewohnt. Er überlegte, ob er noch einen Umweg machen sollte, vielleicht für eine halbe Stunde. Aber der Rundweg unter den alten Bäumen mußte jetzt stockfinster sein. Das hatte keinen Sinn.

Als er wenig später in sein Apartment trat und Licht machte, sah er als erstes auf dem Tisch die blaue Mappe. Er nahm sie, schob sie in die Außentasche seines Koffers und zog den Reißverschluß zu.

Was jetzt? Ein Gefühl der Fremdheit und Beziehungslosigkeit beschlich ihn. Alles war hier für ihn da, jede Einzelheit, die Möbel, die Geräte, das kleine Gartenstück, aber er konnte nichts damit anfangen. Die gewohnte Anordnung aller Dinge war nur sie selbst und schien ihn auszuschließen. Er hatte den Faden verloren, den selbstverständlichen Zusammenhang, in dem man normalerweise lebte. Statt dessen fiel ihm auf, daß er sich dauernd anstrengte weiterzumachen, so als müßte er sich von Mal zu Mal einen Ruck geben, um das nächste Stück Gegenwart zu beginnen. Anfangs war das zwar häufig so, wenn man nach längerer Zeit neu in eine alte Umgebung kam. Man mußte sich erst wieder eingewöhnen. Aber diesmal war der Ablauf umgekehrt. Gestern noch – war es gestern? – hatte er eine Stunde draußen im Liegestuhl gelegen und geträumt, bevor er zum Hafen gegangen war und dann den Weg am Schilfufer des Boddens entlang eingeschlagen hatte, um alte Erinnerungen wieder aufzufrischen. Ein Spaziergänger war ihm entgegengekommen, ein Mann seines Alters, vielleicht ein paar Jahre jünger, der ihn gegrüßt hatte. Er hatte freundlich zurückgegrüßt, so als ob er ihn erkannt hätte, aber er wußte nicht, wer es war. Möglicherweise war es ein gegenseitiges Nichterkennen oder einfach nur ein freundlicher Gruß gewesen, von jemandem, der hier genauso allein herumging wie er. Sie hätten beide stehenbleiben können, um das zu klären. Aber es wären wahrscheinlich nur ein paar verlegene Allgemeinplätze dabei herausgekommen. Das war nicht das, was ihm fehlte. Und es wäre auch nicht üblich gewesen. Doch er erinnerte sich, daß er im Weitergehen einen Moment lang dieses Gefühl einer grundsätzlichen Abgrenzung von der ihn umgebenden Welt gehabt hatte, das sich jetzt, bei seiner Heimkehr in sein Apartment und dem Anblick der blauen Mappe, wieder eingestellt hatte, diesmal deutlicher und schärfer, als ein Bewußtsein von Einsamkeit. Er hatte das wohl schon den ganzen Abend mit sich herumgetragen und in Gedanken immer wieder überspielt, schon als er sich in künstlich aufgekratzter guter Laune auf das Abendessen im Restaurant vorbereitet hatte. Und vorher, am Nachmittag, als er seine Lektüre abrupt unterbrochen hatte, um eine Stunde am Meer spazierenzugehen, bevor er sich erneut in Stefan K.s Aufzeichnungen vertiefte.

Die Texte hatten ihm anscheinend mehr zugesetzt, als er es sich eingestehen wollte. Denn als er heimgekommen war und die blaue Mappe auf dem Tisch gesehen hatte, war ihm das vorgekommen, als hätte sich ein Eindringling bei ihm breitgemacht, um ihm seine befremdlichen Gedanken aufzuzwingen. Es war nur ein Moment. Denn dann hatte er die Mappe ergriffen und in seinem Koffer verstaut.

Jetzt wollte er noch etwas fernsehen, um sich abzulenken. Oder war es möglich, um diese Zeit Nina anzurufen, deren Brief zu Daves Tod er noch nicht beantwortet hatte? Vielleicht war es richtiger, bis morgen zu warten, wie er vorgehabt hatte. Aber dazwischen lag noch eine ganze Nacht. Und sie war ihm auf einmal so nah und so wichtig, daß er unbedingt ihre Stimme hören wollte. Tagsüber hatte er sie bisher nicht erreichen können, nicht einmal ihren Anrufbeantworter. Vielleicht war die Chance um diese Zeit größer. Und wenn sie sich nicht meldete, dann hatte er es jedenfalls versucht.

Er wählte die Nummer, die er aus seinem Notizbuch ablas, obwohl er sie eigentlich noch im Kopf hatte. Das Rufzeichen ertönte fünfmal. Dann hörte er ihre verschlafene Stimme.

»Ja?« fragte sie.

»Hallo Nina«, sagte er. »Entschuldige, es ist schon etwas spät geworden. Ich hatte den dringenden Wunsch, deine Stimme zu hören.«

»Alwin, bist du es?« fragte sie.

»Ja. Entschuldige, ich hab meinen Namen nicht genannt. Ich rufe aus Ahrenshoop an.«

»Wo bist du jetzt?«

»In Ahrenshoop. In meinem Apartment in Ahrenshoop.«

»Deshalb habe ich dich nicht in deiner Wohnung erreicht. Ich hab's nämlich mehrmals versucht. Auch dein Anrufbeantworter war nicht eingeschaltet.«

»Deiner auch nicht«, sagte er.

»Ja, weil ich manchmal unangenehme Anrufe bekomme.«

»Von fremden Männern?«

»Es ist immer derselbe. Aber ich kenne ihn nicht. Das ist

das Unheimliche. Er muß irgendwo in meiner Nähe leben, stelle ich mir vor.«

»Und was sagt er?«

»Daß ich einen süßen Arsch habe. Das ist noch sein harmlosester Spruch.«

Er war versucht gewesen zu sagen »der Mann hat ja recht«, denn im Augenblick, als sie den Satz zitierte, hatte er sie nackt gesehen, als habe sie sich vor ihm enthüllt oder sei von dem Fremden entblößt worden, und die Hitze des Begehrens war ihm zu Kopf gestiegen. Er mußte sie wiederhaben, sobald wie möglich. Vielleicht morgen schon.

»Hast du denn wenigstens meinen Brief bekommen?« hörte er ihre Frage, die von weit weg wie ein Ordnungsruf zu ihm drang.

»Ja, natürlich. Die Nachricht von Daves Tod. Das muß dich ja schwer getroffen haben.«

»Es war schrecklich«, sagte sie. »Er wollte ja so gerne leben und endlich den verdienten Erfolg haben.«

»Aber er hat ja anscheinend nicht begriffen, daß er starb. So hast du es jedenfalls dargestellt.«

»Er hatte hohes Fieber und war nicht ganz klar. Aber ich glaube, da war immer ein Licht am Ende des Tunnels: die große Sammelausstellung seines bisherigen Werkes, die er sich so sehr wünschte.«

Weißt du, was ich mir wünsche, dachte er. Ich wünsche mir, deinen süßen Arsch zu küssen.

Statt dessen sagte er: »Die Ausstellung wird doch sicher noch zustande kommen.«

»Ich weiß nicht«, sagte sie, »eher nicht.«

»Hast du dich darum gekümmert?«

»Unter anderem ja.«

Er wollte fragen, was sie mit »unter anderem« meine, unterließ es aber und sagte: »Willst du nicht für ein paar Tage herkommen? Dann können wir in Ruhe über alles reden. Und es ist auch sehr erholsam hier.«

»Ich weiß nicht«, sagte sie.

»Es sind doch nur drei Stunden Autofahrt von Hamburg aus.«

»Ja, sicher. Ich weiß«, antwortete sie, »das ist nicht das Problem.«

»Und was ist dein Problem?«

Er hatte das leichthin, in einem möglichst unbefangenen Ton gefragt, während er innerlich auf der Hut war, wie vor einer unbekannten Gefahr.

»Ich weiß nicht, was du dir vorstellst«, sagte sie.

»Ich stelle mir nichts Bestimmtes vor«, log er. »Ich denke nur, es wäre schön, sich wiederzusehen nach so langer Zeit.«

»Das denke ich auch«, sagte sie sanft.

Danach gab es eine lange Pause, weil er eigensinnig schwieg.

»Wie lange bleibst du noch in Ahrenshoop?« fragte sie.

»Eine Woche noch. Vielleicht auch zehn Tage.«

Nein, es war ihm nicht möglich, noch mehr um sie zu werben. Eher war er bereit, alles verloren zu geben.

Wieder riß das Gespräch ab, diesmal, weil von ihr keine Antwort kam. Es war so, als hätte sie sich unter einem dunklen Umhang verkrochen, der sie für seine Phantasie unsichtbar machte. Dann hörte er sie wieder.

»Ich muß nachdenken«, sagte sie. »Laß mir etwas Zeit. Ich bin auch furchtbar müde. Entschuldige.«

»Gut. Laß von dir hören«, sagte er, »gute Nacht.«

»Gute Nacht«, kam das Echo ihrer Stimme. Sie hatte aufgelegt.

Am nächsten Tag wartete er in wachsender Ungeduld auf ihren Anruf und wagte kaum, das Apartment zu verlassen, um einzukaufen oder essen zu gehen. Er las in einem der mitgebrachten Bücher, vergaß aber Seite für Seite alles, was er gerade gelesen hatte. Selbst wollte er nicht anrufen, um nicht ein zweites Mal abgewiesen zu werden. Nina hatte ihn ja darum gebeten, ihr noch etwas Zeit zu lassen. Sie hatte nicht gesagt, warum und wozu, aber es hieß eindeutig, daß er warten solle, bis sie sich wieder meldete. Hier, wo die Tage sich im Gleichmaß dahinzogen, war das schwer zu ertragen. Während er las und die Seiten umblätterte, dachte er unwillkürlich an Ninas Körper, so wie der Satz des fremden Mannes ihn beschworen hatte, und wenn er nicht aufpaßte, wurde daraus ein Geisterzug sich wiederholender sexueller Bilder, deren er sich kaum erwehren konnte. Um etwas dagegenzusetzen, dachte er an Stefan K., der im Dämmerlicht eines starken Schneefalls auf einem ansteigenden, kaum noch erkennbaren Pfad im Wald verschwand, und vorübergehend lenkte ihn das ab. Dann schlich sich ein neuer Gedanke ein: Nina hätte Stefan K. vielleicht helfen können. Wenn überhaupt jemand, dann sie. Wirre Bilder ihrer erotischen Macht kehrten zurück und gerannen zu einem einzigen Moment: Nina, die sich Stefan K. zeigte, wie sie sich ihm gezeigt hatte: sich langsam entblößend mit der gleichen stummen Entschiedenheit. Er sah sie nicht genau, sondern vereinfacht zu einer fast abstrakten Ikone des Geschlechts, vor der sie beide knieten, ununterscheidbar verschmelzend zu einem Schatten. Er mußte sich schütteln, um die Vorstellung loszuwerden.

Beim Frühstück beschloß er, nicht mehr auf einen Anruf zu warten, und zwang sich zu zwei weiten Strandwanderungen in östlicher und in westlicher Richtung, von denen er müde heimkehrte. Falls Nina angerufen hat, wird sie es am Abend wieder versuchen, sagte er sich. Als kein Anruf kam, machte er sich klar, daß Nina mit ihrer Formulierung »Laß mir etwas Zeit« auch Wochen oder Monate gemeint haben könnte.

Erst später fiel ihm ein, daß sie ihn gefragt hatte, wie lange er noch in Ahrenshoop bleibe und er »eine Woche oder höchstens zehn Tage« gesagt hatte. Das war ein Grund, noch einen oder zwei Tage zu warten und dann selber anzurufen. Am nächsten Vormittag beschloß er, mit dem Bus nach Wustrow zu fahren, dort zu Mittag zu essen und im Laufe des Nachmittags zurückzukommen. Und als er am frühen Nachmittag, gelangweilt von seinem planlosen Ausflug, zurückkehrte und von der Bushaltestelle, vorbei am Parkplatz der drei Apartmenthäuser, entlang der Hecke zum Sportplatz über den schmalen Plattenweg zu seiner Wohnung ging, sah er auf der weißen Bank gegenüber seinem Eingang, wie eine Erscheinung seines schon aufgegebenen Wunschtraums, Nina sitzen, neben sich eine Reisetasche. Sie saß zurückgelehnt da und rauchte, was er zum ersten Mal bei ihr sah und als ein Zeichen ihrer langen Trennung empfand. Sie erblickte ihn zwei oder drei Sekunden später, warf die Zigarette auf den Plattenweg und löschte sie energisch mit dem Fuß, um dann aufzustehen und ihre Arme für ihn zu öffnen. Er küßte sie auf beide Wangen, die sie ihm hinhielt, aber er ließ sie noch nicht los.

»Nina«, sagte er, »damit habe ich nicht mehr gerechnet. Bist du schon lange hier?«

»Eine knappe halbe Stunde«, sagte sie, »aber ich war sicher, daß du kommst.«

»Ich hatte ja keine Ahnung«, sagte er. »Du hast nicht angerufen.«

»Doch«, sagte sie, »mehrfach. Aber du warst nicht da.«

»Du lieber Himmel«, sagte er, »und ich habe gegrübelt, weshalb du dich nicht meldest.«

Er hatte ihre Tasche genommen und ins Haus getragen, wo sie neben ihm stehengeblieben war, um sich umzuschauen.

»Ist ja noch alles wie früher«, sagte sie, »deine Unordnung eingeschlossen.«

»Du hast mir ja keine Chance gegeben, schnell was zu ändern.«

Sie lächelte. Es war, wie er empfand, ein Partylächeln, wie bei einem Flirt. Es bot keinen Anlaß, sie in die Arme zu nehmen und zu küssen. Das spürte sie wohl auch. Vielleicht war das normal nach so langer Zeit, und vor allem nach Daves plötzlichem Tod.

»Laß uns erst mal zum Strand gehen und Kaffee trinken«, sagte sie. »Gibt es noch das Restaurant bei den drei großen Bäumen, mit dem phantastischen Meeresblick?«

»Ja, das gibt es noch«, sagte er.

Er wußte nicht recht, worüber er reden sollte, als sie dort hingingen, und griff dies und jenes auf – die Dauer ihrer Autofahrt, das Wetter, die kleinen Veränderungen im Ort und, als sie sich im Restaurant gegenübersaßen, Daves unerwarteten, plötzlichen Tod, über den sie noch einmal in ähnlichen Wendungen sprach, wie er sie aus ihrem Brief und dem Telefongespräch kannte. Sie sagte nichts darüber, was dieser Tod für sie beide bedeutete. Welche neuen Möglichkeiten sich nun für sie ergaben. Wahrscheinlich war das hier im Café in ihren Augen nicht die richtige Situation, um sich darüber auszusprechen. Es war das Thema überhaupt, das sie nun verband, der verborgene Schatz, den sie gemeinsam heben mußten. Aber erst mußten sie sich wieder näherkommen. Schließlich war sie noch keine Stunde hier, und es war für sie beide noch ganz unwirklich, sich wieder gegenüberzusitzen, jeder nicht ganz frei oder vielleicht auch in den Augen des anderen belastet von eigenen Erfahrungen aus der Zeit ihrer Trennung.

Um alles hinter sich zu bringen, was nach einer langen Trennung berichtet werden mußte, aber auch um den schwierigen Anfang zu überbrücken, erzählte er ihr von seiner Herzattacke und seinem Klinikaufenthalt und verlor sich in die Einzelheiten. In ihrem Gesicht sah er die Anstrengung aufmerksamen, höflichen Zuhörens, konnte aber nicht schnell genug zu einem Ende kommen.

»Da hast du ja wirklich Glück gehabt«, sagte sie zum Schluß.

Ja, das stimmte. Ohne Glück säße er nicht hier und hätte sie nie wiedergesehen. Er dachte es, ohne es auszusprechen, weil er das Gefühl hatte, schon zu viel geredet zu haben. Wichtig war nicht, was geschehen war, sondern nur, daß sie jetzt hier saßen. Ja, sie war es wirklich, unverwechselbar anwesend, verändert und unverändert zugleich. Er sah am Scheitel ihrer kastanienbraunen Haare weißgraue Stellen an den Haarwurzeln. Also waren ihre Haare wohl gefärbt. Das war ihm noch nie aufgefallen. Es mußte erst in jüngster Zeit passiert sein. Doch sie sah immer noch großartig aus, noch weiblicher, noch begehrenswerter, als er sie in Erinnerung hatte. Er wußte nur nicht, wie er den Abstand überbrücken sollte, der zwischen ihnen entstanden war. Aber sie hatten ja Zeit. Seine Ungeduld war noch eine Folge der letzten Tage, in denen er auf irgendein Zeichen von ihr gewartet hatte. Ihr Schweigen war wie ein quälender Entzug gewesen. Aber nun war sie ja da. Und alles Weitere würde sich von selbst ergeben. Und es würde nicht bloß die Rückkehr zu alten Gewohnheiten sein, sondern etwas Neues, ein neuer Ernst. Jetzt, da sie ihm wirklich gegenübersaß und er nicht mehr mit Erinnerungsbildern auskommen mußte, sagte er sich, daß er sie liebte, sie, ausschließlich sie, keine andere der unendlichen Möglichkeiten, die ihn immer fasziniert hatten, sondern diese eine Frau, die leibhaftig vor ihm saß und gerade ihre Tasse an den Mund führte und einen Schluck Kaffee nahm, die Tasse dann ruhig wieder absetzte und mit einer leichten Drehung ihres Kopfes zum Fenster hinausschaute, auf das Meer, das im schrägen Lichteinfall der dem Horizont näher gerückten Sonne glänzte. Er liebte ihren gedankenverlorenen Blick, die Stille, die in ihr war, und das einverständige Lächeln, mit dem sie ihn wieder ansah und »schön hier« sagte, und er dachte, mein Gott, was mußten wir für einen Umweg machen, um zu erkennen, daß wir richtig füreinander sind und alle anderen Glücksversprechungen nur Beiwerk waren und nicht der Mittelpunkt.

Er war jetzt nicht mehr ungeduldig, im Gegenteil, er genoß die Verzögerung in dem eigenartigen Gefühl, daß sich immer noch mehr Nähe und Vertrautheit zwischen ihnen bilde, je mehr Zeit sie sich ließen. Als sie aufbrachen, machten sie auf seinen Vorschlag noch einen Umweg durch das Dorf. Er zeigte ihr die neuen Häuser, die in den letzten zwei Jahren entstanden waren. Alle waren reetgedeckt, wie es im Ort üblich oder sogar Vorschrift war. Die Vorgärten zeigten größere Unterschiede, wirkten aber meistens noch so neu wie aus dem Gärtnereikatalog. Trotzdem gefiel Nina das neue Viertel.

»Die Häuser an der Alleestraße, durch die wir vorhin gegangen sind, gefallen mir noch besser«, sagte er.

»Ja, das ist kein Vergleich«, antwortete sie.

Ihm fiel ein, daß er vor kurzem noch davon phantasiert hatte, mit Anne Schlösser in einem dieser Häuser zu wohnen. Das war nun eine verblaßte Vorstellung, die zu einem früheren Leben gehörte. Denn neben ihm ging Nina, die kurz nach Daves Tod zu ihm zurückgekommen war und erneut alle seine Gedanken wie selbstverständlich auf sich konzentrierte.

Als sie wieder in seine Wohnung kamen und er ihr die Jacke abnahm, beugte er sich vor in der Erwartung, sie würde sich zu ihm umwenden oder sich an ihn lehnen, um sich mit ihm in einem ersten Kuß zu treffen, doch sie drehte den Kopf beiseite und löste sich von ihm. Ihr Gesicht wirkte ernst und gequält, als sie sich ihm wieder zuwandte und sagte: »Ich muß etwas mit dir besprechen.«

Er hatte noch ihre Jacke in seiner rechten Hand, während er wie angeleimt noch dort stand, wo sie sich mit sanfter Entschiedenheit von ihm entfernt hatte.

»Besprechen?« fragte er. »Warum? Was gibt es zu besprechen?«

Dann hob er den Arm mit der Jacke hoch, als zeige er ihr ein Beweisstück oder ein Argument, das die Situation, in die sie geraten waren, sofort ändern mußte: »Ich häng erst mal deine Jacke auf«, sagte er.

»Ja, und bring uns etwas zu trinken. Am liebsten Mineralwasser.«

Sie hatte sich gesetzt und sah zu, wie er von der Garderobe zurückkehrte, zwei Gläser aus dem Schrank nahm, wortlos mit Mineralwasser füllte und damit zum Tisch kam, auf dessen anderer Seite sie saß, blaß, aber in sichtbarer Entschlossenheit.

»In der nächsten Woche heirate ich«, sagte sie.

»Was?« fragte er, »Dave ist doch gerade erst gestorben.«

»Ich heirate einen Freund von Dave, mit dem ich schon ein Jahr zusammen bin. Wir hätten irgendwann auch geheiratet, wenn Dave nicht gestorben wäre. Er hat jedenfalls alles gewußt.«

»Aha«, sagte er. »Alles klar. Heiraten ist ja wohl für dich das Größte. Wer nicht heiratswillig ist, braucht sich erst gar nicht bei dir anzustellen.«

Sie antwortete nicht. Er sah sie an und schüttelte den Kopf.

»Ich kann's einfach nicht glauben«, sagte er.

»Das verstehe ich«, sagte sie. »Es ist aber so. Übermorgen fliege ich nach London. Und in der Woche drauf heiraten wir.«

Er sah sie unverwandt an, während er wie gelähmt verstummte. Vielleicht waren es nur Sekunden, in denen lauter Bildreste an ihm vorbeizogen, gelöschte Erinnerungen, an sich selbst und an sie, die zurückgespult im Nichts verschwanden, wogegen es keinen Einspruch gab und keinen

Ansatzpunkt zu irgendeiner Veränderung, bis er hörte, daß sie etwas über den Tag und den Ort der Hochzeit sagte, was einen neuen Gedanken in ihm erregte.

»Warum hast du eigentlich nicht Dave geheiratet?« fragte er.

»Warum? Weil er nicht der Richtige war.«

»Aha«, sagte er wieder.

Die Schwerfälligkeit, die ihn befallen hatte, löste sich nicht auf. Doch wie zufällig erwischte er die Logik seines Gedankens.

»Warum hast du mich denn damals verlassen, wenn Dave nicht der Richtige für dich war?«

»Das weißt du doch wohl selbst. Ich bin nicht sofort von dir weg, sondern erst nach langer Zeit. Weil du dich zu nichts entscheiden konntest und immer alles haben wolltest, alles nebeneinander. Du warst ... ach, du weißt es ja selber.«

»Und weshalb bist du jetzt gekommen?«

»Ja, das war ein Fehler«, sagte sie. »Ich hätte dir die Hochzeitsanzeige schicken sollen. Das wäre einfacher gewesen. Wahrscheinlich auch für dich.«

Sie senkte den Blick, als suche sie nach einer Lösung oder einem Resümee, schaute ihn dann wieder an: »Entschuldige. Es tut mir leid. Ich fand, daß unser Telefongespräch so unbefriedigend war. Deshalb wollte ich dich sehen. Es war sehr dumm von mir.«

»Spar dir das!« sagte er und stand auf. Er ging ein paar Schritte zur anderen Seite des Raums, blieb bei der Glastür stehen, die in den kleinen Garten führte, und kam zurück.

»Nein, das war nicht falsch. Aber du hättest vorher kommen sollen, bevor du dich festgelegt hast. Du hättest uns eine Chance geben müssen.«

»Wie hätte ich darauf kommen sollen, bei unserer Vorgeschichte?«

»Ich bin doch auch darauf gekommen, verflucht noch mal. Gleich als ich deinen Brief mit der Todesnachricht bekam. Ich habe an nichts anderes mehr denken können. Warum war das bei dir so völlig anders?«

»Ich habe es dir doch gesagt. Ich war schon gebunden seit einem Jahr.«

»Und am Sterbebett von Dave habt ihr dann den Hochzeitstermin festgelegt. Das ist geradezu klassisch.«

»Nun werd bloß nicht moralisch. Das paßt nicht zu dir.«

»Ich fühl mich auch ganz anders. Ich könnte alles in Stücke schlagen.«

Er stand einen Moment stumm da, ratlos, dann setzte er sich wieder.

»Bin ich zu alt für dich?« fragte er.

»Nein, das ist es nicht. Für mich bist du auch nicht alt.«

»Und wie alt ist deine Neuerwerbung?«

»Vier Jahre älter als Dave. Er war noch verheiratet, als wir uns kennenlernten, und hat sich kurz danach scheiden lassen. Aber noch nicht wegen mir. Wir waren noch nicht soweit. Da war ja immer noch Dave dazwischen.«

Er schwieg. Dann sagte er: »Ich habe das Tagebuch eines jungen Mannes, der nie mit einer Frau geschlafen hat. Er hat sich mit 26 Jahren umgebracht. Immerhin eine klare Entscheidung.«

»Was willst du denn damit sagen?«

»Ich weiß es nicht. Aber mich ödet alles an. Damit du Bescheid weißt, Nina. Ich war glücklich in der Vorstellung, wir würden wieder zusammenkommen und neu anfangen, ganz neu und viel besser als vorher.«

»Das ist schrecklich«, sagte sie leise.

»Hör zu«, sagte er, »du kannst noch alles ändern. So wie du mir deine Heiratsannonce hättest schicken können, kannst du ihm … Wie heißt er? Nein, ich will's gar nicht wissen – du kannst ihm von hier aus noch heute eine Absage schicken. Am besten nur einen einzigen Satz.«

»Das ist doch Wahnsinn. Das kann ich nicht machen.«

»Doch, das kannst du! Wir werden alles gewinnen. Es wird ein völlig neues Leben sein.«

»Das ist doch nur ein Wunschtraum«, sagte sie, »weit weg von der Wirklichkeit.«

»Na gut, ich weiß, was du meinst. Ich hab's anders empfunden. Aber wenn du es so siehst, müssen wir es lassen. Sag jetzt bitte nicht ›Es tut mir leid‹.«

»Willst du, daß ich gleich fahre?« fragte sie.

»Ich weiß überhaupt nichts mehr. Das mußt du selbst entscheiden. Wenn du über Nacht bleiben willst, dann schlaf ich auf der Couch. Also sag, was du willst. Einen Fehler machen wir so oder so.«

»Es gibt aber unterschiedliche Fehler. Und nicht alles ist gleich«, sagte sie.

Nach einer Pause fügte sie leiser, wie eine indirekte, an ihn gerichtete Frage hinzu: »Ich muß erst morgen zurückfahren.«

Er nickte. Zu einer anderen Reaktion war er nicht fähig. Er fühlte sich wehrlos einer um sich greifenden Verstimmung preisgegeben. Was sie mir da anbietet, ist nur eine Abfindung, dachte er. Das ist doch nur Quälerei. Er überlegte, ob er sie nicht auffordern solle, sofort zu fahren. Die Abrißarbeiten kann ich alleine zu Ende bringen, wollte er sagen. Den Hauptteil hast du ja schon erledigt.

Aber er scheute die dramatische Szene und den grellen Eindruck seiner Niederlage. Besser war es, einen behutsamen, gemeinsamen Abschied zu versuchen. Er mußte Haltung bewahren und ruhig das Unvermeidliche akzeptieren. Vielleicht war es in meinem sonderbaren Leben fällig, so etwas zu erleben, sagte er sich.

Nina war es, die den gemeinsamen Abend, der immer wieder zu erstarren drohte, mit ihrer Energie belebte. Sie hatten auf ihren Vorschlag am Hafen Apfelschorle getrunken und waren anschließend zum Abendessen ins Dorf gegangen. Sie sprachen über Daves neue Bilder, deren menschliche Figuren immer geometrischer geworden waren, was zugleich als Formexperiment und als Gesellschaftskritik verstanden werden konnte. Nebenbei erfuhr er auch, daß der Mann, den Nina in der übernächsten Woche heiraten würde, gleichzeitig mit Dave an der Musikhochschule studiert hatte und in London eine Konzertagentur betrieb. Beide hatten ihre musikalische Laufbahn abgebrochen, waren aber in Verbindung geblieben. Er sagte nichts dazu, stellte keine weiteren Fragen, obwohl ihm eine auf der Zunge lag: Braucht er dein Geld? Aber dann sagte er sich: Das sollte mir völlig egal sein.

Schräg hinter ihr, an einem Tisch am Fenster, saßen drei Leute, von denen zwei, nach der auffallenden Ähnlichkeit zu schließen, Vater und Sohn waren. Neben dem Sohn saß vermutlich dessen Frau, die von ihrem Schwiegervater über den Tisch hinweg mit einem Stück Fleisch von seinem Teller gefüttert wurde, das sie vorgebeugt mit den Zähnen von seiner Gabel pflückte.

Es war wie ein Dressurakt, der ihn anwiderte und eine

heftige Aggression in ihm weckte, so daß Nina ihn befremdet anschaute und fragte: »Was hast du? Du siehst so wütend aus.«

»Ach nichts«, sagte er.

Doch dann erzählte er, was er beobachtet hatte.

»Was ist daran so schlimm?« fragte sie.

»Diese eitle Selbstdarstellung. Dieses spießige, pseudoweltmännische Gehabe. Ich könnte ihm seine Gabel mitsamt dem Fleischbrocken rechts und links um die Ohren schlagen.«

Beruhigend legte sie ihre Hand auf seinen Handrücken, hielt ihn warm und sanft fest.

»Lieber«, sagte sie und schaute ihn eindringlich an, »es hat nichts mit dir zu tun. Und auch nichts mit mir. Und nichts mit uns.«

»Kehr jetzt bloß nicht die Psychotherapeutin raus«, sagte er.

»Ich bin oft deine Psychotherapeutin gewesen. Und du auch mein Psychotherapeut. Weißt du das nicht mehr?«

»Ich bin gerade dabei, es zu vergessen.«

»Schade«, sagte sie. »Aber wenn du es brauchst …«

Sie ließ seine Hand los, schaute ihn aber weiter an.

»Weißt du, ich habe mir gewünscht, daß wir einen schönen, harmonischen Abschied verleben. Aber ich hatte auch große Angst, es würde anders kommen.«

»Was soll's? Morgen fährst du weg, um einen anderen Mann zu heiraten. Also: alles klar.«

»Aber jetzt sind wir noch zusammen. So kann man es doch auch sehen.«

»Ich nicht«, sagte er.

Sie senkte den Blick, als zöge sie sich zurück. Jetzt war es vielleicht an ihm, etwas zu sagen. Aber er wußte nicht was, weil er nichts verschleiern und nichts beschönigen wollte. Der Ober kam, um abzudecken, und fragte, ob sie noch einen Wunsch hätten.

»Gute Frage«, sagte er. »Vielleicht einen doppelten Espresso. Und du?«

»Für mich auch«, sagte sie.

Als der Ober gegangen war, sah sie ihn an und sagte: »Danke«.

Es war ihm nicht klar, was sie meinte. Es berührte ihn in gleicher Rätselhaftigkeit, wie alles, was zwischen ihnen gewesen war und jetzt zu Ende ging. Von Minute zu Minute häuften sich die Vergeblichkeiten auf.

Als sie aufbrachen, wurde ihm plötzlich klar, daß noch viel Zeit vor ihnen lag, mit der sie etwas anfangen mußten, quälend langsam vergehende Zeit. Sie könnte ja auch jetzt noch fahren, auch in der Dunkelheit, dachte er. Doch daß er dann plötzlich allein zurückbleiben würde, in einer langen, nichtigen Nacht, auf die er nicht vorbereitet war, hinderte ihn, ihr vorzuschlagen, den Abschied nicht mehr weiter hinauszuschieben. Wie sie im geheimen dachte, wußte er allerdings auch nicht. Sie war stiller geworden. Vielleicht war sie in Gedanken schon woanders und spulte halb abwesend zusammen mit ihm ein Programm ab. Was konnte man schon tun? Noch einmal gingen sie ans Meer, hörten das Wellenrauschen, kamen dann zurück, um noch etwas zu trinken und sich aufs Schlafen vorzubereiten.

Während sie im Bad war, bezog er für sie das zweite Bett, nahm dann sein Kopfkissen und seine Decke und legte sie auf die Couch im Wohnzimmer. Sie hatten nicht mehr darüber gesprochen. Und sie sagte auch nichts, als sie aus dem Bad kam. Irgendwie wurden die Worte immer knapper, was ihn mit einer bitteren Genugtuung erfüllte.

Als er aus dem Bad zurückkam, hatte sie ihre Nachttischlampe noch nicht ausgeschaltet und schaute zu ihm herüber. »Gute Nacht«, sagte er im Vorübergehen. Sie hatte nicht geantwortet oder so leise, daß er es überhört hatte. Aber er würde wohl nie vergessen, wie sie ihm nachgeschaut hatte.

Schlafen konnte er nicht. Obwohl er die Zwischentür geschlossen hatte, ging von ihrer Nähe ein stetiger Sog aus, dem er nicht folgen wollte, weil es sinnlos und demütigend war. Vielleicht würde sie ihn auch abweisen, wenn er hinüberging. Selbst wenn er nichts anderes wollte, als sich neben sie in das andere Bett zu legen, nur um dieses verfluchte Gefühl von Verlassenheit noch für eine Nacht hinauszuschieben, weil er ihre Hand fassen konnte oder ihren Atem hörte. Hatte sie etwas Ähnliches gedacht, als sie hergekommen war, um sich von ihm zu verabschieden? Nein, das konnte nicht sein. Sie war in einer ganz anderen Lage als er. Sie begann ein neues Leben und hatte ihn aus ihren Zukunftsplänen aussortiert, wenn er überhaupt noch einmal darin vorgekommen war. Er war für sie inzwischen ein alter Mann, und sie hatte ihre Anziehungskraft auf Männer entdeckt, die deutlich jünger waren als sie. Das war alles bewundernswert konsequent. Und vielleicht mußte er ihr dankbar sein für diese Belehrung. Sie hatte im Buch des Lebens eine Seite umgeschlagen und ihm eine neue Lektion zu lesen gegeben. »Letztes Kapitel« stand da als Überschrift. In erster Linie war es wohl kein Kalkül von ihr gewesen. Sie hatte lauter Instinktentscheidungen getroffen.

Zum Beispiel, als Dave ihr zum 60. Geburtstag am Telefon den ersten Satz der Pathétique vorgespielt hatte und sie zu ihm nach England gefahren war. Und anders, aber im Grunde ähnlich, mußte es gewesen sein, als sie ein Verhältnis mit Daves Freund begann. Und daß sie nun hergekommen war, zu ihm, um sich von ihm zu verabschieden, war auch kein Vernunftentschluß, sondern ein Impuls, der aus ihrer inneren Grenzenlosigkeit kam. Aber ursprünglich hatte diese Frau von ihm erwartet, daß er sich ganz und gar für sie entschied. Er war davor zurückgescheut, und sie hatte ihn verlassen. Verrückt zu denken, daß sie nun wieder nebenan in seinem Doppelbett lag, wie früher, in Wirklichkeit, nicht nur als eine der vielen Phantasien der beiden letzten Jahre, die er nun in sich töten mußte, um leben zu können, während sie vielleicht in ihm anwesend bleiben wollte. War sie deshalb hergekommen? Ja, wahrscheinlich wollte sie, daß er sich erinnerte.

Er war jetzt müde, konnte aber nicht schlafen. Einmal sackte er weg, wachte aber wieder auf, weil ihm kalt war. Aber er wollte nicht ins Nebenzimmer gehen, um sich eine weitere Decke aus dem Wandschrank zu holen. Stefan K. fiel ihm ein, der für ihn, zu einem Bild erstarrt, zugedeckt mit Schnee, einsam in einem Wald lag. Vielleicht war es eine Täuschung – in diesem Bild hatte er seinen Frieden mit dem Tod gemacht, wie er es lange vorausgeplant hatte. Der Tod war der Abschied von allem, die grenzenlose, schmerzlose Freiheit im Nichts. So konnte er es nicht sehen. Er hatte Angst davor. Und doch mußte man irgendwann alles loslassen. Er war ja schon einmal nahe dran gewesen, in der Paniknacht seiner plötzlichen Herzattacke. Irgendwann würde es wiederkommen, so oder anders. Dann durfte man eigentlich nicht allein sein. Aber das konnte er Nina nicht mehr sagen. Stefan K. hatte alles selbst entschieden und es in eigentümlicher Härte formuliert: »Jeder muß die Form seines Untergangs finden, sonst findet sie ihn.« Er hatte einen sanften, stillen Tod gewählt. Nach allem, was er darüber gelesen hatte – in Kriegsbüchern oder einem Expeditionsbericht –, begann das Sterben durch Auskühlung mit Apathie und zunehmender Schläfrigkeit. Man driftete weg in vage Träume und war nicht mehr bei Bewußtsein, wenn es zum Atemstillstand kam. Aber vielleicht war es ganz anders: rasendes Zittern und Krämpfe, ein Absterben von außen nach innen fortschreitend und nicht mehr aufzuhalten. Der Tod hatte ein reiches Arsenal. Doch auch wenn die Veränderung unmerklich vor sich ging – am Ende blieb ein kalter, steifer Leichnam zurück, und alles, was man gewesen war, gedacht, gelebt und erfahren hatte, war für immer ausgelöscht. Er war weit davon entfernt, darin einen erstrebenswerten Zustand zu sehen. Und doch beeindruckte ihn die Entscheidung, die Stefan K. getroffen hatte. Vielleicht mußte man am Ende einwilligen, damit das Sterben leichter war. So weit war er nie gekommen. Auch nicht versuchsweise, in Gedanken. Jetzt allerdings mußte er etwas lernen, was ein Schritt in diese Richtung war. Er mußte lernen loszulassen.

Er fror. Die Kälte hatte nicht nur seine Beine, sondern auch seinen Körper, vor allem seinen Rücken erfaßt. Er brauchte dringend eine weitere Decke. Er stand auf, öffnete leise die Tür des Nebenraums und tastete sich im Dunkel zum Wandschrank vor, aus dem ihm einer der beiden Liegestühle entgegenfiel, als er die Wolldecke hervorzerrte.

»Was ist? Was suchst du?« fragte Nina hinter ihm.

Es hörte sich nicht an, als ob sie geschlafen hätte. Sie hatte wahrscheinlich nur gedöst und war sofort hellwach geworden, als er ins Zimmer gekommen war und die Schranktür geöffnet hatte.

»Entschuldige«, sagte er, »ich hole mir nur eine Wolldecke. Mir ist kalt.«

»Dann leg dich doch zu mir«, sagte sie.

Er zögerte in dem Gefühl, daß er erst viele widersprüchliche Gedanken in seinem Kopf sortieren müsse, doch ihre Stimme zog ihn sanft davon weg.

»Komm«, sagte sie, »ich kann auch nicht schlafen. Und mach dir nicht so viele Gedanken. Wir haben ein Notstandsrecht.«

Er sagte nichts, legte die Decke beiseite, ging um das Fußende des Bettes herum und schlüpfte unter ihre Decke.

»Du bist ja wirklich ganz kalt«, sagte sie, als sie ihn an sich zog.

So lagen sie eine Weile, bis sie sich, erst wie zufällig und spielerisch, dann heftig, in einem wilden Austausch, zu küssen begannen, und als er ganz zu ihr drängte, half sie ihm in altvertrautem Einverständnis.

»So ist es gut«, sagte sie, »bleib so.«

»Bis ans Ende meiner Tage«, sagte er.

Als er am Morgen erwachte, hörte er sie in der Dusche. Was zwischen ihnen in den letzten Stunden der Nacht geschehen war, erschien ihm jetzt so unwirklich, als hätte er es geträumt oder sich ausgedacht. Er schloß noch einmal die Augen, um nichts weiter wahrzunehmen als ihre Geräusche nebenan. Dann kam sie, um sich anzuziehen, und sagte, sie werde Frühstück machen und nach dem Frühstück werde sie fahren. Mehr noch als ihre sichtbare Erscheinung war es diese Ankündigung, die ihn in die Wirklichkeit zurückholte. Während er unter der Dusche stand, wurde ihm klar, daß er die Geschehnisse des gestrigen Tages und der Nacht nicht einordnen und nicht bewerten konnte, er vermutete, daß es ihr ähnlich ging. Sie befanden sich beide in einem Zwischenzustand, in dem nichts mehr galt, was gewesen war, und die Zukunft noch keine neuen Bedeutungen zeigte und schon gar keine Gemeinsamkeiten. Beide wußten sie, während sie ausgiebig und friedlich frühstückten, daß sie sich gegenseitig nicht mit Fragen und Bekenntnissen überfordern durften. So gingen sie miteinander um, wie ein gut eingespieltes älteres Ehepaar jenseits der Epoche seiner überstandenen Konflikte.

Als die letzte Tasse Kaffee getrunken war, schlug sie vor, noch schnell gemeinsam abzuwaschen. Das lehnte er ab und trug ihr, nachdem sie alles zusammengesucht hatte, die Reisetasche zum Parkplatz. Er wollte sie in den Kofferraum legen, aber sie hatte schon die Fahrertür geöffnet und sagte, er solle sie einfach auf den Rücksitz schmeißen. Dort lag auch noch eine karierte Mütze von ihr, die er noch nicht an ihr gesehen hatte und das Gefühl ihrer Unüberschaubarkeit und Fremdheit in ihm verstärkte. Sie standen beieinander, neben der offenen Fahrertür, und umarmten sich, ohne sich zu küssen. Statt dessen legte sie für einen kurzen Moment ihre Stirn in seine Halsbeuge, als suche sie dort Halt oder Wärme oder ein Versteck. Dann murmelte sie: »Mach's gut, Lieber«, und er dankte ihr für ihren Besuch in dem Gefühl, etwas Falsches und Peinliches zu sagen. Aber das Richtige gab es nicht.

Als er in sein Apartment zurückkam, spürte er, daß er müde und erschöpft war, und legte sich in Kleidern auf das ungemachte Bett. Er lag auf dem Rücken und starrte an die Decke, die allmählich vor seinen Augen verschwamm. Stunden später wurde er wach, konnte sich aber angesichts des leeren Tages, der ihn erwartete, nicht entschließen aufzustehen. Nina war inzwischen in Hamburg, packte ihre Koffer, erledigte dies und das. Als Person blieb sie undeutlich in ihrer schattenhaften Geschäftigkeit. Das war im Grunde gut so. Er wollte nicht, daß bestimmte Erinnerungen ihn noch einmal heimsuchten, nachdem sie sich davongemacht hatte. Früher hätte er sich in einer solchen Situation möglichst bald einer anderen Frau zugewandt. Aber das hatte sich geändert. Es fehlte ihm jeder Antrieb dazu. Er empfand das nicht als Mangel. Es war eine Erleichterung.

Schließlich stand er auf, machte die Betten, deckte den Frühstückstisch ab, spülte das Geschirr und räumte es in den Schrank. Und während dieser Beschäftigungen tauchte, erst nur als eine beiläufig erwogene Möglichkeit, der Gedanke auf, das Apartment zu verkaufen. Es war wie ein frischer, belebender Luftzug. Ja, sicher, das könnte ich, dachte er. Dabei beließ er es. Jetzt wollte er erst einmal in der Imbißstube in der Nähe eine Fischsuppe essen. Doch schon auf dem kurzen Weg dorthin dachte er wieder daran, in dem plötzlichen Gefühl, daß ihn der Verkauf der Wohnung aus einer drohenden Erstarrung befreien werde. Hier hatte sich doch alles totgelaufen, seit Nina ihn heute morgen verlassen hatte. Im Grunde war es eigentlich vorher schon so gewesen, und ihr Besuch hatte ihn nur für kurze Zeit darüber hinweggetäuscht. Nun mußte er eine Antwort finden. Er war am Zug.

Als er am Nachmittag zu seiner gewohnten Strandwanderung aufbrach, war der Entschluß schon so weit gereift, daß er über praktische Einzelheiten nachdachte: Er mußte sich nach den Preisen erkundigen, eine Annonce aufgeben, vielleicht beim Touristikbüro einen Aushang machen und mit der Berliner Verwaltung der drei Häuser sprechen, zu denen sein Apartment gehörte. Dort gab es vermutlich immer Leute, die ein Apartment erwerben wollten. Das alles wollte er morgen früh in die Wege leiten.

Seltsam, nun, da er beschlossen hatte, seine Wohnung zu verkaufen, sah er die Landschaft und den Ort ohne den Schleier der Gewohnheit, als sei er lange fern gewesen und erkenne nun alles wieder: den schmalen, von Sanddornbüschen umschlossenen Weg auf der hohen Düne, den Strand mit den das heranrollende Meer einfangenden und zerteilenden Buhnen und dem fernen Leuchtturm auf der Landspitze des Darß, das Restaurant bei den drei großen Bäumen, wo er mit Nina gesessen hatte, noch bevor er wußte, daß sie zu einem Abschied für immer gekommen war, die alten und neuen reetgedeckten Häuser – die alten Dächer in der dunklen Farbe von Schlick, die neuen in der Farbe eines Löwenfells, und natürlich, was er sich für morgen vorgenommen hatte, die graugrünen Schilfufer des Boddens und den Hafen mit seinen Segelbooten.

Abends, nach dem Essen, kam er wieder an der Pferdekoppel vorbei. Er hatte den Ober um zwei Scheiben Brot gebeten und hatte Glück: Zwei der drei Pferde standen nahe am Zaun, an einer Stelle, wo er sie oft gesehen hatte. Es waren Pferde aus dem Reitstall, die an Menschen gewöhnt waren. Vielleicht warteten sie auch dort darauf, daß jemand kam. Er näherte sich ihnen vorsichtig und sprach sie mit ruhiger Stimme an. Er roch ihren warmen Dunst. Das größere warf seinen Kopf hoch, als er ihm die offene Hand mit den Brotbrocken entgegenstreckte, das kleinere war zutraulicher, kam näher. Schließlich nahmen sie beide mit ihren weichen Lippen die Brotbrocken von seiner Handfläche und ließen es zu, daß er ihre muskulösen Hälse tätschelte. Als er zur Straße zurückging, folgten sie ihm ein Stück auf der anderen Seite des Zaunes. Er hörte hinter sich ihr Schnauben und den Schritt ihrer Hufe auf dem ausgetrockneten und festgetrampelten Boden. Als er sich umblickte, waren sie da stehengeblieben, wo sich Zaun und Weg trennten. Sie standen still wie Denkmäler, und als er weiterging, wieherte eins, so daß er noch einmal zurückblickte. Das größere hatte sich abgedreht, das andere schaute noch in seine Richtung. »Ja, ich hab's gehört«, sagte er laut, »danke!«

Er war guter Laune und beschloß, noch zum Hafen zu gehen. Es war eine klare, wolkenlose Nacht, ungewöhnlich mild für die fortgeschrittene Jahreszeit. Immer wieder faszinierte ihn der Gegensatz zwischen der unstofflichen Weite des Himmels und den gedrängten Dunkelheiten auf der Erde. In einigen Häusern brannte noch Licht, doch sie waren von der Schwärze der Büsche und Bäume umgeben. Am Hafen gab es kein Licht. Der Getränkeausschank war durch die heruntergezogene Markise verschlossen, die zusammengeklappten Stühle angekettet. An dem hölzernen Landesteg waren zwei Boote vertäut. Die eingerollten, fest um die Masten verschnürten braunen Segel sahen wie klumpige Verbände aus. Er ging bis zur Spitze des Stegs, der aus dem Hafenbecken bis zum Rand des offenen Wassers reichte. Vor ihm lag vollkommen still die weite dunkelgraue Wasserfläche des Boddens. Im vergangenen Jahr hatte er dort über dem dunklen Küstenstreifen des Festlandes einen stillstehenden rötlichen Punkt gesehen: zu groß, zu auffällig für einen Stern. Eher sah es aus wie ein die Erde umkreisendes astronautisches Gefährt oder ein Komet, der auf die Erde zuraste. Er hatte darauf gewartet, daß der rote Punkt allmählich näher kam und wuchs, aber das war nicht geschehen. Ein winziges, vielleicht nur eingebildetes Schwanken der Lichtstärke war alles gewesen, was er wahrnehmen konnte. In der Zeitung hatte er später gelesen, daß es sich um den Mars handelte, der in diesen Tagen der Erde so nahe kam wie zum letzten Mal vor 65 000 Jahren. Damals, so hatte er es sich vor Augen geführt, lag hier alles unter einem ungeheuren Eispanzer. Oder aber, das wußte er nicht genau und hatte es eigentlich nachlesen wollen, es herrschte gerade für einige tausend Jahre eine Zwischeneiszeit, und kleine Horden von Neandertalern zogen auf Mammutjagd durch das Land. Hatten vielleicht einige von ihnen das fremde rote Lichtzeichen am Himmel gesehen, das dann nach einiger Zeit wieder verschwand? Wie sie dann selbst vor 30 000 Jahren, also in der Mitte des planetaren Rhythmus, aus der Welt verschwanden, indem sie ausstarben. Auch jetzt war der orangerote Punkt wieder verschwunden und würde erst in 65 000 Jahren erneut über dem Horizont erscheinen. Dann war vermutlich niemand mehr da, der ihn sehen konnte.

Ja, wahrscheinlich war das so. Alles, was in den wenigen geschichtlichen Jahrtausenden geschehen war und immer weiter und immer schneller geschah, deutete darauf hin. Das Leben war nur eine Episode und würde eines Tages verschwunden sein, und nicht einmal der Schimmer einer

Erinnerung würde in den kreisenden Sternenwelten zurückbleiben, die sich auch alle immer weiter voneinander entfernten. Er dachte das erschauernd, weil er plötzlich begriff, was er bis dahin nur achtlos gewußt hatte, weshalb die Menschen sich aneinander klammerten, sich umarmten und festzuhalten versuchten und, wenn alles veränderlich und vergänglich schien, einander verließen und anderswo weitersuchten, wie Nina es tat, wie er es getan hatte, immer bereit, die Lust des Augenblicks als Sieg über den Tod zu erleben, oder sich wie Stefan K. umbrachten, weil es ihnen nicht gelang, an diesem Spiel teilzunehmen, das als »das normale Leben« galt, obwohl es nur eine Abschlagszahlung war auf das unerfüllbare Verlangen nach Grenzenlosigkeit, das in ihnen steckte und lauter Wunder und Bizarrheiten und poetische Augenblicke hervorbrachte wie diesen, in dem er hier stand und in der Spur eines verschwundenen Planeten, auf dem alles nur noch vermutete Leben längst gestorben war, die Abgründe der Zeit zu ermessen versuchte.

Er stand, umgeben von Stille, in diesem Gedankenwirbel, der ihn aufwühlte, aber sich allmählich von selbst ordnete. Er war ein alter Mann, der auf Abruf lebte, versehen mit der Weisung, noch einmal und solange es ging in sein normales Leben zurückzukehren. Wie auch immer es lief: Er hatte Grund, das zu feiern.

Das Sommerfest

Das erste, was sie sah, war ein Lichtstreif an der Zimmerdecke, der, schräg abknickend, die Wand herunterlief. Ab und zu huschte der Schatten eines Zweiges darüber hinweg, und sie spürte die leichte Brise, die durch das Laub der Robinie wehte. Das in den Abendnachrichten angekündigte großräumige Hoch breitete sich aus: eine gute Voraussetzung für das bevorstehende abendliche Fest.

Wie spät mochte es sein? Vielleicht so um sechs Uhr. Zu früh, um aufzustehen. Dummerweise hatte sie ihre Armbanduhr im Badezimmer liegengelassen, und das Zifferblatt des Weckers auf Rudolfs Nachttisch konnte sie nicht lesen. Sie wollte sich nicht über ihn hinwegbeugen, um ihn nicht zu wecken. Der Tag würde für sie beide anstrengend werden. Rudolf hatte am Vormittag eine Besprechung mit einem neuen Auftraggeber und nahm am Nachmittag an dem Turnier teil, das traditionellerweise das Sommerfest des Golfclubs eröffnete. Das abendliche Fest dauerte gewöhnlich bis Mitternacht und bei besonders schönem Wetter wie heute vielleicht noch eine Stunde länger.

Sie hatte versucht, sich einen ruhigen Vormittag zu reservieren, um am Abend ausgeruht und entspannt zu sein. Aber wie es immer zu sein pflegte, war wieder etwas dazwischengekommen. Wegen der kurzfristig von gestern auf heute verschobenen Anlieferung eines Biedermeiersekretärs, eines Südtiroler Bauernschranks und sechs Eßzimmerstühlen mußte sie ins Geschäft fahren, obwohl es eigentlich heute geschlossen war. Sie hatte die Möbel günstig aus einer Erbschaft erworben, wollte sie aber noch einmal genau anschauen, wegen möglicher Reklamationen. Je nachdem wie lang das dauern würde, wurde die Zeit dann schon knapp. Sie mußte das Gästezimmer herrichten und für das Wochenende einkaufen. Gegen Mittag hatte sie ihren Friseurtermin bei Frau Josten, der sich nicht mehr verschieben ließ, obwohl kurz danach Evelyn am Bahnhof eintraf. Trotz seiner alten Vorurteile gegenüber Evelyn hatte sie Rudolf gebeten, seine Schwägerin am Bahnhof abzuholen. Und er hatte das auch zugesagt. Vielleicht trug das ja dazu bei, daß sich die beiden etwas näherkamen. Das Problem war nicht Evelyn, die freundlich und ungezwungen auf alle Menschen reagierte, weil sie unterstellte, daß alle Menschen sie mochten. Das Problem war Rudolf – eine gewisse Steifheit und Strenge in seinem Wesen, die wahrscheinlich mit seiner Herkunft zusammenhing. Er war ein Mensch zwischen den Klassen, der nur auf sich selbst gesetzt hatte, mit scharfer Abgrenzung nach allen Seiten.

Sie allerdings hatte er einbezogen in seine Umgrenzung. Er war besitzergreifend und fordernd gewesen. Das war ihrem Bedürfnis, sich von ihrer Familie zu lösen, entgegengekommen. Bevor sie heirateten, hatten sie in langen Gesprächen eine weitgehende Übereinstimmung ihrer Ansichten hergestellt. Das war inzwischen undeutlicher geworden. Gewohnheiten hatten die Grundsatzgespräche ersetzt.

Warum war sie eigentlich wieder so früh wach? Sie mußte unbedingt noch zwei Stunden schlafen, um für den Tag gerüstet zu sein. Aber es hatte keinen Zweck, sich zu sagen:

»Du mußt schlafen!« Besser war es, sich gleich darauf einzustellen, wach zu sein.

Sie beneidete Rudolf darum, daß er solche Schwierigkeiten nicht kannte. Er stürzte geradezu in den Schlaf, sobald er sich ins Bett legte, egal, wie lange er gearbeitet hatte. Manchmal hatte sie den Eindruck, daß seine außergewöhnliche Konzentriertheit bei der Arbeit und seine Fähigkeit, minutenschnell einzuschlafen, auf demselben Persönlichkeitsmerkmal beruhten. Sie hatte sich immer gescheut, es zu benennen. Aber es schien ein leicht autistischer Zug zu sein, der ihn gegen Ablenkungen und Irritationen schützte. Manchmal war er kaum zu beeinflussen. Doch das schloß nicht aus, daß er, wenn es darauf ankam, ein geschickter Taktiker war, der es glänzend verstand, sich fremden Umständen und Machtverhältnissen anzupassen.

Sie hatte lange gebraucht, um zu begreifen, daß bei ihm das persönliche Leben und die äußere Welt schärfer und tiefer getrennt waren als bei den meisten Menschen und daß sie für ihn mal zu diesem, mal zu jenem Bereich gehörte. Als er gestern abend, nach einer kurzen Verständigung über den Ablauf des Clubfestes, wieder in sein Arbeitszimmer gegangen war, weil er noch etwas Dringendes erledigen wollte, hatte sie das Gefühl gehabt, daß sie beide etwas mehr Nähe und Austausch brauchten, bevor sie sich morgen in der Öffentlichkeit wieder als Paar präsentierten. Den ganzen Abend hatte sie herumgetrödelt, um sich abzulenken, in der Hoffnung, daß er bald Schluß machen würde mit seiner Arbeit. Schließlich war sie nach Mitternacht ins Bett gegangen, hatte noch eine Weile darauf gewartet, daß er gleich kommen werde, bis die Müdigkeit ihr wie ein Vorhang über die Augen fiel. Im Schlaf oder Halbschlaf mußte sie noch weiter gewartet haben, daß er endlich kam. Jetzt wußte sie nicht, ob sie es gesehen oder geträumt hatte, wie er lautlos ins Zimmer getreten war und den Fenstervorhang ein Stück beiseite gezogen hatte. Er war in seiner Reglosigkeit kaum von der Dunkelheit des Zimmers zu unterscheiden gewesen. Vielleicht hatte er nur nach dem Wetter geschaut.

Jetzt fiel Licht durch den Vorhangspalt. Draußen war es hell. Die Vögel zwitscherten. Er lag neben ihr, eingewickelt in seine Decke, die er bis zum Kinn hochgezogen hatte, als wollte er sich möglichst ganz von der Außenwelt abschließen. Sein unruhiger, schwerer Atem, der manchmal aussetzte und dann mit einem schnarchenden, seine Brust erschütternden Atemzug wieder begann, machte auf sie den Eindruck, als kämpfte er mit etwas, was ihn im Schlaf heimsuchte und sich an ihn klammerte, irgendein unsichtbarer Alp.

Vielleicht sah sie das nur so bedrohlich, weil sie sich Sorgen machte, Rudolf, und letzten Endes auch sie beide, könnten Opfer seines immer noch wachsenden beruflichen Erfolges werden. Seit er durch die Raumgestaltung einer neuen Hotelkette und einiger prestigeträchtiger öffentlicher Bauten zu einem Star der Innenarchitektur aufgestiegen war, häuften sich die Aufträge. Und da er ein Einzelgänger und Perfektionist war, der nichts aus der Hand geben wollte und sich immer noch dagegen sträubte, Atelier- und Büroräume zu mieten und ein Team aufzubauen, war er inzwischen immer häufiger gezwungen, sich nach dem Abendessen oder wenn sie von einer Einladung, einer Veranstaltung nach Hause kamen, noch einmal an die Arbeit zu setzen. Das ging oft bis weit in die Nacht hinein. Sie hatte das noch für Ausnahmen gehalten, als es schon längst die Regel war.

Nur sanft und nur selten hatte sie Einspruch erhoben, denn sie wußte, wie wichtig ihm seine Arbeit war. Seine und ihre Wertvorstellungen stimmten überein. Aber daß seine Arbeit als Innenarchitekt und ihr Antiquitätenhandel sich wunderbar ergänzten, wie alle Leute glaubten, hatte nur anfangs einige Male gestimmt. Rudolfs Experimente mit gewagten Materialkombinationen und Beleuchtungen wurden immer rigoroser und ließen kaum noch Spielraum für »Zitate historischer Raumkultur«, wie Rudolf es genannt hatte. Viel enger war er mit dem Architekturbüro verbunden, für das er die Raumgestaltung besonderer gemeinsamer Projekte entwarf. Und mit der Möbelfirma, die seine Entwürfe produzierte. Dachte sie deshalb immer häufiger an ihre gemeinsamen Anfänge?

Rudolf studierte damals Architektur und war gerade dabei, die Innenarchitektur als sein spezielles Interesse zu entdecken. Er hatte einen ausgeprägten Sinn für Materialreize, Farben und Formen. Aber sein Erfolg – das hatte sie jahrelang beobachtet – war der Erfolg einer Lebenshaltung. Am besten charakterisierte ihn ein Satz, der damals schon zum Bestand seiner Grundüberzeugungen gehörte: »Die Inspiration ist nur die Begleiterin der Kompetenz.«

Sie wußte nicht mehr, wann er das gesagt hatte. Wahrscheinlich war es Teil seiner Kritik an ihrer Art zu denken gewesen. Sie stammte aus einer Familie, in der künstlerische Kreativität als etwas Wunderbares und im Grunde Unerklärbares galt. Deshalb war Rudolfs Umkehrung der Werte ein Tabubruch für sie gewesen. Doch sie hatte sich von diesem Satz angesprochen gefühlt. Sie, die als die sechs Jahre Ältere früh für ihre kleine, von allen verwöhnte und bewunderte Schwester Evelyn Verantwortung übernehmen mußte und von den Eltern für ihre Zuverlässigkeit und ihre Vernunft gelobt worden war, hatte ihre eigenen Qualitäten immer für zweitrangig gehalten. Die Begegnung mit Rudolf veränderte ihren Blick. Sie fühlte sich durch ihn in ihren Fähigkeiten und in ihrem Wesen bestätigt, und der gemeinsame Lebenserfolg hatte ihnen recht gegeben.

Im Gegensatz zum Leben Evelyns, die nach dem Tod der Eltern ins Schleudern geraten war und auf allen möglichen Gebieten dilettiert hatte, als Model und Fotomodell, Fotografin und Sängerin in einer Amateurband, nebenbei mit einem Teeladen, den sie schludrig führte und wegen Wegbleibens der Kunden wieder schließen mußte. Sie hatte mehrere Ausbildungen angefangen und wieder abgebrochen und war auch in ihren vielen Liebschaften über romantische oder leidenschaftliche Anfänge nie hinausgelangt. In Rudolfs Augen war sie eine unreife, selbstverliebte, illusionistische Person.

Sie bereute jetzt manchmal, daß sie ihm so viel von ihrer und Evelyns Kindheit erzählt hatte, denn das hatte sein Vorurteil etabliert. Aber damals, als sie sich kennenlernten, hatte sie den Wunsch gehabt, sich ihm restlos mitzuteilen, um ganz verstanden und ganz akzeptiert zu werden. Als ihr klargeworden war, daß sein Beruf ihn immer mehr absorbierte, war auch sie in den Golfclub eingetreten, um ihm wieder etwas näher zu sein. Bei Clubfesten saßen sie jetzt häufig am Präsidententisch, im Zentrum der allgemeinen Aufmerksamkeit und der Rituale. Das verdankten sie der Tatsache, daß Rudolf ein hervorragender Golfer war. Er hatte mit der Clubmannschaft mehrere renommierte auswärtige Turniere gewonnen. Genauso entscheidend war sicherlich sein beruflicher Erfolg gewesen. Rudolf sprach nicht gerne darüber. Er hatte nie ein Wort darüber gesagt, daß seine Mitgliedschaft in dem alten, angesehenen Club für ihn als Geschäftsmann von beträchtlichem Nutzen war. Seine Abneigung gegen jede Verquikkung des Privaten und des Geschäftlichen war wohl auch der Grund, weshalb es ihm nicht recht war, daß sie Evelyn zum Sommerfest eingeladen hatte. Er hatte überhaupt nicht reagiert, als sie davon gesprochen hatte. Daraufhin hatte sie selbst den Präsidenten angerufen und ihm ihren Wunsch vorgetragen, ihre jüngere Schwester zum Sommerfest mitzubringen. Der Präsident hatte überaus liebenswürdig geantwortet: »Aber natürlich! Das ist eine reizende Idee. Alle Herren werden sich freuen, Ihre Schwester kennenzulernen. Ich übrigens an erster Stelle.«

Gesellschaftlich kam sie mit dem Milieu besser zurecht als Rudolf, der überhaupt kein Gesellschaftsmensch war. Das »flockige Gerede«, wie er es nannte, und das Erzählen von Witzen und Anekdoten war nicht seine Sache. Erst recht nicht das gemeinschaftliche Lachen über menschliche Dummheiten und Irrtümer, das er die »Verbrüderung der Stammhirne« nannte. Einmal hatte sie gesehen, wie er bei einem Ausbruch allgemeinen Gelächters angewidert vor sich hinblickte: der Außenseiter und Einzelgänger, der er trotz seiner überdurchschnittlichen Erfolge auf allen Gebieten immer geblieben war.

In diesem Augenblick hatte sie sich ihm sehr nahe gefühlt und in ihm wieder den jungen Mann gesehen, der er gewesen war, als sie sich kennenlernten. Damals hatte sie gedacht, daß er ein Geheimnis in sich trug, das er selbst noch nicht kannte, und sich gewünscht, ihm zu helfen, es zu entdecken.

Er lag neben ihr wie niedergestreckt und innerlich verdunkelt. Sie hätte ihn gerne berührt und sich an ihn geschmiegt, doch sie sagte sich, daß sie ihn nicht wecken dürfe, weil er dringend seinen Schlaf brauchte. Der Tag würde ihnen beiden viel abverlangen, ihm noch mehr als ihr. Eine Zeitlang wollte sie noch neben ihm liegenbleiben. Einschlafen konnte sie wohl nicht mehr.

Als sie aufstand und im Badezimmer auf ihre dort liegende Armbanduhr blickte, war es kurz nach sieben, nicht ungewöhnlich früh, aber sie fühlte sich unausgeschlafen. Weil sie ahnte, wie verquollen sie aussah, verzichtete sie darauf, die Beleuchtung über dem Waschtisch einzuschalten, und begnügte sich mit einem flüchtigen Blick in den dämmrigen Spiegel, aus dem ihr eine graugesichtige Frau mit zerwühltem Haar entgegenschaute. Sie hatte das unangenehme Gefühl, sie sähe sich selbst aus der Zukunft an, einer Zukunft, die sie schon in sich trug. Glücklicherweise hatte sie heute den Mittagstermin bei Frau Josten, die sie wiederherstellen würde. Sie gehörte zu den wenigen privaten Kundinnen, die Frau Josten bei sich zu Hause bediente, nachdem sie vor zwei Jahren ihren Salon verkauft hatte. Der Friseurtermin war für sie jedesmal wie eine Kur. Doch um an diesem Morgen überhaupt in Gang zu kommen, brauchte sie jetzt erst einmal eine Wechseldusche.

Sie saß in der Küche bei einem schnell zusammengestellten Frühstück mit Müsli, Saft und Kaffee, als Rudolf hereinkam. Er trug den dunkelgrünen Morgenmantel mit dem schwarzen Schalkragen, den sie ihm zum Geburtstag geschenkt hatte, seine nackten Füße steckten in schwarzen Lederpantoffeln. Sie hatte so früh noch nicht mit ihm gerechnet. Er war bleich und unrasiert. Wahrscheinlich hatte ihn die innere Unruhe geweckt, die schon seinen Schlaf beherrscht hatte. Keine gute Voraussetzung für das Golfturnier am Nachmittag. Aber er würde es sich nicht nehmen lassen, dennoch daran teilzunehmen. Meistens schaffte er es doch noch, auf den Punkt wieder in Form zu kommen.

»Hast du einen Kaffee für mich?« fragte er.

»Bedien dich«, sagte sie und wies auf die Kanne, die auf dem Rechaud stand.

Er schlurfte zum Küchenschrank und kam mit einer Tasse zum Tisch zurück, um sich, immer noch stumm, den Kaffee einzugießen, einen Schluck zu trinken und sich dann zu setzen. Er wirkte, als wäre er noch nicht ganz wach.

»Ich muß gleich weg«, sagte sie.

»Wohin?«

»Ins Geschäft. Wegen einer Möbellieferung, die eigentlich für gestern vorgesehen war. Denk bitte daran, daß du Evelyn abholen mußt. Ich bin ja um die Zeit noch bei Frau Josten.«

»Ich weiß«, sagte er.

Sie hätte am liebsten gefragt, was er wisse. Denn sie hatte den Eindruck, daß er mit seiner kurzen Antwort etwas weggewischt hatte, was ihn störte. Aber sie wollte ihn nicht reizen.

»Wann mußt du weg?« fragte sie.

»In anderthalb Stunden. Es wird nicht lange dauern. Ich will mir erst einmal die Räume ansehen.«

Sie wußte, daß es für ihn darum ging, den attraktiven Auftrag für die räumliche Neugestaltung einer Bank zu bekommen. Heute fand nur eine Vorbesprechung statt. In diesem Stadium war er meistens sehr wortkarg. Er hatte es ihr auch einmal erklärt. »Man operiert am besten aus der Deckung heraus«, hatte er gesagt. Die Taktik war typisch für ihn, allerdings wohl nur deshalb erfolgreich, weil ihm schon ein besonderer Ruf vorausging. Wahrscheinlich waren die Leute nach seiner anfänglichen Wortkargheit verblüfft, wenn er nach einer Weile anfing, ihnen beredt seine Vorstellungen zu erläutern. Er konnte einfach und anschaulich sprechen, verfügte aber auch über ein Repertoire eleganter, selbstgeprägter Begriffe. Einmal, als es darum ging, einen Barockschrank in einem Hotelfoyer zu plazieren, hatte er das eine »ästhetische Nobilitierung des Raumes« genannt. Solche Formulierungen, die später in den Fachzeitschriften auftauchten, schien er nach Bedarf aus dem Ärmel zu schütteln.

Heute morgen sah Rudolf mitgenommen, geradezu zerschlissen aus, wie er dort saß und stumm vor sich hinblickte. Sein rechter Unterarm lag lahm auf dem Tisch. Sein Zeigefinger steckte im Henkel der Tasse, in der noch ein Bodensatz Kaffee war.

»Willst du heute nachmittag wirklich an dem Turnier teilnehmen?« fragte sie.

»Ich bin gemeldet«, sagte er kurz.

Sie widersprach nicht. Es war ihr recht, daß er am frühen Nachmittag in den Club fuhr. Dann hatten Evelyn und sie den Nachmittag für sich.

Über eine Stunde später als sie gedacht hatte, kam sie aus dem Geschäft zurück. Das Geschirr und die Reste des Frühstücks standen als Rudolfs Hinterlassenschaft auf dem Küchentisch. Anscheinend hatte er getrödelt und war dann plötzlich in Eile gewesen. Normalerweise hätte er wenigstens das Geschirr in der Spüle unter Wasser gesetzt und das Weitere ihr überlassen. Aber das war jetzt unwichtig. Hauptsache, er kam bald von seiner Besprechung zurück. Sie wusch schnell ab und räumte alles weg und ging nach oben ins Gästezimmer, um das Bett für Evelyn zu beziehen. Dann musterte sie ihre Garderobe, um für sich und für Evelyn Kleider für das abendliche Fest auszuwählen.

Kleidertausch, Kleiderwechsel war früher schon ein schwesterliches Vergnügen gewesen. Als Evelyn in finanziellen Schwierigkeiten war, hatte sich daraus ganz natürlich die Gelegenheit ergeben, ihr ab und zu ein Kleid oder ein Kostüm zu schenken. Es war leicht, Evelyn etwas zu schenken, weil sie sich so unbefangen freute. Trotz des Altersunterschieds von sechs Jahren hatten sie nahezu die gleiche Figur. Der auffälligste Unterschied war die Haarfarbe. Ihr Haar war kastanienbraun, Evelyns rotblond. Außerdem trug sie einen Herrenschnitt und Evelyn einen Schwall weicher Locken. Auch bei der Kleiderauswahl wollte sie die Unterschiede betonen. Für Evelyn hängte sie ein weißes, tief ausgeschnittenes, reich mit Spitze besetztes Kleid beiseite. Es hatte ein romantisches, vielleicht sogar mädchenhaftes Flair, was ihrer Meinung nach vorzüglich zu Evelyns Typ paßte. Vielleicht brachte Evelyn aber auch ein eigenes Kleid mit, in dem sie sich wohler fühlte. Für sich selbst hatte sie ursprünglich ein kupferfarbenes Seidenkleid vorgesehen gehabt, das einen schmalen, vorne offenen Stehkragen hatte und einen breiten Gürtel aus demselben Stoff, der an der Hüfte in zwei Bahnen herunterfiel. Es war ein zurückhaltendes, elegantes Kleid, das ihr gut stand.

Ihre Vorliebe galt einem anderen Kleid, das sie erst vor einigen Tagen gekauft hatte, als sie es beim Einkauf von modischen Accessoires zufällig an einem Kleiderständer entdeckte. Es war ein Etuikleid aus goldfarbener Seide, in die, einige Tonstufen dunkler, große, gefüllte Rosenblüten eingewebt waren. Das Kleid war ein Einzelstück, außerhalb der aktuellen Mode. »Ein absoluter Hingucker«, hatte die Verkäuferin gesagt.

»Ja, das stimmt«, hatte sie geantwortet und weiter auf das Kleid gestarrt, bevor sie sich entschloß, es anzuprobieren, in der Erwartung, es würde ihr nicht passen. Aber es saß. Vor dem großen, bodenlangen Spiegel mit den beiden Seitenflügeln hatte sie sich hin und her gewendet, während die Verkäuferin in abwartendem Schweigen schräg hinter ihr stand und ihr Zeit ließ, sich an den Anblick zu gewöhnen. War sie das wirklich? Das würden sich auch andere fragen, wenn sie damit beim Clubfest erschien. Rudolf vor allem. Er würde ganz sicher erstaunt sein. Vielleicht auch ein bißchen stolz.

»Es sitzt einwandfrei«, sagte die Verkäuferin. »Und es steht Ihnen hervorragend.«

»Ja«, hatte sie leise, wie für sich gesagt und sich wieder hin und her gewendet.

»Perfekt«, sagte die Verkäuferin. »Daran würde ich nichts ändern. Natürlich gehören andere Schuhe dazu.«

Dann hatte die Verkäuferin wieder geschwiegen, um deutlich zu machen, daß sie jede Entscheidung respektiere.

Schließlich hatte sie das Kleid gekauft und war auch gleich losgezogen, um die passenden Schuhe dazu auszusuchen. Rudolf hatte sie noch nichts gesagt.

Wo blieb er überhaupt? Es sollte doch nur eine kurze Vorbesprechung sein. Erreichen konnte sie ihn da nicht. Denn er stellte grundsätzlich sein Handy ab, wenn er in einer Besprechung war. Hatten sie überhaupt verabredet, daß er nach der Besprechung erst herkommen solle? Sie hatte das selbstverständlich angenommen. Doch würde er vielleicht gleich von dort zum Bahnhof fahren, um Evelyn abzuholen. Und falls er nicht anrief, würde sie nicht wissen, ob alles klappte oder etwas dazwischengekommen war. Sie befürchtete, Evelyn könnte sich ein Taxi nehmen und mit ihrem Koffer vor die verschlossene Haustür kommen. Sollte sie ihren Termin absagen und selbst zum Bahnhof fahren? Dann konnte sie auch gleich darauf verzichten, heute abend zum Fest zu gehen. Schon seit Tagen war sie nervös. Das hing mit der Spannung zwischen Rudolf und Evelyn zusammen. Vor allem aber mit ihrem nicht zu vertreibenden Gedanken, für alles verantwortlich zu sein.

Einkaufen musste sie auch noch. Aber dafür blieb jetzt keine Zeit mehr. Sie musterte die Vorräte im Kühlschrank, als sie Rudolf zur Haustür hereinkommen hörte. Sie trafen sich im Wohnzimmer.

»Ach, da bist du ja«, sagte sie.

»Nicht unbedingt ein Grund zur Überraschung«, antwortete er.

An der Art, wie er es sagte, merkte sie, daß die Besprechung wunschgemäß verlaufen war.

»Wie war's denn?« fragte sie.

»Ich kann den Auftrag bekommen. Aber es ist nicht ganz mein Ding.«

»Warum?«

»Die Grenzen sind ziemlich eng gezogen, schon vom Zweck der Räume her. Aber darauf kann ich mich noch einstellen. Das Schlimme ist, daß zwei ältere Direktoren, die noch im Aufsichtsrat sitzen, zu ihrer Zeit eine Kunstsammlung aufgebaut haben. Sie wollen die Bilder natürlich präsentieren. Darauf kann ich mich auf keinen Fall einlassen.«

»Was sind das denn für Bilder?«

»Der übliche welk gewordene Kunstsalat von Chagall bis Paul Klee. Es ist ein Sammelsurium. Sie sind richtig stolz auf ihre Sammlung. Wahrscheinlich sind sie immer dafür gelobt worden. Ich habe ihnen gesagt, damit könne ich nichts anfangen. Der Raum solle das Kunstwerk sein, nicht die Bilder, die an der Wand hängen.«

»Und? Was haben sie geantwortet?«

»Ich glaube, sie waren ziemlich sprachlos. Aber die Jüngeren waren auf meiner Seite. Sie konnten es nur nicht deutlich zu erkennen geben. Übrigens war ich erstaunt, wie total abgeweidet die meisten dieser Bilder inzwischen wirken.«

Immer wenn er sich so abfällig über zeitgenössische Kunst äußerte, hatte sie den Eindruck, daß er das eigentlich zu ihr sagte. Er bekämpfte immer wieder ihre »naive Kunstgläubigkeit«, wie er es nannte. Es lag ihr auf der Zunge zu sagen: »Du kannst eben nichts neben dir gelten lassen.« Statt dessen sagte sie: »Du, ich muß leider weg. Und du mußt ja auch bald aufbrechen.«

»In einer Viertelstunde«, sagte er.

»Noch etwas«, sagte sie. »Ich wollte ja eigentlich einen Mittagsimbiß vorbereiten. Aber ich schaff' das nicht mehr. Geh doch mit Evelyn irgendwo eine Kleinigkeit essen. Wenn ihr dann nach Hause kommt, bin ich vielleicht schon wieder da.«

»Gut«, sagte er, »bis dann.«

Er wollte sich abwenden, merkte aber, daß sie noch etwas auf dem Herzen hatte, und schaute sie fragend an.

»Gib mir noch einen Kuß«, sagte sie.

Als er auf sie zukam, bereitwillig und stumm, und seinen Mund auf ihren Mund drückte, spürte sie erschrocken die Taubheit ihrer Lippen.

Unterstützt von Frau Jostens Händen legte sie ihren Kopf rückwärts in die Halsmulde des fahrbaren Waschbeckens. Und um sich zu entspannen, schloß sie die Augen. Sie hatte alles geschafft. Nun konnte sie sich verwöhnen lassen. Das Wasser der Handdusche rauschte ins Becken. Frau Josten prüfte die Temperatur und durchnäßte dann ihr Haar. »Ist es so angenehm?« fragte sie. Ja, es war angenehm. Die ganze Prozedur des Haarewaschens war angenehm. Vor allem der sanfte, kreisende Druck von Frau Jostens Fingerspitzen auf der Kopfhaut und an den Schläfen. Frau Josten nahm sich immer viel Zeit für die Kopfmassage, bevor sie die Haare ein wenig fönte und mit dem Schneiden begann. Dabei unterhielt sie sich gerne, ohne daß ihre Konzentration nachließ. Sie wollte etwas über das Clubfest wissen, von dem sie schon gehört hatte. Ihr Fragen waren so einfach zu beantworten, daß sie die entspannte Passivität, der sie sich überlassen hatte, nicht störten. Das Kämmen und Schnipseln rund um ihren Kopf betäubten sie ein wenig, und ihre Gedanken entglitten der Situation. In diesen Minuten mußte Evelyns Zug eintreffen. Undeutlich sah sie den Bahnsteig und die Wagenkette, an der sich die Türen öffneten. Eine blonde Frau mit einer Reisetasche blickte sich beim Aussteigen auf dem Bahnsteig um. Es war Evelyn. Und irgendwo mußte auch Rudolf sein, der auf sie zukam. Das Bild löste sich auf, bevor sie sich trafen. Statt dessen sah sie das Bild ihres Hinterkopfes, das Frau Josten mit einem Handspiegel in den großen Wandspiegel projizierte, damit sie die fertige Frisur von allen Seiten betrachten konnte. Es war ihre gewohnte Frisur.

»Nicht zufrieden?« fragte Frau Josten.

»Doch, aber ... ich finde mich langweilig. Kann man nicht noch etwas tun?«

»Man kann vieles«, sagte Frau Josten. »Woran denken Sie denn?«

»Ich weiß nicht. Irgend etwas Besonderes. Aber bitte keine Locken.«

»Ich könnte Ihnen ein paar Strähnen färben.«

»Ja, das wär doch was. Das sollten wir tun.«

»Dann wollen wir es auch richtig machen. Die Strähnen müssen zu Ihrer Haarfarbe passen und sich zugleich davon abheben. Aber wenn wir es im Hinblick auf heute abend ganz richtig machen wollen, dann sollten wir auch noch die Farbe Ihres Kleides bedenken. Sie haben doch sicher längst entschieden, welches Kleid Sie heute abend anziehen.«

»Sicher bin ich mir noch nicht.«

»Das sollten wir jetzt aber entscheiden«, sagte Frau Josten.

Plötzlich erschien es ihr unmöglich, das goldene Kleid mit dem Rosenmuster zu wählen, denn sie fürchtete, daß es Frau Josten nicht gefallen würde. Auch Rudolf würde es nicht mögen. Niemandem würde es an ihr gefallen. Es würde an ihr unpassend wirken wie eine entlarvende Geschmacklosigkeit. Es war ein Fehler gewesen, es trotz ihrer Bedenken zu kaufen, weil die Verkäuferin sie gedrängt hatte und sie sich im Spiegel in einer überraschenden Grandiosität erschienen war. Glücklicherweise konnte sie den Irrtum noch korrigieren.

»Ich werde ein einfach geschnittenes, kupferfarbenes Seidenkleid anziehen«, sagte sie.

»Sehr gut«, sagte Frau Josten. »Das steht Ihnen bestimmt ausgezeichnet. Aber Sie haben noch an etwas anderes gedacht, glaube ich?«

»Das war nur ein spleeniger Einfall. Ich bleibe bei kupferfarben.«

»Darin kann ich Sie nur bestärken. Es wird top aussehen zu Ihren braunen Haaren.«

» Gut, ich riskiere es mit den Strähnen.«

»Dann rühre ich jetzt mal die Farbe an«, sagte Frau Josten.

Rudolfs Wagen stand in der Einfahrt, als sie nach Hause kam. Dann war Evelyn also da.

Sicher fragte sich Rudolf schon, wo sie so lange blieb. Die Prozedur war ziemlich aufwendig gewesen, weil die Tinktur mindestens eine halbe Stunde einziehen mußte, bevor man das Haar spülen, fönen und frisieren konnte.

Als sie sich mit den in Stanniolfolie eingewickelten Strähnen im Spiegel gesehen hatte, war sie von einer leisen Panik erfaßt worden. Worauf hatte sie sich bloß eingelassen? Wie würde man es aufnehmen heute abend? Und was würde

Rudolf sagen? Frau Josten hatte ihr eine Illustrierte gebracht. Sie hatte darin geblättert und das Blatt weggelegt. Und um sich dem grotesken Spiegelbild ihres Kopfes mit den abstehenden Stanniolrollen zu entziehen, hatte sie einen Moment die Augen geschlossen. Dann war Frau Josten mit Kaffee und Gebäck gekommen, und sie hatte sich von ihrer momentanen Schwäche erholt.

Als sie die Haustür aufschloß, hörte sie im Wohnzimmer Evelyns helle Stimme. Sie sprach mit Rudolf, der etwas Bestätigendes antwortete. Beide schienen sie nicht gehört zu haben, denn sie schauten ihr mit der übertriebenen Aufmerksamkeit eines Blitzlichtfotos entgegen. »Da bist du ja, Claudia!« rief Evelyn, sprang auf und umarmte sie. Einen Augenblick hielten sie einander umschlungen und tauschten Küsse aus. Dann löste sie sich und sagte: »Tut mir leid, es hat länger gedauert. Aber ich hoffe, ihr habt euch gut unterhalten.«

An Rudolf gewandt sagte sie: »Ich habe angenommen, du wärst schon weg.«

»Ich habe schon im Club angerufen. Da gab es glücklicherweise eine kleine Verzögerung. Aber jetzt muß ich sofort fahren.«

»Kommst du nach dem Turnier noch einmal her?«

»Nein, ich habe alles dabei und ziehe mich im Club um. Kommt bitte mit dem Taxi. Dann können wir heute nacht zusammen in meinem Auto zurückfahren.«

Er machte eine Pause und schaute sie an.

»Was hat Frau Josten mit deinen Haaren gemacht?«

»Ach, schau an, du hast es bemerkt.«

»Allerdings.«

»Wenn ihr die Strähnchen meint … die finde ich super«, sagte Evelyn.

»Gewöhnungsbedürftig«, meinte Rudolf.

»Ja, dann versuch mal, dich daran zu gewöhnen«, sagte sie.

Als Rudolf gegangen war, sagte sie: »Als Innenarchitekt ist er im Augenblick ja der letzte Schrei, aber persönlich ist er konservativ bis auf die Knochen. Wie seid ihr denn miteinander ausgekommen?«

»Gut«, sagte Evelyn.

Draußen fuhr sein Wagen aus der Einfahrt. Sie hörte das sich entfernende Motorgeräusch und dachte: Er ist froh, daß er zu seinem Turnier fahren kann.

»So, nun machen wir es uns gemütlich«, sagte sie. »Ich hab seit dem Frühstück nichts mehr gegessen. Du wahrscheinlich auch nicht. Ich schlage vor, wir machen uns einen Salat und essen nachmittags ein Stück Kuchen. Abends im Club gibt es dann das große Buffet.«

Es war nicht nur die Rolle der Gastgeberin, in der sie sich reden hörte, sondern es war die vernünftige, dominante Stimme der älteren Schwester, die immer die Regie geführt hatte. Und es war, wie ihr schien, der Part der Jüngeren, der Evelyn antworten ließ: »Ich hab noch keinen Hunger. Rudolf hat mir am Bahnhof eine Elsässer Rahmschnitte spendiert. Er wollte selbst eine essen, und ich sollte ihm unbedingt Gesellschaft leisten.«

»Du, das erinnert mich an unsere Verlobungszeit und das erste Ehejahr. Da wollte er auch nie was essen, wenn ich nicht mit aß. Das hat sich aber bald verloren. Hast du eigentlich noch mal etwas von Markus gehört?«

»Nein, absolut nichts.«

»Das finde ich ja brutal.«

»Mir ist es inzwischen recht so.«

»Wirklich?«

»Ja, wirklich.«

»Im Grunde ist das ja gut so. Aber es erstaunt mich.«

Sie erinnerte sich noch sehr genau. Vor allem an die vielen Telefongespräche, die sie geführt hatten, weil Evelyn in ihrer Verzweiflung bei ihr Rat und Unterstützung gesucht hatte. Es war ein Verhältnis mit einem verheirateten Mann gewesen, das sich fast über drei Jahre hingezogen hatte. Nicht eine der vielen Liebschaften Evelyns, sondern für beide Seiten eine ernste und dramatische Geschichte. Evelyn hatte sie sogar einmal zusammen mit diesem Mann besucht, weil sie anscheinend gehofft hatte, ihn auf diese Weise noch mehr an sich zu binden. Sie war damals ziemlich aufgedreht gewesen, und ihr Begleiter hatte neben ihr still und zurückhaltend gewirkt. Man hatte ihm die Last angemerkt, die er mit sich herumtrug.

Wahrscheinlich hatte damals sein innerer Rückzug begonnen.

Sie hatte mehr Verständnis für den Mann als für Evelyn gehabt, und vielleicht hatte er das gespürt und sich durch sie bestätigt gefühlt. Sie hatte in seinem Blick seine stumme Dankbarkeit wahrgenommen. Rudolf hatte auf andere Weise zum Rückzug des Mannes beigetragen. Er war kalt und höflich gewesen und hatte durch Wortkargheit seine Ablehnung dieser Leidenschaftsgeschichte ausgedrückt, die in seinen Augen eine haltlose und unwürdige Affäre war.

Evelyn hatte das wohl alles anders und unvollständig wahrgenommen, weil sie völlig von ihren Wünschen besetzt war. Trotzdem hatte sie ihr nachträglich einen sehr persönlichen Gruß von dem Mann bestellt. Der durchs Telefon vermittelte Satz hatte sich ihr wörtlich eingeprägt: »Markus läßt dich grüßen und dir danken. Er hat gesagt, du seist eine großartige Frau, so klug, so liebenswürdig und absolut vornehm in der Erscheinung und im Wesen.« Es war das schönste Kompliment, das sie in ihrem Leben bekommen hatte. Ganz unbefangen, geradezu arglos hatte Evelyn ihr diese Worte mitgeteilt, vielleicht weil sie damit um ihre Gunst geworben hatte. Kurz danach war dann die Krise ausgebrochen, die zum Ende von Evelyns vielleicht einziger großer Liebesgeschichte geführt hatte. Es war auch ein Rückzug Evelyns von ihr gewesen. Bis heute. Bis zu dem Moment von vorhin, als sie sich zur Begrüßung stürmisch umarmt und geküßt hatten.

Es war die richtige Idee, das längst fällige Wiedersehen mit einer Einladung zum Sommerfest des Clubs zu verbinden. Denn Evelyn hatte Enttäuschung und Einsamkeit erlebt und brauchte Gesellschaft, um ihre Unbefangenheit und Leichtigkeit wiederzufinden, die sie früher überall beliebt gemacht hatten und wohl auch einen wesentlichen Teil ihrer erotischen Ausstrahlung darstellten.

So etwas konnte man nicht nachahmen. Sie konnte sich nur bewußt von ihr unterscheiden. Ihre Ehe mit Rudolf war grundsätzlicher und auch praktischer begründet als Evelyns Liebesgeschichte mit einem verheirateten Mann, der nicht wußte, was er wollte, und zweifellos an Evelyns Selbsttäuschung mitschuldig war. Ein Mann – das mußte sie manchmal denken, wenn ihr seine überraschenden Grußworte einfielen –, der vielleicht sogar besser zu ihr gepaßt hätte. Sie hätte ihm die Sicherheit geben können, um eine so einschneidende Lebensveränderung wie eine Ehescheidung durchzustehen. Wahrscheinlich hatte er das erkannt und sie auf diesem ungewöhnlichen Weg wissen lassen, daß sie die Frau war, die er sich wünschte. Das waren seltsame Gedanken, die sie immer gleich wegschob, weil sie sie nicht gebrauchen konnte. Sie waren wie ein kurzer Wink aus einem anderen Leben, das vielleicht ihr Leben hätte werden können, wenn einige Umstände – sie konnte nicht sagen, welche – ein wenig anders gewesen wären. Sie machte keinen Versuch, sich dieses mögliche andere Leben vorzustellen. Aber sie hatte sich gesagt: Für diesen Mann wäre ich die Hauptsache im Leben gewesen. Jedenfalls hat er mich das wissen lassen.

Möglicherweise hatte Rudolf etwas davon gespürt, was seine kalte höfliche Zurückhaltung erklären konnte. An Evelyn war damals wohl alles wie ein zu schnell laufender Film vorbeigezogen.

Gut, daß sie jetzt da war! Und daß das Abholen am Bahnhof geklappt hatte. Wenn nicht, wäre das eine schlechte Voraussetzung für ihr Wiedersehen und das Sommerfest gewesen. Aber nun konnten sie sich gemeinsam darauf freuen. Auch Rudolf hatte sich wohl entschlossen, seine alten Vorurteile zu begraben.

Evelyn hatte ihr den Abzug eines alten Fotos mitgebracht, das sie selber nicht mehr besaß, weil sie es irgendwann zerrissen hatte. Es zeigte sie beide beim gemeinsamen Musizieren. Evelyn spielte Geige, und sie saß am Klavier. Es war eine von den Eltern arrangierte Szene. Sie hatte nach ihrem Auszug aus dem Elternhaus das Klavierspiel aus Mangel an Gelegenheit aufgegeben. Aber auch in dem Bewußtsein, daß ihr die Begabung fehlte, um über ein gefälliges Allerweltsgeklimper hinauszukommen. Evelyn hatte die Geige gehaßt. Statt dessen hatte sie ihre hübsche Stimme entdeckt und gelegentlich, aber auch nur kurze Zeit, in einer Amateurband gesungen, solange nämlich ihr Verhältnis mit dem Saxophonisten der Band gedauert hatte.

Sie schaute auf das Foto, das sie in der Hand hielt. Beide sahen sie so starr aus, als spielten sie nicht, sondern posierten für den Fotografen. Wahrscheinlich hatte ihr Vater sie so hingestellt und mehrfach ihre Haltung korrigiert.

»Wir sehen nicht gerade beschwingt aus«, sagte sie. »Ich mag es eigentlich gar nicht anschauen. Aber unsere Eltern fanden es wohl schön. Ich sehe sie jetzt als ganz fremde Menschen.«

Evelyn blickte vor sich hin, als erinnerte sie sich an etwas Bestimmtes. Schließlich sagte sie: »Wer ich eigentlich bin, weiß ich auch nicht.«

»Dieses Gefühl kenne ich.«

»Du? In deinem festgefügten Leben! Das verstehe ich nicht.«

»Ja, dann ...«, sagte sie, »lassen wir das Thema besser.«

Aus irgendeinem Grund versuchte Evelyn, sie zu provozieren. Wenn sie sich längere Zeit nicht gesehen hatten, gab es häufig so ein Geplänkel. Sie mochte das überhaupt nicht. Es war ein unehrlicher Ausdruck von verborgener Rivalität und ein lästiger Zwang, dem man unversehens nachgab, so wie man unwillkürlich mit der Zungenspitze immer wieder über ein wunde Stelle im Zahnfleisch fährt. Bevor es so weiterging, mußte man entschlossen damit Schluß machen.

»Ich verstehe im Augenblick nur eins«, sagte sie. »Auch

in einem total mißglückten Leben muß man ab und zu etwas essen.«

»Das ist auch mein Motto«, sagte Evelyn.

»Also gehen wir jetzt erst mal in die Küche.«

Anschließend gingen sie nach oben und musterten die Kleider für das Fest. Evelyn hielt sich das weiße Kleid mit den Stickereien und dem tiefen Rückenausschnitt vor und betrachtete sich im Spiegel. Sie hatte auch ein eigenes Kleid dabei. Es war schlichter und anspruchsloser als das weiße, wäre aber für ein Sommerfest auch brauchbar gewesen. Weniger für einen gemeinsamen Auftritt, der die Blicke auf sich zog. Dazu mußten sie ebenbürtig gekleidet sein.

»Willst du das weiße nicht einmal anprobieren?« fragte sie.

»Nein, ich glaube nicht. So seh ich mich nicht.«

»Ach, ich fand, es sei wie für dich gemacht.«

»Es ist mir zu mädchenhaft. Und zu romantisch.«

Sie hängte das Kleid wieder in den Schrank zurück.

»Zeig mir doch mal dein Kleid«, sagte sie.

Noch irritiert, daß ihr Konzept für den gemeinsamen Auftritt fehlgeschlagen war, zeigte sie Evelyn das kupferfarbene Seidenkleid mit dem Stehkragen und dem breiten Stoffgürtel und erntete lebhafte Zustimmung: es passe zu ihr, sei elegant, und die gefärbten Haarsträhnen seien das Tüpfelchen auf dem i.

»Zieh es doch gleich mal an«, sagte Evelyn.

»Nein, warum? Wir ziehen uns doch in einer guten Stunde sowieso um. Erst müssen wir uns mal um dich kümmern. Und ich muß auch noch für das Wochenende einkaufen.«

Evelyn schien unsicher zu sein, faßte den kupferfarbenen Seidenstoff an, zog noch einmal das weiße Kleid ein Stück heraus, schob dann beide Kleider auf der Stange beiseite und blickte auf das am Rand hängende goldfarbene Kleid mit dem Rosenmuster.

»Was ist das hier?« fragte sie und zog einen Ärmel ins Licht, um den Stoff zu zeigen.

»Das? Das Kleid hab ich mir vor einiger Zeit gekauft, finde aber, daß es nicht zu mir paßt.«

»Das würde ich gerne mal anziehen«, sagte Evelyn.

»Ja gut, dann zieh es an. Ich muß aber jetzt weg.«

»Du mußt weg?«

»Ja, ich muß noch einkaufen. Ich sagte es doch schon. Aber probier das Kleid ruhig einmal an. Ich bin in einer Dreiviertelstunde wieder da.«

Als sie aus dem Zimmer ging, sah sie noch, daß Evelyn sich wieder dem Kleid zuwandte und es aus dem Schrank nahm, und ein verworrenes Gefühl von Ohnmacht und Neid überschwemmte sie. Es ist mein Kleid, dachte sie. Aber sie hat recht, es sich zu nehmen, denn ich habe ja nicht den Mut dazu gehabt. Ich hatte ja schon Angst vor Frau Jostens Ablehnung. Ich konnte mich nicht dagegen behaupten. Evelyn wird es sich wahrscheinlich nehmen. Auch wenn mir das nicht gefällt – sie ist im Recht.

Während sie ihren Einkaufswagen an den Regalen des Supermarktes vorbeischob und ihn mehr oder minder zufällig mit Waren füllte, auf die ihr Blick fiel, sackte ihre Stimmung ab. Der Gedanke, mit Evelyn zum Sommerfest gehen zu müssen und stundenlang unter Menschen zu sein, die in Festlaune waren oder jedenfalls so taten, belastete sie. Vor allem irritierte sie das Gefühl, daß sie nicht mehr wußte, wie sie aussah mit ihren gefärbten Haarsträhnen. Nein, sie hatte keine Lust mehr auf dieses Fest. Doch absagen wegen Kopfschmerzen und Rudolf und Evelyn allein gehen lassen konnte sie auch nicht. Darüber brauchte sie erst gar nicht nachzudenken. Sie mußte sich aufraffen und gleich, wenn sie zurückkam, sich zusammen mit Evelyn für das Fest zurechtmachen. Aber zunächst mußte sie sich jetzt auf das Einkaufen konzentrieren, weil sie ihren Einkaufszettel vergessen hatte. Hatte sie schon alles? Was fehlte noch? Sie schob ihren Wagen an den Regalen entlang, langte hier- und dorthin, unfähig nachzudenken.

Sie war gerade dabei, ihre Einkäufe auszupacken, als Evelyn in die Küche kam. Sie hatte das goldene Kleid angezogen und präsentierte sich darin. Die Art, wie sie da stand und lächelte – eine Hand mit dem Handrücken auf die Hüfte gestützt und einen Fuß etwas vorgeschoben –, hatte etwas Triumphierendes, war aber wahrscheinlich nur die übermütige Parodie einer typischen Modelpose. Evelyn fühlte sich offensichtlich wohl in diesem auffallenden Kleid. Das gab ihrem Auftritt die Überzeugungskraft. Das Kleid wirkte an ihr wie eine Inszenierung, die verborgene Möglichkeiten ihrer Person hervortreten ließ. Das hatte sie wohl geahnt und so spontan nach dem Kleid greifen lassen. Sie hätte das nicht gedacht. Aber es war ein Glücksgriff gewesen.

»Das Kleid steht dir ausgezeichnet«, sagte sie, und das Bewußtsein, gerecht zu sein, beruhigte sie.

»Du brauchst natürlich noch Schmuck und die richtigen Schuhe. Die habe ich aber auch. Hoffentlich passen sie dir.«

Mit Eifer hatte sie sich der perfekten Aufmachung Evelyns gewidmet und dann die gleiche Sorgfalt auf ihre eigene Erscheinung verwandt.

»Ich glaube, wir haben unsere Höchstform erreicht«, sagte sie mit einem Blick in den Flurspiegel, als sie das Haus verließen, um mit dem Taxi in den Club zu fahren.

»Ich freu mich vor allem darauf, wieder einmal zu tanzen«, sagte Evelyn.

Der Taxifahrer, ein junger Mann, war ausgestiegen und hielt die Wagentüren auf.

»Da war ich eben schon einmal«, sagte er, als sie ihm die Adresse nannten.

Als sie ausstiegen, war schon fast der ganze Parkplatz zugeparkt. Rudolf erwartete sie bereits auf der Vortreppe. Er war im weißen Dinnerjackett und sah frisch und belebt aus.

»Wie ist das Turnier gelaufen?« fragte sie.

»Bestens«, sagte er.

Es mußte hervorragend für ihn gelaufen sein, wenn er sich so knapp ausdrückte. Genauer konnte sie ihn nicht befragen, weil Evelyn sich für Rudolfs ungewohnten Anblick begeisterte.

»Du siehst toll aus«, sagte sie. »Dafür hat sich meine Reise ja schon gelohnt.«

Einen Augenblick zögerte er, bevor er eine für ihn erstaunlich lockere Antwort gab.

»Du bekommst auch ein signiertes Foto.«

»Bitte im Silberrahmen«, sagte sie.

»Ich glaube, es ist ein Fotograf da, der ein Gruppenfoto von uns machen kann.«

»Unbedingt«, sagte Evelyn. »Schöner als heute kommen wir nicht mehr zusammen.«

»Kann sein«, sagte er, wobei er sie beide mit einem anerkennenden Blick streifte. Das war wieder seine trockene und beiläufige Art, Komplimente zu machen. Sie mochte das. Es brachte einen nicht in Verlegenheit wie die sonst üblichen Übertreibungen. Rudolf schien von Evelyns Erscheinung beeindruckt zu sein. Sie sah in dem goldenen Kleid mit dem Rosenmuster wie eine Verkörperung des Sommers aus. Sie selbst war wohl auch gut bei ihm angekommen, trotz der gefärbten Haarsträhnen. Vielleicht hatte er die gar nicht mehr bemerkt.

Drinnen herrschte das Gedränge und Stimmengewirr einer unüberschaubaren Gesellschaft, die sich auf verschiedene, ineinander übergehende Räume verteilte und ein ziemlich gemischtes Bild abgab. Viele Männer trugen wie Rudolf ein weißes oder cremefarbenes Dinnerjackett zu einer schwarzen Hose und eine schwarze Fliege zum weißen Hemd. Andere bevorzugten Smokings in verschiedenen Variationen der klassischen Form vor allem bei den Revers. Die jüngeren Männer waren in leichten schwarzen oder schwarzgrauen Sommeranzügen erschienen und hatten sich mit gestreiften Krawatten beflaggt. Einige hatten sich auch für dunkelblaue Blazer und etwas spektakulärere Krawatten entschieden. Die Damen trugen in der Mehrzahl Cocktailkleider. Aber auch lange Abendkleider waren zu sehen. Da es sich nicht, wie im vergangenen Jahr, um ein 50jähriges Clubjubiläum, sondern um ein normales Sommerfest handelte, hatte es offenbar eine verbreitete Unentschiedenheit gegeben, wie streng man die Garderobeanweisung »black tie« auf der Einladung zu verstehen hatte. Vielleicht war das gemischte Bild auch das Anzeichen einer beginnenden gesellschaftlichen Disharmonie, die mit der wachsenden Mitgliederzahl zusammenhing.

Der Gesamteindruck war trotzdem festlich, auch wegen der weißgedeckten Tische mit dem üppigen Blumenschmuck in den Farben des Clubs. Manche Gäste hatten schon an einem der numerierten Tische Platz genommen. Die meisten standen noch in Gruppen beieinander, saßen an der Bar oder waren durch die geöffneten Flügeltüren auf die überdachte Veranda hinausgetreten, wo schon die Tische für das Buffet aufgebaut waren. Die Glyzinien, die sich an den vier Ecksäulen hochrankten, waren natürlich längst verblüht, aber das weiträumige Wiesen- und Buschgelände des Golfparks leuchtete im Licht der Abendsonne.

»Hier auf der Terrasse wird nachher getanzt?« fragte Evelyn.

»Ja. Wenn das Buffet abgeräumt ist, kommt die Band. Und dann ist die Terrasse zum Tanzen da.«

»Traumhaft dieser Blick. Da möchte ich jetzt einfach hinauslaufen.«

»Aber dazu mußt du golfen lernen.«

»Ich stell mir was ganz anderes vor.«

Rudolf, den irgend jemand auf das Turnier angesprochen und in ein Gespräch verwickelt hatte, trat zu ihnen.

»So, wir müssen zu unserem Tisch.« Zu Evelyn gewandt sagte er: »Wir sitzen am Präsidententisch.«

»Muß ich da einen Hofknicks machen?« fragte sie.

»Look pretty«, sagte er.

In dem kurzen Moment, in dem sie die beiden so vertraut und schlagfertig miteinander reden hörte, entglitt ihr das Bild, das sie sich von ihnen gemacht hatte. Irgend etwas mußte sich heute vormittag verändert haben. Ihre Sorgen wegen der alten unterschwelligen Spannung zwischen den beiden waren gegenstandslos geworden. Auch Rudolfs unverhohlene Bedenken gegen ihre Idee, Evelyn zum Sommerfest des Clubs einzuladen, hatten sich in nichts aufgelöst. Es schien ihm zu gefallen, mit zwei Frauen hier aufzutreten. Und anscheinend war das auch ein starker Auftritt. Denn als sie rechts und links von ihm an den Präsidententisch traten, erhoben sich alle Männer gleichzeitig von ihren Plätzen, und die Damen setzten ein freundliches Lächeln auf. Der Präsident begrüßte sie mit einem Handkuß und bedankte sich bei ihr für die gute Idee, ihre reizende Schwester zum Fest mitzubringen. Damit wandte er sich an Evelyn, sagte, daß er, und nicht nur er, sich freue, sie kennenzulernen. Er hoffe, daß sie sich heute abend nicht langweile.

»Die Sommerfeste unseres Clubs haben einen guten Ruf. Denn bei uns gibt es nicht nur Golfspieler, sondern auch viele gute Tänzer. Und die Band von heute abend hat sich schon mehrfach bei uns bewährt.«

»Ich bin auf alles gefaßt«, sagte Evelyn.

»Großartig«, antwortete der Präsident.

Die allgemeine Vorstellung ging weiter, eine umständliche Abwicklung von Verbeugungen, Händedrücken und mehr oder minder gemurmelten Namen, die Evelyn, soweit sie es beobachten konnte, in unanfechtbarer Anmut überstand. Schließlich hatten alle ihren Platz gefunden. Sie saß zwischen Rudolf und dem Präsidenten, Evelyn ihr gegenüber zwischen einem Chirurgen der örtlichen Klinik und dem Inhaber einer Getränkefabrik, die beide zu den sogenannten old boys gehörten, weil sie alte Mitglieder und Förderer des Clubs und dazu auch beachtliche Golfspieler waren. Prosecco und Champagner wurden gebracht. Der Präsident begrüßte die Runde mit erhobenem Glas. Man trank sich zu. Und in dem kurzen Schweigen, das folgte, hörte sie, wie der Chirurg Evelyn fragte: »Spielen Sie auch Golf?«

Am ganzen Tisch konnte man dank ihrer hellen Stimme Evelyns Antwort hören:

»O nein, dazu bin ich zu ungeschickt und zu faul.«

»Das glaubt Ihnen hier keiner«, sagte der Präsident. »Wir kennen ja Ihre Schwester, die in erstaunlich kurzer Zeit eine gute Golferin geworden ist.«

»Ich war nie so vermessen, mir meine große Schwester zum Vorbild zu nehmen. Nicht wahr, Claudia?«

»Ein schwieriges Problem«, sagte sie. »Wir halten uns nämlich beide für unvergleichlich.«

»Und doch ist da eine unverkennbare Ähnlichkeit«, sagte die Frau des Präsidenten. »Finden Sie nicht?«

»Ich kann das selbst nicht beurteilen«, sagte sie. »Am besten fragen Sie mal meinen Mann.«

»Da bin ich überfragt«, sagte Rudolf. »Ich bin wohl zu nahe dran. Außerdem ...« – er machte eine Pause – »möchte ich mich aus Gründen der gebotenen Neutralität nicht festlegen.«

»Das ist die hohe Schule der Diplomatie«, lächelte der Präsident.

Sie blickte zu Evelyn hinüber und fing ein herausforderndes Blitzen in ihren Augen auf, das sofort wieder erlosch. Oder hatte sie das mißverstanden und es war ein Blick verschwiegener schwesterlicher Kumpanei gewesen, ein rasches Signal ihrer Zufriedenheit darüber, daß sie beide im Mittelpunkt der Unterhaltung standen?

Egal, dachte sie. Rudolfs Parole »Look pretty« war die beste Empfehlung, um den Abend durchzustehen. Zunächst kam jetzt die Eröffnungsrede des Präsidenten, der vertraulich lächelnd zu ihr gesagt hatte »Nun muß ich meines Amtes walten« und zum Mikrofon gegangen war. Hinter ihm schloß man die Vorhänge zur Terrasse, wo schon die Schüsseln für das Buffet aufgetragen wurden. Der Präsident blickte sich kurz um und sagte dann in einem scherzhaften Ton: »Jetzt müssen Sie zuerst ein paar Worte ertragen. Aber den Silberstreif der Hoffnung haben Sie ja nun schon gesehen.«

In einem offiziellen Ton begrüßte er dann die alten und die vielen neuen Clubmitglieder und die zahlreichen Gäste des Abends, hob auch einige Namen hervor und bekränzte sie mit ehrenden Bemerkungen, erwähnte dann »die Gunst des Wettergottes«, der dem Club wieder einmal einen herrlichen Sommertag für das voraufgegangene Turnier und nun auch noch diesen wunderschönen lauen und stimmungsvollen Abend für das diesjährige Sommerfest beschert habe. Er ließ sich einen Augenblick Zeit, damit sich der Eindruck seiner Worte vertiefte. Danach wurde er ernst und sprach über »den eklatanten und nachgerade grotesken Widerspruch«, daß alle alten und natürlich die neuen Golfclubs immer größeren Zulauf hätten und Golf dabei sei, zu einem echten Volkssport zu werden, aber immer noch Vorbehalten der Neidgesellschaft ausgesetzt sei und als Elitevergnügen verfemt werde.

»Dabei«, sagte er, »übersehen unsere Kritiker geflissentlich, daß die Stifterfamilien, die unseren Verein gegründet haben und in schwierigen Zeiten am Leben erhalten und beim Wiederaufbau großzügig gefördert haben, sich nicht minder großzügig an vielen gemeinnützigen Projekten beteiligen. Nein, hier besteht kein grundsätzlicher Widerspruch. Der existiert nur in einigen vernagelten Köpfen. In Wirklichkeit gibt es ein fruchtbares Nebeneinander und Miteinander verschiedener und vielfältiger Interessen. Golfspieler sind positiv denkende und auf vielen Feldern tätige Menschen. Das belegt unsere wachsende, sich gerade in den letzten Jahren ständig erneuernde und differenzierende aktive Mitgliederschaft, zu der auch immer mehr Frauen gehören. Das war zwar immer unsere Stärke. Aber unsere Frauen-Power hat zugenommen. Und so können wir zuversichtlich sagen: Unser Club hat Geschichte, aber er ist nicht Geschichte.«

Er machte eine Pause. Erst wurde an einzelnen Tischen etwas zaghaft, dann überall geklatscht.

»Ich will das jetzt nicht im einzelnen ausführen«, fuhr er fort. »Aber ich erlaube mir, noch darauf hinzuweisen, daß wir mit unserem Golfpark eine wunderbare Naturoase geschaffen haben, wo sonst höchstwahrscheinlich die übliche Naturzerstörung durch Zersiedelung, gewerbliche oder industrielle Nutzung oder landwirtschaftliche Monokulturen nicht zu verhindern gewesen wäre. Ich möchte unsere Kritiker fragen, ob sie, einmal abgesehen vom Segelsport, irgendeine Sportart nennen können, bei der Natur und menschliches Spiel so harmonisch koexistieren wie beim Golf.«

Wieder wurde geklatscht. Besonders begeistert klatschte Evelyn, und die Gattin des Präsidenten nickte ihr freundlich zu. Der Präsident wartete ab und wechselte dann über zu den komischen Mißverständnissen, die über das Golfspiel im Umlauf seien. Mark Twains Definition, Golf sei ein verdorbener Spaziergang, sei ja weithin bekannt. Doch neulich – es könne sein, daß es an der Bar gewesen sei – habe er die Theorie vernommen, daß es sich beim Golfspiel um eine alte keltische Form ritueller Landvermessung handele. »Na ja«, sagte er, »vielleicht entwickelte sich damals die Technik des langen Drives. Es gab ja noch Land im Überfluß. Da kann man sich vieles vorstellen.« Realer, aber verstörender sei für ihn die Beschreibung des Golfspiels durch seine Frau: »Man prügelt mit einem großen Stock einen wehrlosen kleinen Ball.«

Überall im Saal wurde gelacht. Am Tisch klatschten alle der lächelnden Präsidentengattin mit ausgestreckten Händen ihren Beifall zu. Der Präsident wartete, bis der Beifall abgeflaut war. Dann sagte er: »Wie soll ich das verstehen? Sind Sie etwa alle derselben Meinung?« Und als müßte er weiteren möglichen Entgleisungen vorbeugen, sagte er: »Ich glaube, es besteht kein Bedarf nach weiteren Definitionen.« Als Widerspruch laut wurde, hielt er eine hohle Hand hinter sein rechtes Ohr, als könnte er nichts verstehen. Schließlich hob er beide Hände, um die Zurufer zu beschwichtigen, und sagte: »Also gut, ich schlage vor, wir machen einen Wettbewerb: ›Definition des Golfspiels‹. Die besten Definitionen werden dann beim nächsten Sommerfest vorgelesen.« Es gab allgemeine Zustimmung. Als spräche er mit sich selbst, murmelte der Präsident ins Mikrofon: »So kommt man auf Ideen.« Und dann, wie erwachend aus einem Augenblick der Nachdenklichkeit, sagte er: »Eine poetische Formulierung muß ich noch nachtragen. Der Autor will nicht genannt werden, was ich bedauere, aber verstehe. Er hat gesagt: ›Man muß sein Herz weit vorauswerfen, wenn man ein fernes Ziel erreichen will.‹ Kardiologisch ist das nicht korrekt. Aber das ist es doch, was man beim Drive empfindet, nicht wahr?«

Wieder wurde anhaltend geklatscht. Der Präsident wartete ruhig ab, daß er weiterreden konnte. Er hatte offenbar einen Abschnitt in seiner Rede erreicht. Aber vielleicht ließ er sich auch absichtlich Zeit, weil hinter dem Vorhang auf der Terrasse hektisch gearbeitet wurde, wie bei einem Bühnenumbau. Gut, daß es weitergeht, dachte sie. Gut, daß man dann seinen Platz vorübergehend verlassen konnte und nicht so eingeengt in dieser kleinen Tischgesellschaft festsaß, in der man sich sofort isoliert fühlte, wenn man eine Weile nicht am Gespräch teilnahm. Evelyn saß wie eingerahmt zwischen dem Chirurgen und dem Fabrikanten, die sich ihr beide zuwandten. Auch die Präsidentengattin neigte sich der Gruppe zu. Sie dagegen hatte rechts neben sich den leeren Stuhl des Präsidenten, und links von ihr saß Rudolf, der noch kein Wort zu ihr gesagt hatte. Schaute er zu Evelyn auf der anderen Tischseite hinüber? Sie wußte es nicht. Alle saßen jetzt wieder stumm da, denn der Präsident hatte angefangen, über das heutige Turnier zu sprechen, das in seinen Augen dank herausragender sportlicher Leistungen ein schöner Erfolg war, dem in der Clubgeschichte ein eigener Platz gebühre. Der Präsident erging sich nun in Einzelheiten, bei denen sie nicht mehr zuhörte. Sie wußte, daß Rudolf wieder unter den Gewinnern des Tages war, sonst hätte er nicht »bestens« gesagt, als sie ihn nach dem Ausgang des Turniers gefragt hatte. Nun kam es ihr so vor, als müßte sie mechanisch einem erwartbaren Ergebnis applaudieren. Sie hatte keine Lust dazu. Es ist nicht mein Tag, dachte sie. Auch wenn es wieder einmal Rudolfs Tag war. Sie hätte sich gerne mit ihm einig gefühlt, aber sie hatte keinen Kontakt zu ihm. Wie vergangene Nacht, als sie, noch halb schlafend, gesehen hatte, wie er am Fenster stand und hinausschaute, vielleicht nur, um das Wetter zu betrachten, aber so in sich verschlossen, als wäre sie nicht da.

Die Stimme des Präsidenten hob sich, um die Sieger des heutigenTurniers zu ehren. Entgegen der Gewohnheit begann er mit dem zweiten Preis, denn da gab es zwei Sieger, die exakt das gleiche Ergebnis erreicht hatten, so daß der Preis geteilt werden mußte. Glücklicherweise handelte es sich bei den beiden Siegern um ein Ehepaar, das vor zwei Jahren schon einmal bei einem Mannschaftswettbewerb ausgezeichnet worden war. Die beiden sahen wie Zwillinge aus, als sie die Glückwünsche entgegennahmen. Sie waren fast gleich groß, waren ähnlich gekleidet und lächelten auf dieselbe Weise, als ihnen der Präsident die Hände schüttelte und irgend etwas zu ihnen sagte. Man konnte annehmen, er hätte zu ihnen gesagt: »Setzt euch wieder auf eure Plätze«. Denn so gehorsam wie einträchtig gingen sie, allgemein beklatscht, nebeneinander zu ihren Stühlen zurück. Das gleichförmige Lächeln haftete noch auf ihren Gesichtern und verschwand erst, als der Präsident, der ihnen freundlich nachgeschaut hatte, zur Verleihung des sogenannten Bruttopreises überging.

»Gewonnen hat den Wettbewerb wieder einmal unser As Rudolf Stadelmann«, sagte der Präsident. »Wir haben uns ja schon an seine Erfolge gewöhnt. Aber dieses Mal hat er mit dem selbst für ihn fabelhaften und für den Club historischen Ergebnis von einem Schlag über par das Silber abgeräumt.«

Der Präsident bat Rudolf, nach vorne zu kommen und die Trophäe in Empfang zu nehmen, und zog ihn in ein kurzes Gespräch über seine Technik und das Geheimnis seiner Erfolge.

»Wir wissen ja alle«, sagte er, »du schlägst schnurgerade, zielstrebige Drives und ziehst zum Putten extra die Handschuhe aus. Aber andere tun das auch. Also kann es nicht alles sein.«

»Ich rede mit dem Ball«, antwortete Rudolf.

»Ich hoffe, das ist keine Beeinflussung von Abhängigen«, sagte der Präsident und löste damit allgemeines Gelächter aus. Dann fügte er hinzu: »Wir werden das in die Regeln aufnehmen und noch genauer definieren.«

Er schüttelte Rudolf die Hand. Der hob den Pokal hoch, um ihn rundum zu zeigen, und kehrte, von allen beklatscht, zum Tisch zurück. Der Präsident wies mit geöffneter Hand hinter ihm her, als wollte er allen zeigen: Da geht der Sieger! Dann neigte er sich zum Mikrofon und sagte: »Nur noch ein letzter Satz, dann sind Sie alle erlöst: Das Buffet ist eröffnet!«

Der Vorhang zur Terrassenfront wurde aufgezogen, und wie eine perfekte Illusion stand draußen hinter einer langen Barriere weißgedeckter, mit Schüsseln, Platten, Wärmepfannen und Tellertürmen beladener Tische der Chef des Clubrestaurants mit seiner steilen Kochmütze, flankiert von zwei jungen Frauen, die über ihren langärmeligen weißen Blusen grüne Schmuckwesten mit silbernen Knöpfen trugen. Weder der Koch noch die beiden Frauen bewegten sich, was im Saal Laute des Erstaunens und Beifall auslöste. Dann drangen, noch vor den Essern, einige Leute mit Fotoapparaten gegen das Bild vor. Die drei Figuren hinter dem Buffet hatten diesen Angriff wohl erwartet und waren immer noch erstarrt.

Neben ihr hatte der Präsident wieder seinen Platz eingenommen. Er sprach mit seiner Frau. Ihr gegenüber brach Evelyn, begleitet von dem Chirurgen und dem Fabrikanten, zum Buffet auf. »Wollen wir auch gehen?« fragte sie Rudolf, der gerade die Glückwünsche von Leuten entgegengenommen hatte. »Gleich«, sagte er, »wenn es nicht mehr so voll ist.« Er nahm das unterbrochene Gespräch wieder auf. Der Präsident war immer noch im Gespräch mit seiner Frau. Rudolf stand auf, als zwei ältere Herren auf ihn zukamen, die ihr beide bekannt erschienen. Einer war ihrer Erinnerung nach ein Bankdirektor, mit dem er geschäftlich mehrfach zu tun hatte. Sie scherzten miteinander. Geschäftsgespräche waren in dieser Situation tabu, aber man pflegte die Kontakte.

Wo war Evelyn? Ungefähr in der Mitte des Buffets entdeckte sie zwischen dem weißen Dinnerjackett des Chirurgen und dem schwarzen Smoking des Fabrikanten das goldene Kleid. Es leuchtete unübersehbar in der langen Reihe vorgebeugter Rückenfiguren, die sich an den Schüsseln und Platten des Buffets vorbeischoben und ausgewählte, persönlich bevorzugte Speisen auf ihre Teller luden. Das war mein Kleid, dachte sie, aber nun gehört es ihr. Alle sehen es an ihr. Es ist ganz und gar ihr Kleid geworden, so selbstbewußt, wie sie es trägt. Sie selbst hätte das nicht fertiggebracht. Also mußte sie froh sein, für das Kleid eine gute Verwendung gefunden zu haben: eine so unbefangene hübsche Person wie ihre Schwester, die alle Menschen für sich einnahm. Wie ein Anhauch aus der Vergangenheit überkam sie wieder das demütigende Gefühl einer alten, unauflöslichen Benachteiligung, das sie nur verleugnen und verbergen, aber nicht widerlegen konnte, obwohl bei einem Vergleich der Lebensumstände von Evelyn und ihr alles für sie sprach. Sie war es schließlich, die ihrer Schwester großzügige Geschenke machte und ihr in schwierigen, meistens von ihr selbst verschuldeten Situationen immer wieder geholfen hatte. Evelyns Selbstbewußtsein, ihre Fähigkeit, blind zu glauben, daß sie etwas Besonderes sei, war davon nie angefochten worden. Das war gut für sie beide. Es gab ihnen Sicherheit. Ihr Gefühl, für Evelyns unruhiges, chaotisches Leben mitverantwortlich und zuständig zu sein, bestand daneben weiter. Sie schaute immer wieder nach ihr, ob sie bei ihr zu Hause anrief oder sie wie jetzt beobachtete, wie sie plaudernd, einen mit Vorspeisen beladenen Teller in der Hand, zwischen ihren beiden Begleitern vom Buffet zurückkehrte und sich wieder ihr gegenüber an den Tisch setzte.

»Habt ihr noch keinen Hunger?« fragte Evelyn.

»Du siehst doch: Rudolf redet. Und ich wollte das Gedränge abwarten. Was hast du denn Schönes mitgebracht?«

»Erst mal die Vorspeisen. Das reicht mir schon fast.«

Sie blickte auf ihren großen flachen Teller mit dem Clubwappen und zeigte darauf herum, als machte sie ihr ein Angebot: »Tomaten mit Mozarella, gefüllte Artischockenböden, Champignons, Roastbeaf. Das hier ist geräucherte Lachsforelle. Ich glaube, ich überschlage das Hauptgericht und räubere anschließend das Dessert.«

»Und was gibt es als Hauptgericht?«

»Geflügel und Wildragout hab ich gesehen. Püree und Spätzle.«

»Ich glaube, ich fange gleich damit an und laß die Vorspeisen weg.«

»Du kannst auch vorher eine Lauchcremesuppe nehmen.«

»Das habe ich zum Beispiel vorgezogen«, sagte der Chirurg. »Übrigens gibt es auch eine gut bestückte Käseplatte. Nur Wein fehlt uns noch.«

»Der ist im Anmarsch«, sagte der Präsident und hob die Hand, um den Getränkekellner herbeizuwinken.

»Dann gehe ich mal«, sagte sie.

Als sie zurückkam, waren Rudolf und auch der Präsident mit seiner Frau gerade zum Buffet gegangen. Sie hatte, in dem Gefühl, den ganzen Tag noch nichts Vernünftiges gegessen zu haben, das Ragout mit Spätzle und Preiselbeeren gewählt und ließ sich dazu einen roten Ahrburgunder einschenken. Evelyn und der Chirurg tranken ihr zu. Rudolf kam mit der Lauchcremesuppe zurück, der Präsident und seine Frau mit den Vorspeisen.

»Ich muß von Amts wegen alles würdigen«, sagte er.

»Das ist immer deine Entschuldigung«, sagte seine Frau.

»Wie ist dein Ragout?« fragte Rudolf.

»Sehr gut.«

»Unser Koch ist bekannt dafür«, bemerkte der Präsident.

»Dann werde ich mich wohl gleich anschließen«, sagte Rudolf.

Er löffelte seine Suppentasse aus und ging damit zum Buffet zurück, wo er, der Turniersieger, sofort wieder angesprochen wurde. Sie selbst hatte ihm noch nicht gratuliert. Aber das konnte sie immer noch tun. Sie musste ihm ihr Interesse an seinem Sieg zeigen. Am besten, wenn sie wieder zu Hause waren. Oder um es genauer zu sagen, wenn Evelyn ins Gästezimmer gegangen war und sie beide im Schlafzimmer allein waren. Dann konnte sie sagen: »Es wird ja schon langweilig, daß immer du gewinnst«. Doch sie war sich nicht sicher, ob er das als Kompliment verstehen würde. Vor nicht allzu langer Zeit hatte er einmal zu ihr gesagt: »Du bist die Meisterin der vergifteten Bewunderung.« Das hatte ihr gefallen. Solche Formulierungen bewunderte sie an ihm und forderte sie heimlich heraus. Es war eine komplizierte Form von Vertrautheit, die sich mit den Jahren zwischen ihnen entwickelt hatte. Sie ließ einfache, direkte Äußerungen von Zuneigung kaum noch zu. Beim Präsidenten und seiner Frau schien das ähnlich zu sein. Jedenfalls wenn sie in Gesellschaft waren. Wie es zu Hause war, wußte man nicht. Das Private war eine Dunkelkammer. Nicht immer nur für die anderen. Die Dunkelkammer der Sprachlosigkeit.

Als er mit dem Ragout zurückkam, sagte sie: »So ist das heute abend mit uns: Du kommst, ich gehe. Ich hole mir jetzt den Nachtisch.«

»Nichts dagegen einzuwenden«, sagte er. »Der Ahrburgunder ist gut?«

»Mir schmeckt er.«

»Ich glaube, ich probiere den Württemberger Royal …« Er blickte auf die gedruckte Karte.

»Vom Weingut Hohenlohe.«

»Respekt, Respekt«, sagte sie. »Du bist ja auch Turniersieger.«

Er antwortete nicht. Sie wusste, dass sie ihm mit dieser Bemerkung auf die Nerven gegangen war. Sie war ihr gegen ihre Absicht unterlaufen. Um davon abzulenken, sagte sie: »Wenn getanzt wird, kümmer dich bitte um Evelyn.«

»Wieso?« fragte er. »Sie hat doch jede Menge Zuspruch.«

»Ich weiß nicht. Das sieht wohl nur so aus.«

»Du definierst Gesellschaft«, sagte er. »Gesellschaft ist eine Ansammlung von Leuten, die nach was aussehen.«

»Und wenn sie nach nichts aussehen?«

»Kann man sich täuschen.«

»Gut, dann geh ich jetzt zum Dessert. Dann weiß ich wenigstens, was ich sehe.«

In die Cremes der Dessertschüsseln waren schon tiefe Krater und Schluchten gegraben, als sie sich einige Löffel braune und weiße Mousse und etwas Bayrische Creme auf ihren Teller lud. Evelyn, die ihr mit ihrem Teller entgegengekommen war, als sie zum Buffet ging, hatte sich großzügiger bedient. Sie hatte das mit einem Seitenblick wahrgenommen, den sie im selben Augenblick schäbig und beschämend fand. Es war lächerlich, wie sie immer auf alles achtete und moralisch bewertete, was Evelyn tat.

Was ich nicht verstehe, ist Einfachheit, dachte sie. Ich suche immer nach Gründen und Motiven. Evelyn ist immer sie selbst. Sogar wenn sie sich verstellt.

Während sie ihr Dessert löffelte, hastig, als müßte sie eine Spur beseitigen, wurden auf der Terrasse schon die Reste der Vorspeisen und der Hauptgerichte abgebaut.

»Gleich kommt die Band«, sagte der Präsident.

»Bin gespannt«, sagte sie und schob den letzten Rest Creme in den Mund.

»Tanzen Sie gerne?«

»Ja, doch, aber leider viel zu selten.«

»Man sieht Ihnen und Ihrer Schwester an, daß Sie gute Tänzerinnen sind.«

»Für meine Schwester stimmt das auch.«

»Verehrte, ich werde nicht zulassen, daß Sie Ihr Licht unter den Scheffel stellen, und bitte Sie im voraus um den ersten Tanz.«

»Gerne. Aber was sagt Ihre Frau dazu?«

»Sie hat eine Knieoperation gehabt und findet, daß ich mich bewegen soll. Aber ich sollte wohl Ihrem Mann den Vortritt lassen?«

Eigentlich wäre das richtig, dachte sie. Aber mit dem forschen Tonfall lächelnder Koketterie sagte sie: »Kommt überhaupt nicht in Frage. Ich bin für freien Wettbewerb, und den haben Sie gewonnen.«

»Jetzt sind die Maßstäbe aber sehr hoch. Ihr Mann ist der Turniersieger.«

»Und Sie sind der Präsident. Das weiß ich zu schätzen. Übrigens, das wollte ich Ihnen noch sagen: Sie haben eine brillante Rede gehalten.«

»Danke. Das freut mich«, sagte er. »Sie werden es nicht glauben, aber ich habe immer ein wenig Lampenfieber.«

»Das macht es vielleicht gerade so gut.«

»Möglich. Aber mit dem ersten Satz muß man seine Sicherheit finden. Das ist auch wichtig für das Publikum.«

»Das stimmt«, sagte sie. »Man will sich beruhigt zurücklehnen können, weil man spürt, daß nichts schiefgehen kann.«

»War das denn so?« fragte er geschmeichelt.

Und während sie antwortete: »Ja, durchaus. Ganz stark sogar«, fuhr es ihr durch den Kopf, daß diese Art von nachdrücklicher Bestätigung das war, was Männer bei ihr suchten und was sie ihnen instinktiv gab. Auch Rudolf hatte das in seinen Aufstiegsjahren im Überfluß von ihr bekommen. Doch inzwischen schien er weniger darauf angewiesen zu sein. Das zeigte sich nicht als Zurückweisung, nur als eine zunehmende Unempfindlichkeit oder eine nachlassende, schematischer werdende Reaktion, die verschiedene, in den jeweiligen Situationen liegende Ursachen haben mochte und mit den Jahren auch normal war. Vielleicht hatte sie sich von diesem Fest einen neuen Impuls für ihre Ehe versprochen. Nun erschien ihr das Fest als eine zähe Masse, in der sie sich schwerfällig bewegte.

Aber es war noch lange nicht zu Ende. Jetzt begann erst die Musik und, worauf die meisten, nicht nur Evelyn warteten, das Tanzen.

Sie wollte mit dem Präsidenten flirten, den sie anscheinend, ohne es darauf angelegt zu haben, auf sich aufmerksam gemacht oder sogar herausgefordert hatte, als sie mit ihm über die Einladung von Evelyn gesprochen hatte. Wahrscheinlich würde Rudolf verärgert sein, wenn sie den ersten Tanz nicht mit ihm machte, hier vor diesem an allen Neuigkeiten interessierten Publikum, das sie beobachten und über alles reden würde. Vielleicht war es aber gar nicht so schlecht, ihn etwas zu irritieren. Schockieren wollte sie ihn nicht. Deshalb sagte sie ihm, als der Präsident zu den Musikern gegangen war, um sie zu begrüßen und anzukündigen:

»Du, ich werde den ersten Tanz mit dem Präsidenten machen. Er hat mich gerade darum gebeten.«

»Ach ja?« sagte er, und ein schiefes, ironisches Lächeln verzog sein Gesicht: »Dann will ich für dich hoffen, daß er passabel tanzen kann.«

»Ist nicht so wichtig«, sagte sie.

Er zuckte mit den Achseln, und sein Gesicht verschloß

sich zu einem Ausdruck von Desinteresse und Ablehnung, während die Stimme des Präsidenten mit künstlicher Begeisterung die Band ankündigte, die, wie er sagte, »zur allgemeinen Einschwingung in den musikalischen Teil des Abends« mit einem langsamen Walzer beginnen werde.

»Liebe Freunde, liebe Gäste«, sagte er mit aufmunternder Stimme, »die Diamonds bitten zum Tanz!«

Gleich mit dem ersten Takt sah sie ihn auf sich zukommen: eine fremde, zielstrebige, nicht aufzuhaltende Gestalt, die ein werbendes Lächeln ihr entgegentrug. Rudolf hatte sich abgewandt. Um das zu respektieren, vor allem aber um sich selbst einen unangenehmen, verkrampften Augenblick zu ersparen, ging sie dem Präsidenten ein paar Schritte entgegen und ließ sich von ihm auf die Terrasse führen, wo gleichzeitig andere Paare eintrafen, auch Evelyn mit dem Chirurgen und der Fabrikant mit seiner Frau, wenn es denn seine Frau war, und mit den ersten Schritten kam dieses wiegende Gehen zu zweit in Gang, das ihr in diesem Augenblick außerordentlich befremdlich erschien.

Allmählich gewöhnte sie sich. Der Präsident führte sie exakt, mit der hölzernen Steifheit eines älteren Mannes. Es störte sie, daß er anhaltend redete und sie nötigte, dauernd, wenn auch nur lakonisch, auf ihn einzugehen. Als sie zum Tisch zurückkamen, war Rudolf verschwunden. Dann entdeckte sie, daß er mit dem Mann an der Bar stand, der schon vorhin ziemlich lange mit ihm geredet hatte. Sie fürchtete, daß er sich von ihr und dem Fest zurückgezogen hatte, und ein Gefühl aus Trotz und Ärger kam in ihr auf, hinter dem sie wie einen dunklen Grund eine nicht mehr zu ändernde Enttäuschung ahnte, vor der sie Angst hatte.

Sie trank ihren Rotwein aus und schob dem vorbeikommenden Getränkekellner ihr leeres Glas hin, damit er es wieder füllte, und nahm gleich einen neuen Schluck. Wenn ich das Glas mit einem Zug austrinke, werde ich betrunken sein, dachte sie. Der Gedanke war nicht nur abschreckend. Eine dunstige Undeutlichkeit in ihrem Kopf würde alles einebnen, alles verhüllen, und ihre mühsam unterdrückte Müdigkeit würde sich Bahn brechen. Vielleicht konnte sie sich dann verabschieden, ein Taxi nehmen und nach Hause fahren. Evelyn konnte sich an ihrer Stelle um Rudolf kümmern, was ihr im Augenblick als kein schlechter Gedanke erschien.

Als der nächste Tanz begann, stand unerwartet der Chirurg neben ihr und verbeugte sich stumm. Da er nichts sagte, ging sie ebenfalls stumm, als folgten beide einer unwidersprechbaren Weisung, neben ihm zur Tanzfläche, wo er seinen Arm um sie legte. Er tanzte ähnlich steif wie der Präsident, hielt sie aber viel enger umfaßt. Er studiert mich, dachte sie. Er probiert mich aus. Und in einem Bedürfnis nach Vergeltung und wiedererwachtem Trotz ließ sie sich willig auf das intime körperliche Gedränge ein. Vielleicht konnte Rudolf sie sehen. Wenn ja, dann war ihr das nur recht. Sie schob ihre Hand, die leicht auf dem Oberarm des Mannes lag, bis auf seine Schulter hoch, als wollte sie sich dort, dicht neben seinem Hals, festhalten, um ihn noch näher an sich zu ziehen.

Neben ihr tauchte Evelyn mit einem jüngeren Mann auf, der sie von einem entfernten Tisch aus erspäht haben mußte und vielleicht durch den halben Saal auf sie zugeeilt war. Im Vorbeikommen sah sie, wie sie mit ihrem Partner ein paar Worte wechselte und lächelte. Dann waren sie hinter ihr verschwunden, und das fremde Gewühl umschloß sie.

Wo Rudolf geblieben war, wußte sie nicht. Einen Moment lang sah sie wie ein Stilleben ihr halb geleertes Rotweinglas auf dem Tisch stehen und etwas davon abgesetzt den Präsidenten, der sich mit seiner Frau unterhielt. Immer noch eng umschlungen vom Arm ihres Tanzpartners glitt sie an der Band vorbei, wo der Saxophonist gerade seinen Oberkörper zurückwarf und mit hochgerissenem Instrument eine Kadenz in den Raum schmetterte, die den Tanz beendete. Alle klatschten. Die meisten Paare blieben stehen und warteten auf den nächsten Tanz. Sie hatte alles Interesse verloren. Doch da sie nicht allein am Tisch sitzen wollte, ließ sie sich auf den nächsten Tanz ein, entschloß sich aber, etwas mehr Distanz zu halten. Als der Chirurg sie nach dem Tanz zu ihrem Platz brachte, saß Rudolf dort.

»Amüsierst du dich?« fragte er.

»Es geht. Ich bin etwas müde.«

»Aber wir müssen auch einmal tanzen.«

»Was heißt ›müssen‹?« fragte sie.

»Je nachdem«, sagte er. »Zwang oder Drang.«

»Ich akzeptiere beides«, sagte sie.

Der nächste Tanz war ein Swing. Sie sah, daß der Chirurg fragend zu ihr herüberblickte, und schüttelte den Kopf. Dann ging sie mit Rudolf zur Tanzfläche.

»Wie lange haben wir nicht mehr zusammen getanzt?« fragte sie.

»Keine Ahnung.«

»Schlimm genug.«

»Das sehe ich auch so«, sagte er und legte seinen Arm um ihre Taille. »Machen wir es also wieder gut.«

Wie einen frischen Luftzug spürte sie ihre Erleichterung. Wir verstehen uns noch immer, dachte sie.

Sie tanzten drei Tänze hintereinander, bevor sie zu ihrem Platz zurückkehrten. Wenn es nach ihr gegangen wäre, hätte sie immer weiter getanzt. Doch Rudolf, bei dem sich wohl die Anstrengung des Turniers bemerkbar machte, schien es erst einmal zu reichen.

»Ich fühle mich so entspannt«, sagte sie. »Die letzten Wochen waren eine einzige Hetze. Das ist auf die Dauer nicht gut für uns.«

»Ja«, sagte er.

»Wir müßten einfach mal wieder für zwei oder drei Wochen verreisen.«

»Aber dann staut sich alles wieder, wenn wir zurückkommen.«

»Trotzdem. Zwischendurch muß man Kraft schöpfen, damit man noch weiß, woran man ist.«

»Weißt du es nicht mehr?«

»Nicht immer.«

»Wir sind das, was wir uns erarbeitet haben. Anders als durch harte Arbeit war es für uns nicht zu haben. Auch dieses Fest hier nicht.«

»Ich weiß«, sagte sie. »Aber muß es immer in derselben Weise weitergehen?«

»Frag mich was Leichteres«, sagte er.

Sie spürte seine untergründige Ungeduld, konnte es aber nicht lassen, ihn wieder darauf hinzuweisen, was für sie das Kernproblem war: »Du mußt dir Hilfskräfte anschaffen, ein Team tüchtiger Mitarbeiter, sonst übernimmst du dich.«

Er antwortete nicht.

Sie suchte seinen Blick, der irgendwo in den Saal gerichtet war, und um ihn zurückzuholen und zu beschwichtigen, sagte sie: »Ich will das jetzt nicht diskutieren. Aber du wirst bald gezwungen sein, darüber nachzudenken.«

Wieder schwieg er. Dann sagte er, als wollte er ihre kritischen Einwände wie nebenbei wegwischen und das Gespräch beenden: »Ich delegiere doch bereits eine Menge Arbeit an die Firmen, mit denen ich zusammenarbeite.«

Der Druck des ungelösten Problems lag wieder bei ihr. Sie wußte, daß sie nicht mehr viel sagen durfte, fühlte sich aber verpflichtet, seine letzte Bemerkung nicht unkommentiert stehen zu lassen, und sagte leise, als spräche sie nur noch für sich und böte ihm an, es zu überhören: »Gebessert hat das bisher nichts.«

Sie hatte nicht damit gerechnet, daß er noch einmal antworten würde. Doch er sagte in einem Ton, der Selbstbeherrschung und Verständnisbereitschaft signalisierte, aber weitere Einwände ihrerseits ausschloß: »Du siehst immer nur einen Aspekt der Sache.«

Sie schaute ihn eindringlich an und hoffte, daß er erkennen würde, was sie ihm auf diese stumme Weise zu übermitteln versuchte: daß sie noch so viel zu sagen hatte, weil sie fürchtete, daß seit einiger Zeit in ihrem gemeinsamen Leben etwas grundsätzlich falsch lief, und sie Angst hatte, daß er es aus irgendeinem undurchschaubaren, selbstzerstörerischen Grund nicht sehen und nicht hören wollte. Sie hatte das Gefühl, bis zum Rand von ihrer Einsicht in die zunehmende Falschheit ihres Lebens erfüllt zu sein, ohne es ihm klarmachen zu können. Und so sagte sie nur: »Entschuldige, ich nerve dich.«

Etwas schien er zu ahnen von dem Aufruhr ihrer Gefühle, ihrem inneren Druck. Oder er hatte sich nur versöhnen lassen durch ihre Entschuldigung, die für sie die Vergeblichkeit ihrer Einwände besiegelte und so wohl auch von ihm verstanden und angenommen worden war, denn er sagte: »Ist ja gut.«

Dann griff er nach seinem Weinglas und forderte sie durch seine Geste auf, auch ihr Glas zu heben und mit ihm zusammen einen Beruhigungs- und Verständigungsschluck zu trinken.

»No problems after eleven o'clock«, sagte er.

Danach saßen sie schweigend nebeneinander und schauten auf die Tanzfläche, wo im Trubel der Paare ab und zu die lockigen Haare und das goldene Kleid Evelyns zu sehen waren. Sie wirkte heiter und beschwingt und wurde anscheinend ständig zum Tanz aufgefordert. Nur in kurzen Tanzpausen war sie ihnen gegenüber am Tisch zu sehen gewesen.

»Du mußt endlich auch mal mit Evelyn tanzen«, sagte sie.

»Ich weiß. Aber es ist ja schwer, an sie heranzukommen, so gefragt, wie sie ist.«

Sie sagte es zwar nicht, aber sie konnte ihn verstehen. Der offensichtliche Andrang von allen Tischen in der Nähe war für einen Mann wie Rudolf Grund genug, sich zurückzuhalten, zumal Evelyns gleichbleibende Freundlichkeit und Lebhaftigkeit den Eindruck erweckte, daß alle Männer, die sich um sie bemühten, für sie austauschbar waren. Im Grunde blieb sie immer bei sich. Und Rudolf, der ähnliche Tendenzen hatte, spürte das vielleicht. Obwohl sie nicht glaubte, daß er es erkannte, denn er neigte eher dazu, subtile Probleme anderer Menschen, die ihn betreffen und irritieren konnten, zu übersehen.

»Hör mal«, sagte sie, »ich muß dir das doch nicht erklären. Wenn sie gleich zum Tisch zurückkommt, machst du ihr ein Zeichen. Dann brauchst du dich nicht anzustellen. Sie wartet doch bestimmt darauf.«

»Danke«, sagte er. »Schick mir deine Rechnung.«

»Wie bitte?« fragte sie.

»Für die Beratung«, sagte er.

»Was bist du bloß für ein spitzfindiger Idiot.«

Er grinste. Es gefiel ihm, wenn sie auf diese Weise antwortete. Es war so, als begegneten sie sich auf einem schmalen Grat und prüften gegenseitig ihre Standfestigkeit. Aber in diesem Augenblick wurden sie von zwei Personen, die an ihren Tisch kamen, auseinandergerissen. Die eine war ein grauhaariger Clubkamerad, der zum Vorstand gehörte und irgend etwas mit Rudolf besprechen wollte. Die andere, die einige Sekunden später auftauchte, war der Fabrikant, der sie um den nächsten Tanz bat. Wie praktisch, dachte sie, dann brauche ich nicht dumm daneben zu sitzen, wenn die beiden ihre Interna bereden.

Der Fabrikant war ein kleiner kompakter Mann, gerade so groß wie sie. Aber es stellte sich heraus, daß er vorzüglich tanzte. Das gab ihr Sicherheit, als sie an dem Chirurgen vorbeikamen, der eine andere Frau im Griff hatte und dabei zu ihr hinüberschaute. Kurz danach trafen sie auf Evelyn und einen ihrer vielen Partner. Sie veranlaßte den Fabrikanten, dicht neben den beiden zu tanzen, damit sie miteinander reden konnten. Und war es Verlegenheit oder Freude – sie hörte sich zu ihrer eigenen Überraschung in ungewohnter Zärtlichkeit sagen: »Hallo Schwesterlein, lange nicht gesehen! Wie geht's dir, mein Schatz?«

»Wunderbar!« antwortete Evelyn.

Etwas Besseres war ihr wohl nicht eingefallen. Aber das Wort stimmte. Sie sah wunderbar lebendig aus.

»Rudolf will auch gleich mit dir tanzen«, sagte sie noch und dirigierte ihren wendigen Tänzer in eine andere Richtung.

Rudolf saß wieder allein am Tisch, als sie zurückkam. Anscheinend hatte es sich nur um eine wichtigtuerische Belanglosigkeit gehandelt, die da so eilig besprochen werden mußte. Er hielt es auch nicht für nötig, ihr davon zu erzählen. Die Band hatte eine Pause angekündigt, aber die Musiker waren bei ihren Instrumenten geblieben. Sie tranken etwas und redeten miteinander, vielleicht verständigten sie sich darüber, was sie gleich spielen wollten. Draußen war es seit einiger Zeit dunkel. Im Hintergrund der beleuchteten Terrasse konnte man einige schwarze Baumwipfel vor dem Dunkelblau des Nachthimmels sehen. Die Luft war immer noch lau. Die Getränkekellner brachten vor allem Mineralwasser und mit einem Schuß Sekt gemischte Obstsäfte an die Tische. Evelyn war nicht an den Tisch zurückgekommen.

Vielleicht war sie nach dem Ende des Tanzes allein oder mit ihrem Partner ein Stück in den Golfpark hinausgegangen, den sie bei ihrer Ankunft so bewundert hatte.

Doch nun sah sie, daß Evelyn bei den Musikern stand und eifrig mit ihnen redete. Sicher erzählte sie ihnen, daß sie eine Zeitlang in einer ähnlichen Band gesungen hatte. Sie hing an diesen Erinnerungen. Es war für sie eine glückliche Zeit gewesen. Das Ende der Band, an dem sie anscheinend nicht schuld gewesen war, hatte sie mehr geschmerzt als das Scheitern all ihrer anderen Unternehmungen.

Schade, dachte sie, die Pause wäre für Rudolf eigentlich

eine gute Gelegenheit gewesen, um mit Evelyn zu sprechen und den nächsten Tanz zu verabreden. Aber sie wollte ihm damit nicht schon wieder auf die Nerven gehen. Er wußte ja selbst, was fällig war. Man durfte ihn nicht drängen. Dann tat er alles, was getan werden mußte, so wie heute morgen, als er Evelyn an der Bahn abgeholt hatte.

Die Pause dauerte ziemlich lang. Sie glaubte schon Unruhe im Saal zu spüren, ein Ansteigen des Stimmenpegels, das ihr bedrohlich erschien, weil Evelyn und die Musiker unbeirrt weiterredeten. Aber jetzt schienen sie an ein Ende zu kommen. Sie schienen sich auf etwas geeinigt zu haben. Tatsächlich ging der Saxophonist, der offenbar der Bandleader war, ans Mikro, spielte einen kurzen musikalischen Tusch, der das Stimmengewirr allmählich verstummen ließ, und sagte dann: »Bevor wir mit dem zweiten Teil beginnen, kann ich Ihnen eine erfreuliche Mitteilung machen. Die meisten von Ihnen werden ja bemerkt haben, daß wir heute nicht in voller Stärke auftreten konnten, weil unsere Sängerin leider erkrankt ist. Nun hat sich ein glücklicher Zufall ergeben: Wir haben unter unseren Gästen eine Jazzsängerin, die sich bereit erklärt hat, auch ohne vorherige Probe ihr Lieblingslied für uns zu singen. Es handelt sich um einen Evergreen, den wir glücklicherweise auch präsent haben. Also haben wir beschlossen, es miteinander zu versuchen. Als Künstlernamen hat unsere Sängerin schlicht ihren Vornamen genannt, unter dem sie auch bekannt geworden ist. Es singt ...« – er machte eine Pause, bevor er im plakativen Stil eines Entertainers in den Saal rief: »Evelyn!«

Fassungslos vor Schreck sah sie, wie Evelyn, empfangen vom Beifall und Rufen der Überraschung, mit wenigen Schritten aus dem Hintergrund hervortrat, nach mehreren

Seiten lächelte und nickte und sich fragend nach den Musikern umblickte, die, wie es ihr, der erstarrten ohnmächtigen Zuschauerin von ihrem Platz aus erschien, in götzenhafter Gleichgültigkeit hinter ihren Instrumenten saßen.

Mein Gott, was machte Evelyn da? Und was machte man mit ihr? Wollte man sie vor diesem Publikum der Lächerlichkeit preisgeben? Der Auftritt des Ansagers war ihr wie eine verhohlene Parodie erschienen und würde sich für alle nachträglich als bewußte Parodie herausstellen, wenn Evelyn versagte. Bei diesem Gedanken spürte sie schon die Scham voraus, die sie überkommen würde, wenn der Auftritt schiefging und zu einer viel erzählten ironischen Anekdote im Club werden würde. Sie konnte sich auch die verständnisvollen, begütigenden Worte mancher Leute vorstellen und die kalte Wut, mit der Rudolf auf die Blamage reagieren würde.

Evelyn war jetzt zum Mikrofon gegangen und hatte es auf ihre Höhe eingestellt, was ja eigentlich einer der Musiker für sie hätte tun sollen. Aber das schien sie nicht zu irritieren. Sie nickte, als wollte sie sagen, »so, wir können anfangen«, und sagte mit ihrer klaren ruhigen Stimme ins Mikrofon: »Das Lied, das ich jetzt für Sie singen werde, hat den Titel ›As time goes by‹. Es handelt davon, daß es einige Dinge im Leben gibt, die wichtig sind und bleiben werden, auch wenn die Zeit vergeht.«

Sie nickte den Musikern zu, die daraufhin einsetzten, während sie, in sich gekehrt oder lauschend, vor sich auf den Boden blickte. Ihre Hände, die sich vor ihrem Leib gegenseitig festhielten, verrieten ihre Spannung.

Es war ein Slow, mit dem typischen weichen und schleppenden Rhythmus, den der Baß vorgab und der von den

Tongirlanden des Klaviers umspielt wurde und sich immer mehr anreicherte, als die anderen Instrumente dazukamen, zuletzt, weich und dunkel, das Saxophon. Die Band spielte zur Einstimmung die ganze Melodie des Songs durch, um dann zum Anfang zurückzukehren und in der Wiederholung, ein wenig gedämpfter, der Stimme den Vortritt zu lassen.

Evelyn hatte bei den letzten Takten ihre Hände gelöst und sich aufgerichtet. Und nun sang sie. Sie hatte keine große Stimme, aber eine, die hell, weithin verständlich und einfach war, ohne jeden eitlen Schnörkel und ohne Getue. Das Lied, das sie so natürlich sang, schien Ausdruck ihrer persönlichen Erfahrung zu sein. Das spürten die Leute, und sie hörten ihr zu. Sie hatte ihnen etwas mitzuteilen, das vielleicht viele vergessen hatten, weil es von den Dringlichkeiten des Tages überlagert und allmählich verschüttet worden war, aber für sie, so natürlich und überzeugend wie sie davon sang, auch in seiner Alltäglichkeit das Wichtigste im Leben darstellte. Sie drängte es jedoch niemandem auf. Sie erinnerte nur daran:

»You must remember this
A kiss is still a kiss
A sigh is just a sigh
The fundamental things apply
As time goes by.

And when two lovers woo
they still say, I love you'
On that you can rely
No matter what the future brings
As time goes by.«

Evelyn hatte die beiden Strophen ruhig stehend gesungen. Nun versetzte ein Wechsel des Rhythmus sie in eine sanft wiegende Schwingung. Auch der Text änderte sich, als habe er eine höhere Stufe der Gewißheit erreicht.

»Moonlight and love songs
Never out of date
Hearts full of passion
Jealousy and hate
Woman needs man
And man must have his mate
That no one can deny.«

Der Gesang brach ab. Einige Takte lang übernahm die Band allein die Führung. Und wie sie es offensichtlich verabredet hatten, winkte Evelyn den Saxophonisten zu sich, und gemeinsam sangen sie die Schlußzeilen des Songs:

»It's still the same old story
A fight for love and glory
A case of do or die!
The world will always welcome lovers
As time goes by.«

Als sie endeten und sich lächelnd die Hand gaben, brach der Beifall los. Sie verbeugten sich gemeinsam. Dann wies der Saxophonist auf Evelyn und zog sich zu der Band zurück. Evelyn verbeugte sich mehrmals und winkte dann die Musiker zu sich, die sich hinter ihr aufstellten und ebenfalls mit hochgehobenen Händen ihr Beifall klatschten. Es war die große Schlußzeremonie einer glücklichen Premiere. Neben ihr klatschte Rudolf wie die anderen ringsum. Über seine Schulter hinweg sagte er »großartig«, blickte wieder nach vorne und klatschte weiter. Evelyn, die im Halbkreis von den Musikern umgeben war, schaute jetzt zu ihnen herüber und winkte. Sie konnte es nur undeutlich sehen, weil ihre Augen voller Tränen standen. Peinliche Tränen, die sie verstohlen mit dem Handrücken aus den Augenwinkeln wischte, die aber immer wieder nachflossen. Evelyns Gesang und ihr unerwarteter Erfolg hatten so viel Widersprüchliches und Verwirrendes in ihr aufgewühlt, daß sie sich im Augenblick nicht unter Kontrolle hatte. Gut, daß Rudolf nicht mehr da war. Er hatte nur kurz gesagt »ich geh jetzt mal zu ihr rüber« und war verschwunden.

Inzwischen nahmen die Musiker wieder bei ihren Instrumenten Platz, und der Bandleader sagte durchs Mikrofon, auf mehrfach geäußerten Wunsch würden sie den soeben gehörten Slow noch einmal spielen. Diesmal allerdings ohne Text, nur zum Tanzen. »Ich hoffe, Sie können sich alle noch mal in die Stimmung einfühlen. Viel Vergnügen mit ›As time goes by‹!«

Von allen Seiten eilten Paare zur Terrasse. Wahrscheinlich waren Rudolf und Evelyn dabei, aber sie konnte sie nicht entdecken. Auch sie wurde aufgefordert und zögerte einen Augenblick. Aber sie wollte nicht alleine am Tisch sitzen bleiben und ließ sich in das Gedränge auf der Terrasse begleiten. Ihr Tanzpartner gehörte zum Club. Sie kannte ihn nur vom Sehen und war nicht daran interessiert, ihn kennenzulernen. Am liebsten wollte sie nur stumm mit ihm tanzen und nur für sich sein oder außerhalb von sich. Aber er sagte, um eine Unterhaltung bemüht und wohl auch, weil er wirklich beeindruckt war: »Ich fand diesen spontanen Auftritt ganz hervorragend.«

»Und warum?« fragte sie.

»Ich glaube, was das Publikum begeistert hat, das war die von ihr verkörperte Botschaft, daß Liebe etwas Einfaches und Leichtes ist. Das hat allen gefallen.«

»Ja, das stimmt.«

Nach einer Weile fragte sie: »Aber ist Liebe denn etwas Leichtes?«

»Eher nicht«, meinte er. »Aber während sie gesungen hat, konnte man es glauben.«

Ich konnte es nicht glauben, dachte sie. Es ist mir nicht gegeben, es zu glauben. Vielleicht weil ich es nie erlebt habe. Oder habe ich es vergessen?

In einer Lücke des Gedränges entdeckte sie Rudolf und Evelyn, die sich ähnlich eng umfaßt hielten, wie sie und der Chirurg es getan hatten. Doch es hatte nichts Gewaltsames. So wie sie es gesehen hatte, waren sie wie miteinander verschmolzen. Und es war nicht nur die Enge auf der überfüllten Tanzfläche, die sie dazu nötigte.

Um nicht mit ihnen zusammenzutreffen, bemühte sie sich, ihren Partner unauffällig an den Rand der Tanzfläche zu lenken. Er spürte es und gab nach. Es war kein schwerfälliger Mensch, aber sie hatte für ihn keine Aufmerksamkeit. Eine innere Stimme versuchte ihr einzureden, daß alles gut gelaufen sei. Die Spannung zwischen Rudolf und Evelyn hatte sich aufgelöst. Alles hatte sich genau so entwickelt, wie sie es gewollt hatte. Nur daß ihr eigener Platz momentan nicht mehr so deutlich war, wie sie es für ihre eigene Sicherheit brauchte. Es war wohl einfach ein momentaner Mangel an Bestätigung, der es ihr nicht erlaubte, den Abend so zu genießen wie alle anderen. Es war eine Schwäche, die sie nicht bei sich dulden wollte.

Als der Tanz zu Ende war, wollte ihr Partner sie zum

Tisch zurückbringen, aber sie sagte, daß sie ein Stück in den Golfpark hineingehen wolle, um Luft zu schnappen.

»Darf ich Sie begleiten?« fragte er.

»Danke«, sagte sie, »ich möchte lieber alleine gehen.«

»Verstehe«, sagte er.

»Nein, Sie verstehen es nicht. Sie können es doch gar nicht verstehen.«

»Natürlich nicht«, sagte er.

»Bitte entschuldigen Sie mich. Es tut mir leid.«

Abrupt wandte sie sich ab und ging eilig den dunklen rutschigen Grashang hinunter. Hinter ihr, nun schon ferner gerückt, begann wieder die Musik. Als sie sich umdrehte, sah sie oben auf dem Hügel das Clubgebäude und das Gedränge der Tanzenden auf der erleuchteten Terrasse geschrumpft zu einem kleinen seltsamen lärmenden Bild in dem weiten Nachtdunkel, das sie umgab. Verloren in diesem Anblick stand sie da, bis sie mit kurzer Verzögerung begriff, daß die Musik zu Ende war und die meisten Tanzenden wieder ins Haus zurückgingen. Ein einziges Paar kam den Hang hinunter. Wenn das Rudolf und Evelyn waren, dann wollte sie ihnen nicht begegnen. Mehr als diesen einen Gedanken erlaubte sie sich nicht. Sie wollte sich auf nichts Weiteres einlassen, sondern ihnen nur aus dem Weg gehen.

In einem weiten Bogen umging sie das Haus und sah auf dem Parkplatz, wie einige Gäste in ihre Autos stiegen und wegfuhren. Das Zuschlagen der Türen, das Anspringen der Motoren und das Aufleuchten der Scheinwerfer gab dem Aufbruch eine merkwürdige Entschlossenheit. Überall waren schon Lücken in den Reihen der geparkten Autos entstanden. Aber als sie über die Vortreppe in das Haus zurückkehrte, schlug ihr wieder Musik entgegen. Rudolf und

Evelyn waren nirgendwo zu sehen. Vielleicht tanzten sie wieder. Viele Tische hatten sich gelichtet, und die Getränkekellner schienen sich zurückgezogen zu haben. Die Frau des Präsidenten, die ohne ihren Mann am Tisch saß, der wieder irgendwo in ein Gespräch verwickelt war oder einen letzten Pflichttanz absolvierte, lächelte ihr einladend zu: »Setzen Sie sich doch ein bißchen zu mir.«

»Gerne«, sagte sie.

»Langsam löst sich hier alles auf!« sagte die Frau des Präsidenten. »Das ist immer eine eigenartige Stimmung. Als junges Mädchen und auch noch als junge Frau fand ich das schrecklich traurig, weil ich einfach nicht loslassen wollte. Es war eben nie genug.«

»Und wie finden Sie es jetzt?«

»Auch ein wenig traurig, aber nur in einem ganz allgemeinen Sinn. Weil eben immer alles zu Ende geht. Für mich ist das wie ein Theaterstück, das ich kenne, das mich aber immer wieder interessiert.«

Sie machte eine Pause, die von ihrem Lächeln ausgefüllt war. Dann sagte sie: »Ich habe immer sehr gerne getanzt. Genauso wie mein Mann. Jetzt trage ich ein Abendkleid, um meine Kniemanschette zu verbergen.«

»Aber das Kleid steht Ihnen gut.«

»Na ja, na ja. Ich bleibe nicht mehr lange vor einem Spiegel stehen. Lieber sehe ich mir Frauen wie Sie und Ihre Schwester an. Der Auftritt Ihrer Schwester war der Höhepunkt des Festes. So viel Charme sieht man selten. Wo ist sie denn geblieben?«

»Ich glaube, sie tanzt gerade mit meinem Mann.«

»Ja, so sind die jungen Frauen. Es ist ihr Vorrecht, so ein Fest auszukosten. Wie ich es beobachtet habe, hat sie keinen Tanz ausgelassen. Ich hatte übrigens auch eine jüngere Schwester. Sie ist vor zwanzig Jahren bei einem Autounfall umgekommen.«

»Ach, das ist ja schrecklich.«

»Es war ein riesiger Schock. Zumal wir nicht genau wissen, wie oder warum es passiert ist.«

»Hatten Sie denn Grund, an etwas anderes als an einen Unfall zu denken?«

»Ja und nein. Aber eigentlich nicht. Sie war übrigens nicht allein im Wagen. Es war noch ein Mann bei ihr. Ein verheirateter Mann. Der hat den Unfall auch nicht überlebt.«

»Ach so.«

»Ich habe lange nicht an sie gedacht. Aber Ihre Schwester hat mich wieder an sie erinnert. Nicht von der äußeren Ähnlichkeit her, sondern im Wesen. Sie hatte auch diesen besonderen Charme, diese Leichtigkeit. Sie nahm das Leben wie ein Fest, jedenfalls in den guten Zeiten.«

Ihre Gedanken schienen auf Erinnerungspfade geraten zu sein. Sie blickte vor sich hin. Ihr Gesicht erschlaffte, und feine Falten zeigten sich um Mund und Augen. Dann sagte sie: »Nachträglich fragt man sich, ob man etwas versäumt hat. Aber das ist Unsinn. Ich habe es nur gedacht, weil wir uns manchmal gestritten haben. Sie konnte auch ein Biest sein, manchmal, wenn sie fand, daß ich zu streng mit ihr war. Nachträglich denke ich, wir hatten immer beide recht und beide unrecht.«

Wieder lächelte sie. Ein Lächeln, das alles, was sie gesagt hatte, zusammenfaßte und überbrückte. Es schien zu heißen: So ist das Leben nun mal. Da kann man nichts machen.

Plötzlich kam ein neuer lebhafter Ausdruck in ihr Gesicht.

»Dahinten sehe ich gerade Ihren Mann und Ihre Schwester«, sagte sie unvermittelt.

Sie blickte sich um und sah Rudolf und Evelyn von der Terrasse her auf sich zukommen und wandte sich sofort wieder ab. Ihre Stimme klang belegt, als sie sagte: »Nun haben sie wohl genug getanzt.«

»Immerhin, nun sind sie ja pünktlich wieder da. Im Unterschied zu meinem Mann, der natürlich tausend gute Gründe hat, überall herumzuschwirren. Never mind. Schön, daß wir uns ein bißchen unterhalten konnten.«

»Das finde ich auch«, sagte sie mit dem Ton der Überzeugung und spürte, wie sich ihre Verspanntheit löste.

»Wir sollten allmählich mal ans Aufbrechen denken«, sagte Rudolf, als er zu ihr trat. Trotz dieser lässigen Formulierung merkte sie, daß er ungeduldig war. Vielleicht nur, weil er etwas, das er sich vorgenommen hatte, immer sofort verwirklichen wollte. Ihr war das diesmal recht, denn sie war müde. Und sie versprach sich noch ein paar beruhigende gemeinsame Minuten vor dem Einschlafen. Wie der aufgewühlte Bodensatz in einem Glas würden die Aufregungen des Abends zu Boden sinken, und dann würde alles wieder an seinem gewohnten Platz sein.

Bis auf ein paar einsilbige Bemerkungen, die Rudolf über das Fest und die Leute machte, und einigen kurzen Ergänzungen von ihr verlief die Heimfahrt schweigsam. Evelyn, die auf dem Rücksitz saß, sagte nichts. Als sie ins Haus traten und in der Diele und im Wohnzimmer das Licht einschalteten, hatte sie das Gefühl, daß sie das Haus aus seinem Schlaf rissen und einen Anspruch anmeldeten auf die Fortsetzung des unterbrochenen Lebens. Aber das schien unmöglich zu sein. Sie mußten erst einmal eine Nacht schlafen, um dann am nächsten Morgen weiterzumachen wie vor dem Fest. Auch Evelyn schien das zu spüren, denn sie sagte gleich: »Ich geh schon mal hoch.« Zum Gästezimmer, das sie wie immer bewohnte, gehörte eine eigene Dusche. Das Badezimmer blieb Rudolf und ihr vorbehalten, und da sie nie zu zweit hineingingen, ließ er ihr wie gewohnt den Vortritt.

Sie war fast eingeschlafen, als er kam und sich neben sie ins Bett legte. Wartete er darauf, daß sie etwas sagte oder ihm ein Zeichen gab, daß sie noch nicht schlief? Er rührte sich nicht, lag anscheinend auf dem Rücken. Nicht seine gewohnte Einschlafhaltung. Vielleicht dachte er noch über das Fest nach, erinnerte sich an Einzelheiten. Ihre Augen waren ihr schon zugefallen, und sie hatte keinen Grund, sie zu öffnen. Wenn er jetzt nicht mehr reden wollte, war es auch gut so. Denn nun hatten sie ja Zeit. Morgen war Sonntag. Dann konnten sie ausschlafen. Nein, das war falsch. Es war ja schon Sonntag. Der Sonntag hatte längst begonnen, als sie nach Hause kamen. Die Nacht hatte kein Datum. Nur die Tage. Die Tage und die Festtage und die Feste. Sie war auf einem Fest, wo sich alles drehte, und wußte nicht, wie sie dahin gekommen war. Alles drehte sich um sie herum. Aber sie hatte keine Haare auf dem Kopf. Keine Haare! Du hast ja keine Haare mehr, sagte Rudolf. Das stimmte doch nicht! Das war nicht immer so, hing nur von den Umständen ab. Sie mußte ihm das dringend erklären. Doch sie konnte ihn nicht finden, weil er sich verflüchtigt hatte.

Ruckartig wurde sie wach und drehte sich zu ihm hin. Streckte einen Arm nach ihm aus. Er war nicht da. Ach so, dachte sie. Das war der Traum. Wie eng sie auch im Traum miteinander verbunden waren. Sie hatte im Schlaf gespürt, daß er nicht neben ihr lag, und hatte angefangen, ihn zu suchen. Das wollte sie ihm gleich erzählen, wenn er aus dem Badezimmer kam. Er war doch im Badezimmer? Nein, das verwechselte sie. Er war nach ihr ins Badezimmer gegangen und dann ins Bett gekommen. Sein Platz neben ihr fühlte sich noch warm an. Also mußte er gerade eben ins Badezimmer gegangen sein. Vielleicht weil er nicht schlafen konnte oder sich nicht gut fühlte. Die Nachtarbeit, das Turnier und das Fest, das alles zusammen hatte ihn überanstrengt. Das mußte irgendwann Folgen haben. Aber hätte er sie nicht geweckt, wenn es irgend etwas Bedrohliches gewesen wäre? Vielleicht nicht. Nicht sofort. Vielleicht hatte er gedacht, es würde gleich besser. Wenn es nur ein Schwindel, eine vorübergehende Übelkeit war, würde er ja gleich zurückkommen und sich wieder hinlegen.

Sie wartete. Das Bild eines gestürzten Mannes, der neben der Badewanne auf dem Fliesenboden lag, trat ihr vor Augen. Es war ein ungenaues, graues Bild, aber ein Ausdruck des Schreckens, der sie aus dem Bett trieb.

Das Badezimmer war dunkel. War er nach unten gegangen, in die Küche oder in sein Arbeitszimmer? Sie beugte sich über das Treppengeländer und lauschte. Im Treppenhaus und im Erdgeschoß herrschte reglose Dunkelheit und Stille. Trotzdem ging sie die Treppe hinunter, um nachzuschauen, ob er vielleicht in der Dunkelheit gestürzt war. Alle Räume, durch die sie ging, sahen geordnet und aufgeräumt aus, als wären alle Spuren seiner Existenz sorgfältig beseitigt worden. Sie sträubte sich gegen weitere abenteuerliche Vermutungen und beschloß, wieder ins Bett zu gehen. Als sie lag, bereit, nachzudenken, obwohl sie ohne Anhaltspunkte war, kam ihr der Einfall, daß Rudolf vielleicht das Haus verlassen hatte, weil er nicht schlafen konnte. Er war im Garten. Oder ging um den Block herum. Das war immerhin möglich, auch wenn er das noch nie getan hatte. Sie schaute auf den Wecker. Es war kurz vor zwei. Wahrlich Zeit zu schlafen, auch für ihn, nach einem so langen, anstrengenden Tag. Also warum blieb er nicht im Bett liegen?

Es gab noch eine weitere Möglichkeit. An die mußte sie jetzt denken, obwohl sie sich dagegen wehrte: Er war in Evelyns Zimmer!

Das war unfaßlich, aber alles sprach dafür. Sie konnte nichts mehr dagegen ins Feld führen, was gleich wahrscheinlich war. Dennoch entglitt es ihr wieder, als ob es nur ein Hirngespinst wäre, eine fremde Geschichte, die man irgendwann gehört hatte, eine Geschichte, weit außerhalb des eigenen Lebens.

Ich muß es mir trotzdem vorstellen, dachte sie, um es zu überprüfen.

Er hat also neben mir gelegen und darauf gewartet, daß ich einschlafe. Eine Weile hat er auf meine Atemzüge gelauscht. Dann ist er leise aufgestanden und hat sich über den Flur in Evelyns Zimmer geschlichen. Die Tür war vermutlich nur angelehnt, weil sie ihn erwartet hat.

Doch wann und wie konnten sie gemeinsam diesen Gedanken gefaßt haben? Während des Festes hatten sie nicht nebeneinandergesessen und hatten nur nach Evelyns Auftritt einige Male miteinander getanzt. Ziemlich zärtlich zwar, wie sie beobachtet hatte. Aber konnte daraus in so kurzer Zeit ein solcher Entschluß entstehen? Selbst wenn es sich bei dem Paar, das nach einem Tanz den dunklen Hang bei der Terrasse heruntergekommen war, um die beiden gehandelt haben sollte, blieben doch nur wenige Minuten, in denen sie miteinander allein gewesen waren. Vielleicht hatten sie sich geküßt, leidenschaftlich vielleicht. Doch reichte das aus, um sich einig zu werden, alles hinter sich zu lassen und das ganze bisherige Leben zu zerstören?

Nein, sie mußte es sich anders vorstellen. Sie hatten nichts verabredet. Der Gedanke war allein in ihm entstanden. Und nicht schon während des Festes, sondern erst, als er wie immer neben ihr im Bett lag und sich an alles erinnerte. Oder noch später, als er noch einmal ins Badezimmer gegangen war. Vielleicht war er erst da von der Vorstellung erfaßt worden, daß Evelyn nur eine Tür weiter im Bett lag. Von da an mußte jeder andere Gedanke in ihm verstummt sein. Ohne weitere Überlegung war er die paar Schritte durch den dunklen Flur zu ihrem Zimmer geschlichen. Langsam und lautlos hatte er die Türklinke heruntergedrückt und war in das dunkle Zimmer geschlüpft. Und sie? Sie war wach. Sie hatte geahnt, daß so etwas geschehen würde. Und sie waren sich sofort einig gewesen wie vorher schon beim Tanzen, wie vielleicht, ohne es je gewußt oder gar beschlossen zu haben, immer schon.

Jetzt waren sie also zusammen. Wenige Meter von ihr entfernt und doch unendlich weit von ihr weg geschah etwas, was sie so nie erlebt hatte und nie erleben würde. Die beiden hatten etwas gefunden, was sie verband und wovon sie ausgeschlossen war, nicht einmal durch die beiden, sondern von vornherein, durch sich selbst. Sie fror wie im Schüttelfrost. Ihre Zähne schlugen aufeinander. Schauer überliefen sie und ließen sie am ganzen Leibe zittern, als ahmte ihr gedemütigter, verstoßener Körper die Liebeserregung des Paares nach.

Sie setzte sich auf und schlug ihre Arme um sich. Ich will das nicht, ich will das nicht, sagte sie zu sich selbst. Dann legte sie sich wieder hin und wickelte sich fest in ihre Dekke ein. So kann niemand an mich heran, dachte sie.

Sie lag jetzt still da, als wäre ihre Erregung verflogen. Und solange sie sich nicht bewegte, würde sie ruhig bleiben. Aber wieder regten sich die Gedanken, obwohl es eigentlich nur eine Frage war. Wie ist es möglich, dachte sie. Sie wußte keine Antwort darauf, außer: Was geschieht, das ist auch möglich gewesen. Vorstellen wollte sie sich nichts mehr. Sie wartete nur noch darauf, daß Rudolf zurückkehrte und etwas sagen würde, was vielleicht eine neue unerwartete Erklärung war. Doch sie wollte sich keine falschen Hoffnungen machen.

Als er schließlich kam, waren fast anderthalb Stunden vergangen. Leise, ohne Licht zu machen, kam er herein und vermied jede überflüssige Bewegung, als er sich neben sie ins Bett legte und sich nicht mehr rührte. Sie wartete einen Augenblick, unschlüssig, ob sie sich schlafend stellen sollte oder nicht. Dann fragte sie: »Wo kommst du her?«

»Ich war im Badezimmer«, sagte er.

Er log also. Sie hatte ihn entlarvt, und sie konnte es ihm beweisen. Sie hatte ihn ja vergeblich im Badezimmer und im ganzen Haus gesucht und dann fast eine Stunde auf ihn gewartet. Und nun versuchte er sie auf diese dummdreiste Weise zu beschwindeln. Vielleicht war es keine wörtliche Lüge, weil er tatsächlich noch ins Badezimmer gegangen war, um sich zu waschen und den fremden Geruch an sich zu tilgen, bevor er sich wieder zu ihr ins Bett legte. Dieser neue Gedanke verschlug ihr die Sprache. Doch so mußte es gewesen sein.

Nein, sie durfte jetzt noch nichts sagen. Erst mußte sie wissen, was sie selber wollte. Daß er sich bemühte, sie zu täuschen, bedeutete, daß sie noch im Spiel war und mitbestimmen konnte, wie es weiterging. Es war ein Vorteil, daß er nicht wußte, was sie wußte und woran er mit ihr war. Die Taktik hatte sie von ihm gelernt. »Man muß aus der Deckung heraus operieren«, hatte er gesagt. Die Regel wollte sie nun auf ihn anwenden. Sie mußte abwarten, wie sich die Dinge entwickelten und was sich dabei alles zeigen würde. Der Gedanke, daß sie Zeit hatte, bis eine Entscheidung anstand, beruhigte sie ein wenig.

Sie lag noch lange wach, während er neben ihr in einen tiefen Schlaf fiel. Die Atemstörungen, die er manchmal hatte, stellten sich wieder ein, ohne daß er davon erwachte. Sie hörte es mit einer neuen Gleichgültigkeit. Es geht mich nichts an, dachte sie.

Sie lag noch lange wach. Mehrmals kam es ihr so vor, als zöge der Schlaf ihr seine schwarze Kappe über die Augen. Jedesmal ging dann in ihrem Kopf ein grelles Licht an und beleuchtete die Situation, ohne daß sich etwas klärte. Allmählich überwältigte sie ihre Erschöpfung.

Als sie Stunden später wach wurde und Rudolf nicht mehr neben ihr lag, regte sie das nicht auf. Es war nur ein Vorgang innerhalb der neuen Situation, die sie beobachten wollte. Sie ging ins Badezimmer, duschte und zog ihren Bademantel über, um nach unten zu gehen. In der Küche fand sie Reste eines Frühstücks und ein unbenutztes Gedeck, auf dem ein Zettel in Rudolfs Handschrift lag: »Guten Morgen. Wir haben schon gefrühstückt und sind spazierengegangen. Bis nachher!«

Er fühlt sich sicher, dachte sie. Beim Frühstück hat er ihr bestimmt erzählt, daß alles gut gegangen sei und ich nichts gemerkt hätte. Nun konnten sie wieder über sich selber reden. Bei ihm konnte sie sich das vorstellen. Bei Evelyn nicht. Doch alles, was man sich vorstellte, konnte falsch sein. Das immerhin wußte sie jetzt wieder.

Sie trank eine Tasse lauwarmen Kaffee, aß ein Honigbrot und einen Apfel, räumte den Frühstückstisch ab und ging nach oben, um sich anzuziehen. Während sie die Betten machte, hörte sie in der Diele Rudolfs und Evelyns Stimmen, die von ihrem Spaziergang zurückkamen. Sie waren ziemlich lange fort gewesen, wie ein miteinander vertrautes Paar, das nun zu ihr wie zu einer freundlichen Gastgeberin zurückkehrte. Mechanisch ging sie die Treppe hinunter und traf die beiden im Wohnzimmer an in derselben Situation wie vor weniger als 24 Stunden, als sie von Frau Josten zurückgekommen war. Nur daß Evelyn ihr nicht um den Hals fiel, sondern den Blick vor ihr senkte. Was war das anderes, als ein unfreiwilliges Schuldbekenntnis? Rudolfs Bemühen, sich normal und unbefangen zu benehmen, drückte das gleiche aus. Beide waren anscheinend überzeugt, daß sie nichts wußte, hatten aber Angst, sich verdächtig zu machen. Sie sah das mit einem kalten Interesse und spürte, wie ihre bloße Anwesenheit die beiden unter Druck setzte. Sie fragte, wie der Spaziergang gewesen sei, und Rudolf, der gewöhnlich auf solche Fragen mehr oder minder formelhaft antwortete, erzählte mit unglaubwürdiger Ausführlichkeit, brach dann aber unvermittelt ab und sagte: »Übrigens: Evelyn muß um halb eins fahren.«

»Ach, davon habe ich nichts gewußt«, sagte sie und wendete sich Evelyn zu: »Ich habe angenommen, du bleibst heute noch.«

»Leider muß ich weg«, sagte Evelyn. »Ich hab einen Anruf bekommen von einem Kollegen, der mit mir etwas besprechen will.«

»Was für ein Kollege?« fragte sie.

»Von meiner ehemaligen Band.«

»Rudolf fährt dich sicher gerne zum Bahnhof«, sagte sie und ging aus dem Zimmer. Sie konnte die Verlogenheit, zu der sie sich gegenseitig gezwungen hatten, nicht mehr aushalten.

Bevor sie zum Abschied hinunterging packte sie das goldene Kleid in eine Plastiktüte, um es Evelyn mitzugeben. Die wehrte sich dagegen. Aber sie bestand energisch darauf, daß sie es mitnehmen solle. »Ich möchte nicht, daß es in meinem Schrank herumhängt«, sagte sie. Erst als Rudolf vermittelte: »Nun nimm es doch«, gab Evelyn nach. Es kam noch zu einer kurzen beklommenen Umarmung, dann waren sie weg.

Sie wußte nicht, ob sie gewonnen oder alles verloren hatte, als sie allein im Haus zurückblieb. So wie die beiden sich verhalten hatten, wollten sie offenbar, daß es so weiterging wie bisher. Vor allem Rudolf und sie selbst hatten Grund, es zu wollen und nicht alles zu gefährden, was sie gemeinsam erreicht hatten. Für Evelyn sah es vermutlich anders aus. Immerhin hatte sie nun das goldene Kleid. Und wenn der Kollege, den sie treffen wollte, keine Erfindung war, konnte sie vielleicht wieder singen.

Nein, es sah nicht gut aus für Evelyn. Es war etwas kaputtgegangen, mit Folgen, die noch keiner von ihnen übersah. Doch sie brauchte diesen Abschied nicht zu beschönigen. Sie brauchte keine Rücksichten mehr zu nehmen. Das jedenfalls war ihr Gewinn.

Als Rudolf zurückkam und in die Einfahrt fuhr, wuchs ihre Spannung wieder. So wie er die Haustür aufschloß, ins Zimmer kam und sich in einen Sessel warf, wirkte er auf sie wie ein Schauspieler, der mit einem Ausdruck betonter Selbstbehauptung die Szene betrat.

»Der Zug war fast besetzt, aber sie hat noch einen guten Platz bekommen«, sagte er. »Ich schlage vor, wir gehen irgendwo essen.«

Nicht sie antwortete, sondern eine flache Stimme, die sich aus einem Vorrat einfacher Formeln bediente.

»Wenn du Hunger hast – gut. Zum Kochen ist es ohnehin zu spät.«

Er schlug ein Restaurant in der Nähe vor, in das sie oft gegangen waren, und als sie zögerte, ein Waldlokal in der Umgebung, das seit einiger Zeit ein Geheimtip war. Er fand, sie sollten es unbedingt einmal ausprobieren. Warum also nicht jetzt? Wäre das nicht ein schöner Ausklang des Festes?

Sein Eifer und seine Beflissenheit lähmten sie. Er schien geradezu überzuquellen von dem Bemühen, sie für etwas zu gewinnen, das sie sich nicht vorstellen konnte, weil es zu einem anderen Leben gehörte.

Nicht so schnell, dachte sie, nicht so schnell.

Eigentlich hätte sie sagen müssen: Ich will erst wissen, was geschehen ist. Und warum es geschehen konnte oder sogar geschehen mußte. Und wer wir all die Jahre über gewesen sind. Aber sie wußte nicht, ob es in ihrem Interesse lag, das aufzudecken. Sie fühlte sich leer und unfähig, irgend etwas zu entscheiden. Er wußte ja auch nicht, woran er mit ihr war, solange sie schwieg. Blind traf er die Wahl: weitermachen, erst einmal weitermachen – traf diese Wahl einfach für sie mit. Was das auf die Dauer bedeutete, wußte sie nicht. Vielleicht kann ich mich einmal rächen, dachte sie. Wenn es dann noch wichtig ist.

Der Rückzug

Er hatte damit gerechnet, lange warten zu müssen, aber als er in das Wartezimmer kam, saß da nur ein einziger Patient. Er grüßte ihn kurz, während er seine Überjacke an die Garderobe neben der Tür hängte, und der andere grüßte höflich zurück und schaute gleich wieder vor sich hin, wie auch er es tat, als er sich auf einen der an den Wänden aufgereihten Stühle setzte. Das Wartezimmer war ein schlauchartiger Raum, der ungefähr in gleicher Breite von einem rechteckigen Fenster mit heruntergelassener Jalousie abgeschlossen wurde. Die weißen Lamellen waren hochgeklappt und ließen ein sanftes, kontrolliertes Licht herein. Zwischen den beiden Stuhlreihen war nicht viel mehr als zwei Meter Platz, und schon das begründete ihr stummes Einvernehmen, sich gegenseitig zu ignorieren.

Die Praxis des Augenarztes befand sich im dritten Stock, und von unten drangen wie eine ständige Dünung verschwommene Straßengeräusche herauf, was den Eindruck der Stille des Raumes verstärkte. Zwei oder drei Wartende mehr hätten den Raum beherrscht, auch wenn sie geschwiegen hätten, während sie beide, die weit voneinander entfernt saßen und mit entgegengesetzter Blickrichtung auf die cremeweißen Wände schauten, zu Bestandteilen des Raumes geworden waren, darauf angewiesen, daß jemand kam, der sie aus ihrer Passivität erlöste.

Es ist wie ein Bild von Edward Hopper, dachte er: reglose Menschen, eingeschlossen in einem fremden Raum. Sie saßen in einem typischen Hopper-Bild. Der Einfall gefiel ihm, doch er konnte ihn nicht festhalten, weil ihm schräg gegenüber ein Bild hing, dessen malerische Simplizität ihn belästigte. Es zeigte acht in zwei Reihen angeordnete Herzen, in der üblichen schematischen Dreiecksform, unten spitz zulaufend, oben eingekerbt mit zwei runden Schultern. Lächerliche Lebkuchenherzen, jedes mit einer anderen leuchtenden Farbe angemalt, bis auf ein graues, das in dem verwischten, grauen Hintergrund des Bildes zu verschwinden drohte. Das war offensichtlich die Bildidee, über die man nachdenken sollte. Er verspürte nicht die geringste Lust dazu und erwog, eine der bereitliegenden Illustrierten durchzublättern. Es waren wahrscheinlich die gleichen, die er aus anderen Arztpraxen kannte: die gleichen Berichte über Adelshochzeiten, die gleichen Geschichten über das Liebesleben berühmter Models, Filmstars und Popmusiker. Meistens las er die Horoskope. Obwohl er nicht an sie glaubte, probierte er die wechselnden Charakterbilder wie unterschiedliche Kostüme an sich aus. War er das? Konnte er so sein? Wer war er überhaupt? Nichts Bestimmtes, nichts Bedeutendes, eine formlose Knetmasse beliebiger, unverwirklichter Möglichkeiten. Fast alles, was er las, paßte auf ihn, allerdings nur ungefähr. Das lag wohl an ihm selbst. Er war nicht ausgeprägt genug, befand sich nicht mehr in ausgeprägten Situationen.

Noch immer starrte er widerwillig auf das Bild vor ihm an der Wand und entzifferte die blassen Schriftzüge über den ausgemalten Herzen, die er erst jetzt bemerkt hatte. Über dem roten Herzen stand »rot«, »grün« über dem grünen. Die übrigen Bezeichnungen, die er nicht lesen konnte, erschlossen sich von selbst. »Mediale Verdopplung als Ironie«, dachte er, und einen Augenblick lang war er bereit, dem Bild eine künstlerische Qualität zuzubilligen. Doch es waren nur billige Tricks, auf die er nicht hereinfallen durfte.

Wahrscheinlich handelte es sich um Laienmalerei oder deren ironische Imitation. Man konnte das oft nicht mehr unterscheiden. Kein Mensch konnte noch sagen, was Kunst war und was nicht. Auch er nicht, obwohl er Anfang der fünfziger Jahre einige Semester Kunstgeschichte studiert hatte. Das waren andere Zeiten mit einer anderen Kunstauffassung. Er erinnerte sich an eine Abendvorlesung im ersten Semester über »Das Bild des Menschen in der Kunst der Gegenwart«, die vom Expressionismus bis zu Picasso reichte. Sie fand im größten Hörsaal der Universität statt und war völlig überlaufen, so daß viele auf dem Fußboden oder in den leeren Fächern der Wandschränke saßen. Der Professor war ein kleiner, buckliger Mann, der mit einem schwelgerischen Tonfall über die Bilder sprach, die der Projektor schräg hinter ihm auf die Leinwand warf. Er war so klein, daß er auf eine extra für ihn bereitgestellte Fußbank steigen mußte, damit er das Katheder überragte und für alle im Saal sichtbar war. Einmal, als er sich nach einer Projektion umdrehte und mit einer seiner berühmten Bilderklärungen begann, war anscheinend das Podest umgekippt, oder er war im Eifer seines Vortrags mit einem Fuß daneben getreten. Und als hätte eine unsichtbare Instanz befunden, nun wäre es genug und die rhetorische Prachtentfaltung nicht länger zumutbar, war der Redner mitten in seinem Satz, so ruckartig wie eine an einer Schnur von der Bühne gerissene Puppe, mit einem jähen Aufschrei hinter dem Katheder versunken. Seine Assistenten und der an diesen Vortragsabenden stets anwesende Hausmeister waren sofort hingeeilt, aber es dauerte fast drei Minuten, bis der Professor, sichtbar mitgenommen, wieder hinter dem Katheder auftauchte. Alle im Saal klopften Beifall, und der Professor, gewohnt, sich durch Beifall aufbauen zu lassen, hatte seine Fassung wiedergewonnen und weitergemacht.

Er dagegen hatte den Vorfall mit heimlicher Genugtuung als Ausgleich für eine erlittene Demütigung erlebt, denn der Professor hatte ihn im Seminar wegen seiner falschen Aussprache französischer Wörter vor den anderen Studenten lächerlich gemacht. »Das ist ja grauenhaft«, hatte er gestöhnt und allgemeines Gelächter ausgelöst. Von Anfang an hatte er das Gefühl gehabt, daß der Professor ihn nicht mochte und daß es dafür unausgesprochene körperliche Gründe gab. Er selbst war groß und schwer, ein etwas übergewichtiger Athlet, der sich langsam bewegte und trotz seiner dominierenden Erscheinung gehemmt war und sich vor Zuhörern kaum äußern konnte. Da er schon in der Schule ein Außenseiter gewesen war und immer viel, geradezu süchtig gelesen hatte, wußte er meistens mehr als die anderen. Doch er konnte das nicht ausspielen, weil er in den Seminarsitzungen gewöhnlich schwieg. Wenn er gezwungen war zu reden, versetzte er sich in die Zuhörer und hörte in quälender Deutlichkeit die tonlose Heiserkeit seiner Stimme, die immer leiser und undeutlicher wurde, bis er vor lauter entsetzten Gesichtern sich dauernd räuspern und husten mußte. Man brachte ihm ein Glas Wasser, und der Dozent, um Ordnung und Normalität bemüht, übernahm das Gespräch und lenkte die Aufmerksamkeit von ihm ab.

Er war sich seiner Hemmungen vorher nicht bewußt gewesen, denn er hatte während der letzten Schuljahre seine immer stärker werdende Neigung, sich zurückzuziehen, als Ausdruck eines berechtigten Hochmuts gedeutet. Er war der Größte in der Klasse und bei weitem der Belesenste. Darauf hatte er sich gestützt. Erst die Bemerkung des Professors und das Gelächter, das sie auslöste, hatten ihn blockiert. Das zeigte sich mit Verzögerung, als er wieder einmal öffentlich reden mußte und rasendes Herzklopfen bekam, so daß er hörbar nach Luft rang. Von Mal zu Mal wurde es schlimmer. Nun konnte er sich sein Versagen nicht mehr verschleiern und begann schon im voraus darauf zu warten. Er spürte, daß alle darauf warteten und von ihm abrückten. Einmal war der Professor betont freundlich auf ihn zugegangen. Aber er war zu verkrampft gewesen, um angemessen darauf zu reagieren. Ohnmachtsgefühle und Wut hatten sich in ihm aufgestaut und auf alles ausgedehnt. Vor allem verachtete er die vielen Studentinnen, die so offensichtlich um die Gunst des Professors buhlten, entweder weil sie ihn wirklich bewunderten oder weil sie seinen Einfluß für sich nutzen wollten. Ihn dagegen, der mit ihnen in den gleichen Vorlesungen und Seminaren saß und es nicht unterlassen konnte, sie anzustarren, mieden sie wie in stummer Übereinkunft, weil er ihnen entweder langweilig oder sogar unheimlich erschien oder weil sie annahmen, daß es schädlich für das eigene Ansehen sei, häufiger mit ihm zusammen gesehen zu werden. Er erkannte das alles überdeutlich, und es leuchtete ihm sogar ein. Es war logisch, es war die natürliche Ordnung, in der sich alles bewegte. Aber für ihn war darin kein Platz. So war er mitten in der allgemeinen Kollegialität und Betriebsamkeit vereinsamt und hatte nach vier Semestern sein Studium abgebrochen.

Ein Horoskop hatte den Ausschlag gegeben, das ihm geraten hatte: »Sammeln Sie Ihre Kräfte. Wagen Sie einen neuen Anfang.« Diese Worte waren ihm seit vielen Jahrzehnten unverändert im Gedächtnis geblieben, denn sie hatten ihm die verschlossen geglaubte Tür zum Leben aufgestoßen. Er hatte eine Buchhändlerlehre gemacht und eine Anstellung in einer großen renommierten Buchhandlung gefunden. Die Kollegen hatten ihn freundlich aufgenommen. Im Gegensatz zu seinen heimlichen Befürchtungen verlief alles völlig normal.

Drei Jahre später hatte er Edith geheiratet, um die er sich besonders gekümmert hatte, als sie als neue Kollegin in seine Abteilung gekommen war. Sie war eine kleine blasse Person mit mangelnden Literaturkenntnissen, die sich seinem Bedürfnis, sie zu dominieren, nicht widersetzte. Und so paßten sie zueinander, so gegensätzlich sie auch waren: ein ungleiches, aufeinander angewiesenes Paar.

Um sie noch fester an sich zu binden, erwarb er im zweiten Jahr ihrer Ehe mit seinen Ersparnissen und einem günstigen Kredit einen feinen kleinen Buchladen, dessen Inhaber sich aus Altersgründen aus dem Geschäft zurückziehen wollte. Einige bedenkliche Mienen im Hintergrund hatte er wohl wahrgenommen. Das hatte ihn jedoch nicht beirrt. Er folgte den beiden Sätzen aus dem Horoskop, die ihn schon einmal richtig geleitet hatten: »Sammeln Sie Ihre Kräfte. Wagen Sie einen Neuanfang.«

Zur Einweihung lud er alle Kollegen in den Laden ein und

erklärte ihnen, was er alles verändern und verbessern werde. Er fühlte sich dort angekommen, wo er hinwollte. Nun hatte er sein eigenes Reich, in dem ihn niemand kritisieren oder demütigen konnte. Und, was ihm noch unwahrscheinlicher erschienen war, er hatte eine Frau.

Eine Familie wurde es allerdings nicht, weil Edith zwei Fehlgeburten hatte und allmählich zu kränkeln begann. Er stellte eine zweite Kraft ein, was dringend nötig war, da er auch noch ein Antiquariat eröffnet hatte: ein mühsames Geschäft. Auch im Buchladen wuchs der Arbeitsaufwand schneller als der Umsatz und Gewinn. Das war wohl auch erwartbar gewesen und ganz normal. Das Unternehmen hatte seine Stabilitätsebene erreicht: ein Begriff aus einem betriebswirtschaftlichen Buch, der ihn beruhigt hatte. Er bezeichnete eine Umsatzgröße, bei der ein dynamisches Gleichgewicht zwischen den bestimmenden Faktoren herrschte. Mehr konnte man nicht verlangen.

Über Ediths Gesundheitszustand konnte man allerdings nicht dasselbe sagen. Sie hatte verschiedene Leiden und mußte immer wieder für Wochen in einen Kurort fahren. Dann blieb er mit Ruth, seiner Angestellten, allein zurück, und obwohl sie nicht darüber sprachen, war ihnen beiden klar, daß alles besser und entspannter lief, wenn sie zu zweit waren. Ruth war zwar keine gelernte Buchhändlerin, hatte sich aber schnell zu einer patenten, immer gutgelaunten Mitarbeiterin entwickelt, auf die er sich blind verlassen konnte. Sie war auch bei den Kunden beliebt. Edith, die wußte, daß Ruth sie im Laden hervorragend ersetzte, schickte ihr aus ihren wechselnden Kurorten immer besondere Grüße.

Er dachte manchmal, daß Ruth die bessere Frau für ihn gewesen wäre, schob den Gedanken aber immer sofort beiseite. So wie die Verhältnisse nun einmal waren, hatten solche Phantasien keine Perspektive. Schließlich wollte er die Lebensform, die er sich geschaffen hatte, nicht grundsätzlich in Frage stellen.

Eines Tages hatte Ruth ihm dann angekündigt, daß sie im nächsten Monat heiraten werde, aber weiter in der Buchhandlung arbeiten wolle. Die unerwartete Mitteilung hatte ihm einen Stich versetzt. Aber er hatte sich mit dem Gedanken getröstet, daß sie ja seine Mitarbeiterin bliebe und sich grundsätzlich nichts ändern würde. Doch anderthalb Jahre später zog sie mit ihrem Mann in eine andere Stadt.

Als sie am Tag vor dem Umzug noch einmal kam, um sich zu verabschieden, war auch Edith dabei, und sie redeten eine Weile zu dritt in quälend nichtssagenden Floskeln, während er versuchte, Ruth anzuschauen, um ihr auf diese Weise zu sagen, was er nicht sagen konnte und bis zuletzt vermieden hatte zu denken. Aber sie wich seinem Blick aus. Dann umarmten sie sich, und er spürte bestürzt, daß sie sich an ihn klammerte, bevor sie ihn abrupt losließ und sich mit Tränen in den Augen abwandte. Als die Tür hinter ihr zufiel und er allein mit Edith zurückblieb, erfaßte ihn ein Gefühl von Einsamkeit und Trostlosigkeit. Natürlich mußte er jetzt wie immer weitermachen. Doch es schien seinen Sinn verloren zu haben und nur noch anstrengend zu sein. Später dachte er, es war wie eine plötzliche Windstille in einem Boot, dessen Segel schlaff herunterhängt, so daß man rudern muß, um wieder an Land zu kommen. Noch am selben Abend sagte Edith zu ihm: »Sie war doch deine Geliebte.« Er verneinte das. Aber sie glaubte ihm nicht. Sie hatte es anscheinend die ganze Zeit vorausgesetzt, so daß er sich jetzt fragte, warum er es so zwanghaft vermieden hatte. Nun war alles vorbei, und er mußte damit leben. Er sagte nichts dazu, wenn sie das Thema wieder einmal aufbrachte, so daß sie allmählich auch davon abkam.

Er hatte jetzt wieder eine neue Mitarbeiterin, eine gelernte Buchhändlerin, einige Jahre älter als er, die aus familiären Gründen ihre Arbeit für einige Jahre unterbrochen hatte und nun wieder in den Beruf zurückgekehrt war. Er kam gut mit ihr zurecht. Allerdings wurde es mit der Zeit schwieriger, die wachsenden Unkosten zu decken. Die Ladenmiete, das Gehalt seiner Mitarbeiterin und die vielen Nebenkosten, die durch Ediths Krankheiten und ihre Kuraufenthalte entstanden, waren mit dem kleinen Laden nicht mehr zu erwirtschaften, denn in der Nähe hatte eine Buchhandelskette eine modern ausgestattete Filiale eröffnet, die ihnen den größten Teil der Laufkundschaft und auch schon einige Stammkunden abzog. Um nicht bankrott zu gehen, mußte er sich nach einer zusätzlichen Verdienstmöglichkeit umsehen.

Wie schon beim Kauf der Buchhandlung hatte er wieder Glück und konnte von einem in den Ruhestand wechselnden Kollegen, der ihn seit Jahren regelmäßig besucht hatte, zwei Verlagsvertretungen übernehmen. Damit begann der längste und letzte Teil seiner beruflichen Arbeit. Zweimal im Jahr besuchte er die Buchhandlungen seines Reisegebiets, um die Frühjahrs- und Herbstproduktion der von ihm vertretenen Verlage vorzustellen. Sein eigener Buchladen wurde von der älteren Mitarbeiterin und wechselnden Gehilfen unter seiner Oberleitung mit sinkenden Umsätzen weitergeführt. Edith fiel als Mitarbeiterin inzwischen völlig aus, denn sie hatte angefangen zu sterben.

Es hatte mit einem Sarkom im Oberschenkel begonnen, das frühzeitig erkannt worden war und als operabel galt. Aber es wuchs wieder nach und mußte mehrfach nachoperiert werden, jedesmal radikaler, mit anschließenden Bestrahlungen und Chemotherapien. Danach war Ruhe eingetreten. Die Operationswunde heilte zwar schlecht, doch der Krebs war nicht mehr zu entdecken, und die Ärzte äußerten sich mit vorsichtig eingeschränkter Zuversicht. Edith machte mehrere Kuren, um sich zu erholen.

Einmal besuchte er sie auf seiner Vertreterreise in Bad Pyrmont und ging mit ihr im Kurpark spazieren. Sie wirkte unauffällig, nicht krank und nicht gesund, nur ein wenig abwesend und geschwächt. Im Park spielte eine Big Band der Bundeswehr Evergreens im typischen Glenn-Miller-Sound. Da Edith nur mit Anstrengung und unter Schmerzen gehen und stehen konnte, hatten sie sich in eine der hinteren Reihen der aufgestellten Klappstühle gesetzt. Aber sie konnte die schmetternde Musik nicht lange ertragen und bat ihn weiterzugehen. Durch eine von Blumenbeeten gesäumte Allee waren sie auf eine große Fontäne im Hintergrund zugegangen. Dort hatte Edith sich wieder setzen müssen. Sie fanden eine freie Bank in einer der Heckennischen bei dem großen runden Wasserbecken, aus dessen Mitte die Fontäne aufstieg und in das sie rauschend zurückfiel. Sie schwiegen. Er hatte vorgehabt, mit Edith über die Notwendigkeit zu sprechen, die Buchhandlung aufzugeben, unterließ es aber, um sie nicht zu ängstigen.

»Schön ist es hier«, sagte er.

»Ja«, hatte sie geantwortet und weiter unbeweglich auf die Fontäne geblickt.

»Wasser ist beruhigend und belebend«, hatte er bemerkt, erschrocken über das Wort »belebend«, das ihm rausgerutscht war. Es schien sie aber nicht erreicht zu haben, da sie in Gedanken woanders war. Nach einer Weile fragte sie:

»Hast du mal wieder etwas von Ruth gehört?«

»Nein«, hatte er geantwortet. »Ich weiß gar nicht, wo sie jetzt lebt.«

Sie antwortete nicht darauf, schien es hinzunehmen, wie er es gesagt hatte. Dann sagte sie:

»Bring mich bitte zurück. Ich muß mich hinlegen.«

Beim Abschied hatte sie ihn gefragt, wohin er jetzt fahre, und er hatte die drei nächsten Stationen seiner Vertreterreise aufgezählt: Detmold, Paderborn und Soest.

»In Soest wohnt doch meine Kusine Gerda. Du kennst sie ja. Sie hat uns voriges Jahr besucht. Ruf sie doch mal an, wenn du da bist, und lade sie zum Essen ein.«

Er erinnerte sich an eine große, kräftige Frau mit einem runden Gesicht und dicken braunen Haaren, die ihm gut gefallen hatte. Sie war Lehrerin und lebte allein. Wenn er sich richtig erinnerte, war sie geschieden. Sie hatte die ausgeprägte Selbständigkeit einer unabhängigen, schon lange auf sich selbst gestellten Frau, die gewohnt war, alle Situationen, in denen sie auftrat, mitzugestalten. Beim Abschied hatte sie ihn umarmt, was familiär und natürlich war, aber einen Nachhall in ihm hinterlassen hatte, mit dem er nicht gleich zurechtgekommen war. Es war der dunkle Druck eines ebenbürtigen Körpers, der überwältigend anders und viel gegenwärtiger war als der Körper seiner Frau.

Um so merkwürdiger fand er es, daß Edith ihm nahelegte, Gerda zu besuchen. Es hatte harmlos und selbstverständlich geklungen wie ein spontaner Einfall, mit dem sie für einen Augenblick ihre Apathie überwand und Anteil an seinem alltäglichen Leben nahm. Aber warum hatte sie sich vorher nach Ruth erkundigt, von der sie jahrelang ohne Einspruch angenommen hatte, daß sie seine Geliebte war? Es war eine Einbildung gewesen. Doch sie hatte sich anscheinend dadurch entlastet gefühlt, was auch immer es sonst für sie bedeutet haben mochte. Hatte sie mit ihrem unerwarteten Vorschlag, Gerda zu besuchen, daran angeknüpft und eine neue Stellvertreterin ausgesucht, diesmal für die Zeit nach ihrem Tod? War es vielleicht für sie eine befriedigende Vorstellung, durch eine andere Frau, die sie für ihn ausgewählt hatte, weiterhin in seinem Leben anwesend zu bleiben?

Der Gedanke elektrisierte ihn. Doch er antwortete darauf wie auf einen aus der Luft gegriffenen Allerweltsvorschlag, den er nicht ernst nahm und den er erst einmal beiseite schob, weil er für ihn keine Dringlichkeit besaß: »Ja gut, ich kann ja mal bei ihr vorbeischauen, bei Gelegenheit.«

»Tu das«, sagte sie.

Sie wirkte jetzt so müde und erschöpft, daß er sich nicht vorstellen konnte, noch gerade eben habe sie ihm etwas gesagt, das für sie die Bedeutung eines Vermächtnisses hatte. Ihm allerdings hatte sie die Augen geöffnet, die er immer, aus Disziplin oder Angst oder im Trott seiner Gewohnheiten, vor seinen eigenen Bedürfnissen verschlossen hatte. Ob sie das beabsichtigt hatte, war eine andere Frage. Vielleicht war es wirklich nur eine hingeworfene Bemerkung gewesen. Ihn hatte sie jedenfalls mit Phantasien infiziert, die er nicht mehr unterdrücken konnte.

Gerda war nicht zu Hause, als er am übernächsten Tag in Soest war und sie anrief. Er versuchte es mehrmals im Abstand von einer halben Stunde, jedesmal ungeduldiger und enttäuschter, wenn sie sich nicht meldete, und im Schatten seiner alten Erfahrungen begann er sich vorzustellen, daß sie mit einem Mann zusammen sei. Es war vermutlich einer von denen, die immer alles bekamen, was sie wollten, auch wenn sie sich nicht besonders darum bemühten, weil es für sie nicht besonders wichtig war. »Ich hätte es mir ja denken können«, sagte er sich, »bei einer Frau wie ihr.« Mehr als die Umarmung bei ihrem Abschied im vergangenen Jahr war für ihn nicht zu haben gewesen. Edith mit ihrem mageren, ständig kränkelnden Körper und ihrer blassen, grauen Haut war anscheinend die Frau, die für ihn vorgesehen war. Sie war das Maß, das er sich selbst gesetzt hatte. Daß ausgerechnet sie ihn auf Gerda hingewiesen hatte, war eine Verrücktheit, mit der er nicht umgehen konnte. Aber sie ließ ihn nicht mehr los.

Bevor er sich in seinem Hotelzimmer schlafen legte, machte er noch einen Nachtspaziergang und ging an dem Haus vorbei, in dem Gerda wohnte. Im Licht einer Straßenlaterne las er ihren Namen auf dem Klingelschild: Gerda Wiegand. Aus der Anordnung der kleinen Messingschilder schloß er, daß ihre Wohnung im dritten Stock lag. Aber die ganze Fassade war dunkel, und er kam sich, während er dort stand und zu den Fenstern hochschaute, wie ein verdächtiger Fremder vor, der vermutlich aus irgendeinem Fenster auf der anderen Straßenseite schon mißtrauisch beobachtet wurde. Uneinig mit sich selbst ging er in sein Hotel zurück. Da er befürchtete, nicht einschlafen zu können, trank er noch eine Flasche Bier aus der Mini-Bar und nahm eine

Schlaftablette. Nach dem Frühstück rief er noch einmal an, ohne daß sie sich meldete. Vermutlich war sie jetzt in der Schule. Er schrieb ihr auf einer Ansichtskarte mit dem Bild des Hotels, daß er in der Stadt gewesen sei und versucht habe, sie zu besuchen, sie aber leider nicht angetroffen habe, womit er ja wohl rechnen mußte. Diesen Zusatz hatte er eigentlich an sich selbst gerichtet. Es war ein Ordnungsruf, mit dem er sich wieder zur Vernunft brachte.

Als er drei Tage später von seiner Reise zurückkehrte, fand er im Briefkasten Gerdas Antwort. Sie schrieb, sie fände schade, daß sie sich verpaßt hätten. »Wenn du wieder einmal herkommst, melde dich bitte vorher, damit uns das nicht noch einmal passiert!«

Er las die Karte wiederholt in kurzen Abständen, und jedesmal schienen die Worte etwas anderes zu bedeuten. Mal kamen sie ihm wie schnell hingeschriebene, konventionelle Floskeln vor, die nur dazu dienten, ihr offensichtliches Desinteresse an seinem Besuch zu verdecken. Dann wieder las er aus ihnen ein Einverständnis mit seinen geheimen Wünschen heraus. Vielleicht hatte sie die Sekunden ihres Abschieds im vergangenen Jahr genauso wenig vergessen wie er? Nein, das war ziemlich unwahrscheinlich. Er wollte sich das nicht einbilden. So schnell wie möglich mußte er wieder festen Boden unter die Füße bekommen. Ohnehin mußte er sich jetzt wenigstens eine Woche oder zwei um seinen Buchladen kümmern.

Langsam ordneten sich die Dinge, und seine alltäglichen Gewohnheiten gaben ihm wieder ihren unauffälligen Halt. Als er Edith von zu Hause anrief, war sie erkältet und hustete. Der Husten blieb auch, als sie nicht mehr erkältet war. Er hatte ihr sagen wollen, sie müsse sich röntgen lassen. Doch in der plötzlichen abergläubischen Furcht, er könnte dadurch ein im Dunkel lauerndes Unglück auslösen, hatte er nichts gesagt. Natürlich röntge man sie, und im linken Lungenflügel wurde eine nebelhafte Verdichtung entdeckt. Der Krebs war zurückgekehrt.

Seit sechs Jahren war er nun Witwer und lebte in einer Mansardenwohnung von einer kleinen Rente. Vor zwei Jahren hatte er seine Reisetätigkeit endgültig aufgegeben, nachdem er sie vorher schon um ein Drittel reduziert hatte. Den Buchladen hatte er schon vorher geschlossen, im Grunde viel zu spät. Die Restbestände des Antiquariats hatte er noch eine Weile weiterverwaltet und dann verramscht. Nun lebte er nur noch von Tag zu Tag oder, mit mäßigem Appetit, von Mahlzeit zu Mahlzeit. Gleich, nach der Augenuntersuchung, würde er zu Mittag essen. Wie gewöhnlich würde er in die Metzgerei gehen, die sich auf den Verkauf von Snacks und die Ausgabe von warmen Mahlzeiten umgestellt hatte. Man konnte das Essen in einer Thermopackung mit nach Hause nehmen, um es, wie er es manchmal tat, vor dem laufenden Fernseher in sich hineinzuschaufeln. Oder man saß an einem der Einzeltische, die alle so hoch waren, daß die Köpfe der Esser dicht über ihre gefüllten Teller gebeugt waren, was den Eindruck einer allgemeinen Gefräßigkeit machte. Das Essen war gut und nicht teuer. Heute, am Freitag, würde es Rotbarschfilet und Kartoffelsalat geben. Und wenn er wollte, Salat. Als Alternative gab es wahrscheinlich die sogenannte Nudelpfanne und wie immer Linsensuppe. Vielleicht würde er Schwierigkeiten beim Essen haben, weil der Arzt die Pupillen beider Augen erweitern wollte, um die Netzhäute zu untersuchen. Die rechte Netzhaut war vor mehreren Jahren gelasert worden, weil sie sich abzulösen drohte. Seit einem halben Jahr hatte er wieder die alten Probleme. Beim Lesen verrutschten die Zeilen. Er sah Doppelbilder über- oder nebeneinander. Manchmal, wenn er nachts das Licht einschaltete, um ins Bad zu gehen oder weil er stundenlang wach lag und die Dunkelheit ihn bedrückte, sah er anschließend, wenn er das Licht wieder gelöscht hatte, in der Dunkelheit ein minutenlang anhaltendes Blitzen, was, wie er wußte, kein gutes Zeichen war.

Er sah auch schlechter. Wenn die Schrift eines Buches einen Grad kleiner als üblich war, mußte er trotz seiner Brille zum Lesen eine Lupe nehmen. Das war sehr störend, weil der Ausschnitt sich drastisch verengte und der Zusammenhang des Textes nicht mehr überschaubar war. Zur Kontrolle schaute er auf seine Hände. Die Fingernägel hätte er längst schneiden oder feilen müssen. Sie waren zu lang, und unter einigen hatten sich dunkle Schmutzstreifen gebildet, die er übersehen hatte. Vermutlich war er auch nicht gut rasiert. Das passierte ihm jetzt öfter. Manchmal war es ihm auch egal, und er rasierte sich nur alle paar Tage. Vielleicht war er dabei, ein schmutziger alter Mann zu werden. Aber das war auf jeden Fall besser, als jung zu sein und nicht ins Leben hineinzukommen, wie er es erlebt hatte.

Eine der beiden jungen Frauen, die am Empfang gesessen hatten, als er in die Praxis gekommen war, erschien in der Tür. In ihrem kurzen weißen Kittel und der weißen Hose sah sie unanfechtbar aus: eine Teilhaberin der ärztlichen Kompetenz.

»Bitte, Herr Schmidke«, sagte sie.

Der andere Mann, der still am Fenster gesessen hatte, stand auf und ging an ihm vorbei. Und bevor die Assistentin ihm folgte, sah sie zu ihm herüber und sagte: »Zu Ihnen komme ich gleich, Herr Maifelder.«

Wie unterschiedlich die Namen waren, und wie seltsam war es, daß er Johannes Maifelder hieß. Es war nur eine merkwürdige Anordnung von Buchstaben, die nichts über ihn sagte. Er murmelte den Namen meistens vor sich hin, und nur wenige fragten nach. Die Assistentin hatte beide Namen mit ihrer hellen freundlichen Stimme ausgesprochen, als wären sie ihr seit langem vertraut.

Jetzt kam sie zurück. »Dann wollen wir mal«, sagte sie und forderte ihn auf, den Kopf in den Nacken zu legen und die Augen weit zu öffnen. Sie beugte sich über ihn und tröpfelte mit einer Pipette eine kalte Flüssigkeit in die Augenwinkel.

»So, bitte die Augen schließen«, sagte sie. »Es brennt vielleicht ein bißchen.«

»Macht nichts«, hatte er geantwortet. »Kleine Schmerzen sind ein Existenzbeweis.« Anscheinend verstand sie nicht, was er er meinte. »Kennen Sie nicht den Witz?« fragte er. »Wenn Sie im Alter morgens wach werden und es tut Ihnen nichts weh, dann sind Sie tot.«

»Das ist ja ein schrecklicher Witz«, sagte sie.

»Ich finde ihn gut«, sagte er. »Vielversprechend jedenfalls. Schmerzen will man ja nicht mitnehmen.«

»Das nicht«, stimmte sie ihm zu. Dann ermahnte sie ihn, die Augen geschlossen zu halten, und ging.

Er hörte jetzt deutlicher die Straßengeräusche, das pausenlose Motorgeräusch der sich in den Kreisverkehr einfädelnden Autos, das warnende Schrillen der Straßenbahn und dahinter, weiter entfernt, den viel lauteren Lärm der U-Bahn-Baustelle, vor allem des großen Bohrturms, der mit seinem spindelförmigen Bohrer tief ins Erdreich eindrang und ihn zusammen mit dem Aushub wieder hervorzog. Irgendwo wurden Metallbleche aufgeladen, die scheppernd und dröhnend aufeinander fielen. Und in der Ferne, einige Straßen weiter, ertönte das Warnsignal eines Martinshorns. Er döste ein wenig. Dann hörte er wieder das Martinshorn, diesmal viel näher. Vielleicht war es auch ein anderer Wagen, der zur selben Einsatzstelle fuhr. In der Stadt war zur Zeit wegen der vielen Baustellen kaum ein Durchkommen. Überall gab es Absperrungen und Umleitungen, Staus und Lärm. Ihm konnte es egal sein. Er war nur noch Fußgänger und kam überall durch. Außerdem ging er immer dieselben Wege. Fast jeden Tag kam er an den beiden Schaufenstern seines ehemaligen Buchladens vorbei. Die Mieter wechselten ständig, so daß er sich manchmal wunderte, wie lange er selbst durchgehalten hatte. Aber das war in einer anderen Zeit. Jetzt standen farbige Designerleuchten in seltsamen gebogenen, gewundenen und aufgeblähten Formen in den Fenstern. Er konnte sich nicht vorstellen, wer so etwas kaufte, zumal die Sachen ziemlich teuer waren. In der ersten Zeit nach der Schließung der Buchhandlung hatte er immer einen Umweg gemacht, um nicht an den beiden Schaufenstern vorbeizukommen und sehen zu müssen, was dort jetzt zum Verkauf angeboten wurde. Inzwischen störte ihn das nicht mehr. Seine Erinnerung hing nur noch an dem Ort. Auch wenn er sich an nichts Bestimmtes erinnerte, fühlte er sich durch diesen Ort, an dem er täglich vorbeigehen konnte, verbunden mit seinem alten Leben, das nun in jeder Hinsicht zu Ende war. Vor einigen Wochen hatte er in der Zeitung zwei große Todesanzeigen und einen Nachruf auf den Professor gelesen, der ihm mit seinem Ausruf das Studium vergrault hatte. Heute sah er das anders. Denn er war auf diese Weise in ein Leben hineingekommen, das mit allen Schwierigkeiten sein eigenes geworden war. Das mögliche andere Leben, das er damals verfehlt und von dem er eine Zeitlang noch phantasiert hatte, war verblaßt.

Seine Ehe mit Edith, die ihm anfangs den Anstoß und den Schwung gegeben hatte, sich eine eigene Existenz aufzubauen, aber durch Ediths dauernde Krankheiten zu einer wachsenden Belastung und Enttäuschung für ihn geworden war, hatte durch ihr langes, sich über zweieinhalb Jahre hinziehendes Sterben eine neue Bedeutung bekommen. Obwohl er Edith nur ab und zu in den verschiedenen Kliniken und Kuraufenthalten besucht hatte und auch die längste Zeit auf Geschäftsreisen gewesen war, wenn sie wieder einmal für einen kurzen Erholungsaufenthalt nach Hause entlassen wurde, hatte er sie neu zu sehen begonnen. Sie erschien ihm jetzt manchmal als jemand, der ihm in der Kenntnis des Lebens weit voraus war. Das war für ihn zusammengefaßt in seinem letzten Besuch, als sie schon zu schwach gewesen war, um noch viel zu sagen. Er hatte sich an ihr Bett gesetzt und eine Weile ihre federleichte Hand gehalten, bevor er sie fragte: »Wie fühlst du dich, mein Schatz?« Leise und ohne daß er irgendeine körperliche Regung spürte, hatte sie geantwortet: »Ich hab keine Angst.« In der Nacht war sie dann gestorben.

Später hatte er sich gesagt, daß diese überirdische Ruhe, die damals von ihr ausging, durch das Morphium verursacht sein mußte, das man den Sterbenden gab. Aber er hatte weiter darüber nachgedacht, und seine Erinnerung war zurückgekehrt zu dem Platz bei der großen Fontäne im Kurpark von Bad Pyrmont, wo er mit ihr eine Weile auf einer Bank gesessen hatte, weil sie nach einem kurzen Weg so erschöpft war, daß sie sich ausruhen mußte. Dort hatte sie ihn gefragt, ob er wieder einmal etwas von Ruth gehört habe, was, wie ihm selber in diesem Augenblick klar wurde, nicht der Fall war. Etwas später, bevor sie ihn bat, sie in ihre Pension zu bringen, hatte sie ihm nahegelegt, auf seiner weiteren Reise ihre Kusine Gerda zu besuchen.

Inzwischen glaubte er zu verstehen, daß sie ihm mit diesem Vorschlag ein Geschenk gemacht hatte. Die Idee war wohl aus ihrer Schwäche entstanden, sich eine eigene Zukunft vorzustellen. Versuchsweise hatte sie sich gefragt, wie er ohne sie weiterleben würde, und ihm mit der Intuition eines Menschen, der frei war, über sich hinauszublikken, einen Vorschlag gemacht, der sie offenbar entlastet hatte. Sie hatte Gerda als eine mögliche Frau für ihn ausgesucht, vielleicht um ihn vor anderen, unabsehbaren Erfahrungen zu bewahren und ihm durch sie zu geben, was sie ihm schuldig geblieben war. Und dieser vielleicht nur augenblickliche Gedanke, der ihre, seine und Gerdas Situation wie selbstverständlich zusammenfügte, hatte sofort von ihm Besitz ergriffen.

Während der langen Zeit von Ediths Sterbens war Gerda seine Geliebte. Wenn er in seinem Reisegebiet unterwegs war, besuchte er sie regelmäßig, möglichst an einem Wochenende, wenn sie viel Zeit füreinander hatten. Vorher oder nachher fuhr er jedesmal zu Edith, die zuletzt in einer von ihr bevorzugten Klinik außerhalb der Stadt lag, in der ein Arzt arbeitete, den sie von früher kannte und dem sie mehr als allen anderen Ärzten vertraute. Gesund machen konnte er sie natürlich auch nicht. Er war ein unauffälliger Mann mit schütteren blonden Haaren und einer angenehmen Stimme, der nicht viel sagte und eigentlich ziemlich formelhaft sprach. Aber es schien genau das zu sein, was sie brauchte. Der Arzt kam zweimal am Tag, sprach ein paar Worte mit ihr und fühlte ihren Puls, was eigentlich nur eine fürsorgliche Berührung war, mit der er ihr offenbar das Gefühl gab, daß er mit dem kleinen klopfenden Lebensrest in ihr in Verbindung stand.

Nach Gerda hatte sie ihn nie mehr gefragt. Möglicherweise hatte er ihren Vorschlag, Gerda zu besuchen, völlig mißverstanden. Wahrscheinlich hatte sie es nur so dahingesagt.

»So«, sagte die Assistentin, »lassen Sie mal sehen.«

Sie beugte sich über ihn und träufelte wieder einige Tropfen in seine Augen. Wie durch eine beschlagene Scheibe sah er einen Ausschnitt der Wand mit dem Bild ihm schräg gegenüber. Die beiden Reihen farbiger Herzen erinnerten ihn an die Stimmungsleuchten in den Schaufenstern seines ehemaligen Ladens.

»Bitte die Augen wieder schließen«, sagte die Assistentin, als sie ging.

Er hörte wieder die Straßengeräusche, diesmal ohne das Scheppern der aufeinander fallenden Stahlbleche und ohne die Warnsignale des Martinshorns. Vorne im Empfang waren Stimmen. Offenbar befanden sich dort außer den beiden Assistentinnen auch noch Patienten, die vor ihm dran waren und darauf warteten, aufgerufen zu werden. Er saß in diesem aparten Raum allein, weil die Präparation seiner Augen länger dauerte. Das war ihm angenehm, denn er hätte sich nicht gerne von Fremden betrachten lassen, während er mit geschlossenen Augen und zurückgelegtem Kopf wie ein wehrloser Blinder auf seinem Stuhl saß.

In Gedanken kehrte er zurück zu seinem ersten Besuch in Gerdas Wohnung, über den sie sich mehrfach vorher verständigt hatten, weil es auf beiden Seiten Terminprobleme gab. Das Treffen hatte dadurch seine Beiläufigkeit verloren und war ein trotz aller Schwierigkeiten gemeinsam festgehaltenes Projekt geworden, für das sie endlich ein Datum gefunden hatten. Gerda sah attraktiv aus, war auffällig angezogen und, wie sie ihm später gestand, aufgeputscht durch die Erwartung, ihn nach ihrem Besuch im vergangenen Jahr, bei dem Edith noch dabeigewesen war, unter völlig veränderten Umständen wiederzusehen.

Es schien alles gebahnt zu sein. Von dem Moment an, da sie »Komm herein« sagte und die Wohnungstür hinter ihm ins Schloß gefallen war, hatte er das Gefühl gehabt, daß sie zwei Verschworene waren, die sich zu etwas getroffen hatten, was außerhalb von jeder denkbaren Zustimmung war und sie um so ausschließlicher verband. Um den Druck zu mindern, den er in der kleinen, mit Möbeln überfüllten Wohnung empfand, hatte er wiederholt, was er ihr ganz zu Anfang am Telefon gesagt hatte. »Es war Ediths Idee, daß ich dich besuchen sollte, wenn ich in der Gegend bin.«

»Lieb von ihr«, hatte sie gesagt. »Wie geht es ihr denn?«

Er hatte Ediths Zustand geschildert, und sie hatte ernsthaft zugehört. Dann hatte sie ihn gefragt: »Hast du ein Problem damit, jetzt bei mir zu sein?«

»Nein«, hatte er gesagt.

»Wirklich nicht?« hatte sie gefragt. Und er hatte noch einmal »nein« gesagt.

»Ich auch nicht«, hatte sie geantwortet. »Ich hab's mir auch gewünscht, als ich hörte, daß du oft hier in der Gegend bist.«

Er sah Gerda an, die mit übereinandergeschlagenen Beinen greifbar nahe vor ihm in ihrem Sessel saß und wußte, was sie beide wußten, daß sie sich in einer eindeutigen Situation befanden. Nun konnte es nur noch in einer Richtung weitergehen. Um es zu beschleunigen, übersprang er alles, was es vielleicht noch zu erzählen gab, und sagte: »Es ist toll für mich, hier zu sein. Aber ich war lange nicht mehr mit einer Frau zusammen.«.

»Mach dir keine Sorgen«, hatte sie geantwortet und ihn ermutigend angelächelt.

Nun war es an ihm, den Abstand, der sie trennte, zu überwinden. Doch sie saßen beide wie gefesselt in ihren Sesseln, als wären sie unter Kontrolle einer unsichtbaren Instanz, die ihnen verbot, was sie tun wollten und worüber sie sich unausdrücklich längst verständigt hatten. Er hatte dabei nicht an Edith gedacht, jedenfalls nicht in dem Sinne, daß sie ihm vor Augen kam, dort auf der Parkbank bei der Fontäne oder in ihrem Krankenbett. Eher war es so, als wäre durch ihre Abwesenheit eine Lücke zwischen ihm und Gerda entstanden, die sie erst mit etwas Eigenem ausfüllen mußten, bevor sie aufeinander zugehen konnten. Er hatte sich umgeblickt und neben sich auf einer Kommode ein Foto gesehen, in dem Gerda inmitten einer Gruppe von Schülern stand.

»Bist du das?« hatte er gefragt.

»Das was ich vor achtzehn Jahren mit meiner ersten Abiturklasse. Es war eine überdurchschnittlich gute Klasse. Mit einigen habe ich heute noch Kontakt. Die erste Abiturklasse ist immer was Besonderes.«

Er war aufgestanden, um sich das Foto anzusehen. Gerda war neben ihn getreten und hatte eine Hand auf seine Schulter gelegt.

»Das Foto ist von einem Ausflug, den ich mit der Klasse gemacht habe«, sagte sie und nannte einen Ortsnamen, den er längst vergessen oder auch damals schon überhört hatte, denn er hatte inzwischen einen Arm um ihre Hüfte gelegt. Immer noch redeten sie über das Bild, das es ihnen erlaubte, so eng beieinander stehen zu bleiben. Er spürte die Wärme ihrer Hüfte in seiner Hand und hätte noch lange so verharren können.

»Ein nettes Bild«, sagte er. »Auch von dir. Besonders von dir. Aber heute gefällst du mir noch viel besser.«

»Wirklich?« fragte sie.

»Ja, wirklich. Ich bin sowieso kein Fan von jungen Frauen. Ich habe ziemlich schlechte Erinnerungen an die Studentinnen meiner Studienzeit.«

»Warum?«

»Die meisten kamen mir wie kleine egomanische Monster vor. Alle hatten sie einen Haufen von Vorurteilen, und zwar alle die gleichen.«

»Das kenn ich«, sagte sie.

Sie schwiegen einen Augenblick. Dann – im ersten Augenblick noch uneindeutig, ob sie sich wieder in ihre Sessel setzen und das Gespräch fortsetzen sollten – hatten sie sich einander zugedreht, und er hatte der Haltung ihres Kopfes, ihren Augen und vor allem ihren leicht geöffneten Lippen angesehen, daß sie ihn erwartete. Alles war auf einmal leicht.

Er blieb zwei Tage, die sie zum großen Teil im Bett verbrachten. Danach fuhr er zu Edith, die wieder in der Klinik lag und eine weitere Chemotherapie hinter sich hatte. Die Haare fielen ihr büschelweise aus. Sie war sehr schwach, mochte immer noch nicht richtig essen. Auch das Reden strengte sie übermäßig an. Es gab ja auch gar nichts zu sagen, aber fast alles zu verschweigen. Nein, er konnte ihr nicht erzählen, daß er Gerda besucht hatte, obwohl das ihr eigener Vorschlag gewesen war. Sie hatte damals nicht an die Frau gedacht, die er erlebt hatte, und zwar, wie ihm klar geworden war, in wilder Selbstbehauptung gegen alles, was er nun wieder vor Augen hatte und wovor er zurückschreckte. Noch erfüllte ihn die warme Nähe von Gerdas Körper, in den er versunken war und der ihn im Rausch und Jubel ihrer Einigkeit an sich gezogen und umschlungen hatte, während hier im Krankenzimmer Reglosigkeit und tote Stille herrschten, die Einförmigkeit leerer, vergehender Zeit und eines Rückzugs nach innen hinter geschlossenen oder blicklosen Augen.

Edith, die auf dem Rücken lag, hatte ihren Kopf ein wenig zur Seite gedreht, als er sich an ihr Bett setzte. Ihre Augen waren ausdruckslos, ohne Erwartung, und er hatte sich selbst schrumpfen gefühlt, wie angeschlossen an den Sog des Verschwindens, der den ganzen Raum und alle darin eingeschlossenen Dinge erfaßt hatte. Um sich zu behaupten, hatte er lauter Belanglosigkeiten erzählt, war aber nach einiger Zeit verstummt.

»Mußt du gehen?« hatte sie gefragt.

Er hatte auf seine Uhr geblickt, als müßte er eine fremde, neutrale Autorität zu Rate ziehen. »Ja, leider gleich. Ich hab noch einen Termin.«

Das stimmte, als er es sagte. Aber als er das Krankenhaus verlassen hatte und den Motor seines Autos anließ, änderte sich alles. Er beschloss, den Termin fallenzulassen und zu Gerda zu fahren und den Abend und die Nacht mit ihr zu verbringen. Er war sofort besessen von diesem Gedanken, der beim Umdrehen des Motorschlüssels in ihm auftauchte.

Und während er die vor ihm liegende Strecke in Gedanken überschlug und vom Parkplatz herunterfuhr, war er entschlossen, so schnell wie eben möglich zu fahren, um nichts von der Zeit, die sie füreinander haben konnten, verloren zu geben. Dabei sah er sie ständig vor sich in wechselnden Posen, die er untereinander austauschte, mehr oder minder undeutliche Phantome, punktiert von Bremslichtern und Blinklichtern, die ihn aufhielten, aber ihm auch die Lücken zeigten, durch die er sich hindurchdrängen konnte. So ist das, wenn man um sein Leben fährt, dachte er, und das Wort »Leben« nahm eine neue Bedeutung für ihn an, ohne daß er es definieren konnte, definieren wollte. Es war alles, und es war der Grund aller Gründe, und es war das Ziel.

Er fand einen Stellplatz in einem Parkhaus in der Nähe von Gerdas Wohnung, das sie ihm gezeigt hatte. »Für längere Besuche«, hatte sie gesagt. Dort hatte sie auch einen eigenen Dauerplatz. Das alles erschien ihm nun schon wie eine Einrichtung für immer. Doch zugleich fühlte er, daß er keinen Boden unter den Füßen hatte. Er wurde nicht erwartet. Er kam als ein Flüchtling. Jemand, der weglief von seiner todkranken Frau und einem Geschäft, das dem Bankrott nahe war. Jemand, der einen wichtigen Termin ohne jede Erklärung ausfallen ließ und im Verdacht stand – auch vor seinen Augen –, sein Leben nicht zu meistern und nicht mehr auszuhalten, und der sich deshalb in die Arme einer Frau flüchtete, die mit seinem Unglück und seinem drohenden Scheitern nichts zu tun hatte.

Er las die Klingelschilder und drückte den Knopf neben ihrem Namen.

»Ja bitte?« fragte sie.

»Ich bin's«, sagte er.

Sie verstand nicht. »Wer?«

»Jo«, sagte er.

Es war die Abkürzung, auf die er seinen ungeliebten Namen gestutzt hatte.

»Jo?« wiederholte sie, mit einem Ton der Überraschung.

Der Summer ertönte, und die Tür sprang auf. Er stieg eilig die drei Treppen hoch. Oben stand sie in der Tür und schaute ihm entgegen. Sie hatte Jeans und einen dunkelblauen Pullover an und trug unauffällige flache Schuhe. So hatte er sie noch nicht gesehen. Es war etwas Neues. Es machte sie noch deutlicher.

»Was ist los?« fragte sie. »Ist was passiert?«

»Ich hab's plötzlich nicht ausgehalten ohne dich.«

»Du bist ja noch viel verrückter, als ich gedacht habe«, sagte sie.

An alles, was dann folgte, erinnerte er sich nur ungenau wie an Bilder eines unterbelichteten, zerstückelten Films, der nicht von ihnen zu handeln schien, sondern von zwei nackten namenlosen Darstellern eines schattenhaften, stummen Kampfes, der hin und her schwankte zwischen Überwindung und Selbstpreisgabe und neuer Herausforderung und sich immer wieder in Nebel auflöste. Das erste, was ihm wieder genau vor Augen kam, war der weiße Bogen Papier mit dem Wohnungsschlüssel, den sie, wie verabredet, auf seiner Seite neben das Bett gelegt hatte, als sie leise aufgestanden war, um pünktlich zu ihrer ersten Unterrichtsstunde zu kommen. Er war erst drei Stunden später aus traumloser Erschöpfung erwacht und hatte einen Augenblick Schwierigkeiten gehabt, sich zu orientieren. Was war eigentlich heute nacht in ihm aufgebrochen? Panik, Wut, Begehren, Selbstzerstörung, der Wunsch, an eine Grenze zu kommen? Nun war alles verflogen wie der Rauch eines gelöschten Feuers.

Er stand auf und ging mit dem Blatt Papier und dem Schlüssel in die Küche, wo er ein Glas Wasser trank. Dann duschte er und zog sich an. Während er im Stehen ein Honigbrot und eine Banane aß und dazu den in der Thermoskanne bereitgestellten Kaffee trank, schaute er auf den Bogen Papier mit ihrer lebhaften großen Schrift. »Bitte, schließ die Wohnung ab und wirf den Schlüssel in den Briefkasten«, hatte sie geschrieben. Und darunter, unterstrichen und mit zwei Ausrufungszeichen versehen: »Paß auf Dich auf!!« Er suchte seinen Stift und schrieb darunter: »Du Lebensquelle! Du Lebensgefahr!«

Auf dem kurzen Weg zum Parkhaus sammelte er sich. Aber als er sich in sein Auto setzte, sich anschnallte und startete, fiel ihm auf, daß er alles langsam machte, als ob er die Handgriffe neu lernen müßte.

Noch einmal kam die Arzthelferin mit der Pipette und träufelte ihm etwas in die Augen.

»Das war jetzt das letzte Mal«, sagte sie.

Er hatte die Augen gleich wieder geschlossen, um in seinen Tagtraum zurückzukehren, wo jetzt vieles durcheinander ging: seine Vertreterreisen, die Buchhändler, denen er die Verlagsprogramme vorstellte, die Hotels, in denen er übernachtete, einmal eines, das vollständig von einer Hochzeitsgesellschaft belegt war, so daß man ihm, dem einzigen alten Gast, das Essen in seinem Zimmer servierte, zusammen mit einer besonderen Flasche Rotwein zu seiner Entschädigung, die, als er sie getrunken hatte, eine neblige Melancholie in seinem Kopf zurückließ, dahinter, wie ein Schattenspiel, sein flüchtiges Kommen und Gehen in Gerdas Wohnung und das endlos sich hinziehende Sterben von Edith, die den Tod inzwischen in beiden Lungenflügeln, im Magen und in der Leber und allen Lymphdrüsen des Brust- und Bauchraums in sich trug, aber in einem matten Wellenschlag scheinbarer Erholungen und neuer Zusammenbrüche immer noch weiterlebte, bis sie ihm zum Schluß sagte, was er nicht vergessen wollte, weil es in nicht absehbarer kurzer oder längerer Zeit auch für ihn wichtig war: »Ich habe keine Angst.«

Zu Ediths Beerdigung kamen nur fünf Leute, denn sie war schon so lange dem alltäglichen Leben entzogen gewesen, daß sie für die meisten schon vorher gestorben war. Einer der Trauergäste war Gerda. Es war Sommer, und sie hatte ein leichtes, sehr elegantes schwarz-graues Kostüm an und war geschminkt und frisiert, als ob sie die Hauptdarstellerin der kleinen stillen Zeremonie wäre.

Als die kleine Trauergemeinde sich auflöste, begleitete er sie zu ihrem Wagen.

»Was hast du jetzt vor?« hatte sie gefragt. »Sehen wir uns in den nächsten Tagen?«

»Ich weiß noch nicht«, hatte er gesagt.

»Wie du willst«, hatte sie geantwortet, war in ihr Auto gestiegen und an ihm vorbeigefahren, ohne noch einmal zu winken.

Die Beerdigung war der Anfang vom Ende ihrer Beziehung. Es hatte auch vorher zwischen ihnen schon momentane Gereiztheiten gegeben. Aber als hätte die stumme Anwesenheit der Sterbenden im Hintergrund den Streit unter Kontrolle gehalten, war daraus kein offener Konflikt geworden. Das geschah erst jetzt. Und ihr Allheilmittel – die nach wie vor sie verbindende, wuchernde Sexualität – konnte ihnen nicht helfen, da sie Teil ihres Konflikts war. »Wenn du immer nur kurz vorbeikommst, um mich zu fikken, dann kannst du es auch bleiben lassen!« hatte sie ihn angeschrieen. Nichts überzeugte ihn so sehr von der Ernsthaftigkeit ihrer Verzweiflung und ihrer Wut, wie die für sie ganz untypische Wortwahl, mit der sie alles in den Dreck schleuderte, was am Anfang für sie beide das große leidenschaftliche Wunder gewesen war.

Ja, sie hat recht, hatte er gedacht.

Aber etwas in ihm, ein schweres Gewicht, das er wiedererkannte, obwohl er es lange Zeit vergessen hatte, hinderte ihn daran, Einspruch zu erheben und ihr vorzuschlagen, einen neuen Anfang zu wagen. Er war vor der Zeit alt geworden. Der Rückzug erschien ihm nun als das Neue, das ihm Erleichterung versprach.

War er jetzt an der Reihe? Es kam ihm so vor, als hätte er seinen Namen gehört. Doch er war noch allein, und der schmale Warteraum war, vermutlich durch die Weitung seiner Pupillen, von einem leuchtenden Nebel erfüllt. Schräg vor sich, gemildert durch den hellen Nebel, sah er wieder das Bild mit den farbigen Herzen und dem einen grauen Herzen im grauen Grund, das schon fast unsichtbar war. Das könnte meins sein, sagte er sich und spürte, daß ein Lächeln sein Gesicht überzog. Geschafft, dachte er. Niemand sucht mich, niemand findet mich. Niemand stellt mir eine Frage, niemand erwartet eine Antwort. Er fühlte keinerlei Bedürfnis, Antworten zu geben oder Antworten zu suchen. Es ging auch so weiter. Von heute auf morgen. Oder von jetzt bis gleich. Ob es am Ende das große Leuchten oder das große Gähnen war, würde sich zeigen. Vielleicht war es beides.

Im Vorbeigehen

Er sah sie in der Ferne im nachmittäglichen Menschengedränge der Einkaufsstraße auftauchen – noch eine Erscheinung unter vielen, die sich nur bedeutungslos von den übrigen Passanten unterschied –, bis er sie einen Augenblick später erkannte und sie nicht mehr nur an diesem beliebigen Ort und in dieser zufälligen Stunde eines beliebigen Tages, sondern zugleich aus der Vergangenheit auf ihn zukam. Ja, sie war es! Sie war noch in der Welt. Seit Jahren hatte er sie nicht mehr gesehen und darüber vergessen, als wäre sie dort, wo sie sich getrennt hatten, zurückgeblieben, eingesargt in der Vergangenheit, unbeweglich wie ein zartes Insekt in einem zu Bernstein erstarrten Tropfen Harz. Sie erschien ihm kleiner, als er sie in Erinnerung hatte, vermutlich weil sie im Unterschied zu damals, als sie bemüht gewesen war, den Größenunterschied zwischen ihnen auszugleichen, flache Schuhe trug. Doch vielleicht war sie auch geschrumpft. Ihre Haltung schien sich geändert zu haben, wie die eines Menschen, der sich vor Kälte in sich selbst zusammenzieht. Zweifellos war sie gealtert. Darauf mußte er gefaßt sein. Was auch immer er sehen würde – es war nicht mehr seine Schuld.

Jetzt hatte sie ihn wohl auch erkannt, denn augenblicklich stockte sie, als wollte sie ausweichen oder umkehren. Es war nicht mehr als ein kurzer Ruck. Wenn überhaupt ein Impuls, ihm auszuweichen, sie durchzuckt hatte, war sie sofort darüber hinweggegangen. Er wußte im voraus, was sie jetzt tun würde, sah es an der Entschlossenheit ihrer Bewegungen. Stumm, ohne ein Zeichen des Erkennens, würde sie an ihm vorbeigehen, als gäbe es ihn nicht, oder vielmehr, als gäbe es ihn schon, aber nicht mehr für sie, nicht mehr als ein Teil ihrer Lebensgeschichte oder ihrer Welt.

Aber mußte er sie nicht ansprechen? Mußte er nicht wenigstens den Versuch machen, diesen absurden Starrsinn, der sie beide während ihrer Trennung befallen hatte, zu durchbrechen? Mußte er es, wollte er es, konnte er es, wollte er es nicht? Waren sie eigentlich immer noch in dasselbe Spiel verstrickt, ohne Aussicht, es zu beenden? Er war nicht vorbereitet auf diese Situation, hatte nicht damit gerechnet, noch einmal mit ihr zusammenzutreffen, nach allem, was sie hinter sich hatten, alle ihre Trennungsversuche, die immer wieder in Umarmungen endeten, um so leidenschaftlicher, je erbitterter sie sich gegenseitig beschimpft und verletzt hatten. Es waren lauter Anläufe gewesen, alles zu zerstören und jeden neuen Anfang zu vereiteln, die jedesmal wie unter einem Zwang auf ihre eigene Vereitelung hinausliefen, bis beim letzten Mal sie es gewesen war, die sich zurückgezogen hatte. Sie, die ihn in immerwährendem Zwiespalt an sich gezogen und wieder fortgestoßen hatte, hatte am Ende Schluß gemacht.

Obwohl man auch das anders sehen konnte, weil er, in plötzlicher Erkenntnis der unerwartet sich anbietenden Rettung, nichts mehr gesagt hatte, was sie aus der Ausweglosigkeit befreien konnte. Er wußte nicht mehr genau, wie es abgelaufen war, daß sie aus ihrer Verstrickung herausfanden, ahnte nur, daß sich alles wieder umkehrte, weil er vergessen hatte, was sie einander angetan hatten, oder weil auch das ihm viel besser erschien als nichts. Nichts war nur nichts. Und sein Gegensatz war alles. Alles, was sie füreinander gewesen waren, konnte nicht nichts geworden sein, nachdem es für sie alles gewesen war. In all ihren Widersprüchen hatten sie immer wieder dieses Alles entdeckt. Das Ein-und-alles. Das Umfassende, Unfaßliche.

Er ging auf sie zu, stetig, ohne Zögern, genauso wie sie ihm entgegenkam und dabei aus der Menge herauszuwachsen schien und immer unverkennbarer, immer ausschließlicher sie selbst wurde. Er empfand sie wie eine Frage, die mit ihrem Näherkommen erneut an ihn gestellt wurde, eine alte, nur vorübergehend vergessene, übertönte Frage. War das Vergangene das Künftige? War es jetzt das Jetzt?

Sein Denken tappte in eine Leere. Es war dieselbe Leere, in die sie sich immer hineingestürzt hatten, wenn sie am Ende ihrer Logik waren, mitten im wortlosen Strudel ihrer Widersprüche. Aber die Widersprüche hatten sich inzwischen verflüchtigt, die Widerstände waren aufgelöst. Kurz nach ihrer Trennung hatten auch er und seine Frau sich einvernehmlich scheiden lassen, als wäre ihnen mit dem Rückzug der Widersacherin der Grund zusammenzubleiben abhanden gekommen.

War das ein Grund, sie anzusprechen und es ihr zu sagen? Vielleicht wußte sie es längst, hatte es irgendwann gehört. Oder sie wußte nichts, weil sie nichts mehr von ihm wissen wollte. Alles verlor seine Umrisse, seine scheinbare Vernunft. Eine mächtige Lücke tat sich auf, in der sie aneinander vorbeigingen. Ihr Gesicht war wie gefroren und geradeaus gerichtet, ihr Profil, das er besonders gemocht hatte – immer noch unverändert. Aber sie war gealtert und unverkennbar geschrumpft. Am meisten verwirrte ihn, daß sie frisch vom Friseur kam. Mit kupferrot gefärbten, kunstvoll drapierten Haaren, wie für ein Treffen zurechtgemacht. Er hatte das Gefühl, eine Parodie der Frau, die er geliebt und wie keine andere begehrt hatte, würde mitten im Gewühl der anderen Menschen auf Rollen an ihm vorbeigezogen: eine Verhöhnung seiner Erinnerung durch Unwirklichkeit. Trotzdem klopfte sein Herz, als wollte es ihn antreiben, die Fremdheit zu überwinden und dafür den lange entbehrten Lohn zu empfangen. Vielleicht mußte er nur ihren Namen sagen. Nur ihren Namen! Wie früher, in den Momenten, als alles einfach war. Aber er hätte ihn leise aussprechen müssen in dem winzigen Bruchteil der Zeit, als sie dicht neben ihm war, nicht weiter als eine Armlänge entfernt. Vielleicht wäre sie stehengeblieben und hätte sich ihm zugewandt, mit diesem stummen, brennenden Blick, der ihm immer gesagt hatte, er solle jetzt alles beiseite lassen, was nicht zu ihnen gehörte: die Menschen, die Gewohnheiten, die Gedanken, alles, was ihm wichtig erschienen war, aber nicht zu ihrer Wahrheit gehörte, sollte er fallenlassen. Vielleicht hatte sie auf irgendein Zeichen von ihm gewartet, eine Geste, ein Wort, das sie aus ihrem Bann befreite. Er hatte es nicht in sich gefunden. Nun war es nur noch ein leeres Spruchband, das hinter ihr herwehte und mit ihr verschwand.

Er ging weiter, wie sie weitergegangen war. Er entging ihr, sie entging ihm. Sie waren sich entgangen. Damit mußte er sich abfinden. Es ging sich so leicht, so selbstverständlich, als hätte er kein Gewicht. Ja, er war gewichtlos geworden. Gewichtlos, körperlos, unangreifbar. Die Gefahr oder die Chance oder was immer es gewesen sein mochte, war vorbei.

Inhalt

Graffito 7
[2003]

Das weiße Handtuch 27
[2003]

Wann kommt Walter? 36
[2003]

Das Verschwinden 49
[2003]

Episode 94
[2003]

In der Oper 106
[2004]

Das normale Leben 128
[2004]

Das Sommerfest 200
[2004]

Der Rückzug 272
[2004]

Im Vorbeigehen 303
[2005]

Editorische Notiz

Die Erzählungen des Bandes sind in der Reihenfolge ihrer Entstehung angeordnet.
Die Erzählung »Graffito« ist eine Neufassung der Erzählung »Das Meer der Gedanken« aus dem Jahr 1992.

Bibliographie: Dieter Wellershoff

Gottfried Benn – Phänotyp dieser Stunde, 1958/86
Der Gleichgültige. Versuche über Hemingway, Camus, Benn und Beckett, 1963/75
Ein schöner Tag. Roman, 1966/67/81
Die Schattengrenze. Roman, 1969/71/81
Literatur und Veränderung. Essays, 1969/71
Das Schreien der Katze im Sack. Hörspiele, 1970
Einladung an alle. Roman, 1972/86/88/93
Literatur und Lustprinzip. Essays, 1973/75
Doppelt belichtetes Seestück. Erzählungen, Gedichte, 1974
Die Auflösung des Kunstbegriffs. Essays, 1976
Die Schönheit des Schimpansen. Roman, 1977/2000
Glücksucher. Vier Drehbücher und begleitende Texte, 1979
Die Wahrheit der Literatur. Sieben Gespräche, 1980
Das Verschwinden im Bild. Essays, 1980
Die Sirene. Novelle, 1980/82/92/96
Der Sieger nimmt alles. Roman, 1983/86/95/2002
Die Arbeit des Lebens. Autobiographische Texte, 1985
Die Körper und die Träume. Erzählungen, 1986/89/93
Flüchtige Bekanntschaften. Vier Drehbücher und begleitende Texte, 1987
Wahrnehmung und Phantasie. Essays, 1988
Der Roman und die Erfahrbarkeit der Welt. Vorlesungen über den Roman, 1988/2005
Pan und die Engel. Ansichten von Köln, 1990/99
Blick auf einen fernen Berg. Autobiographischer Text über das Sterben des Bruders, 1991/95
Das geordnete Chaos. Essays zur Literatur, 1992
Im Landes des Alligators. Floridanische Notizen. Reisebericht, 1992
Zwischenreich. Gedichte, 1993
Tanz in Schwarz. Prosaminiaturen und eine Erzählung, 1993
Angesichts der Gegenwart. Texte zur Zeitgeschichte, 1993
Der Ernstfall. Innenansichten des Krieges. Autobiographischer Bericht, 1995/97

Inselleben. Zum Beispiel Juist, 1995
Zikadengeschrei. Novelle, 1995/99/2003
Das Schimmern der Schlangenhaut.
Frankfurter Poetikvorlesungen, 1996
Das Kainsmal des Krieges. Texte zur Zeitgeschichte, 1998
Der Liebeswunsch. Roman, 2000, neun weitere Auflagen bis 2005
Der verstörte Eros. Zur Literatur des Begehrens. Essay, 2001/04
Die Frage nach dem Sinn. Rede vor Abiturienten, 2003
Das normale Leben. Erzählungen, 2005
Werke Bd. 1 bis 6, herausgegeben von Keith Bullivant und Manfred Durzak, 1996 f. Die Edition wird fortgesetzt.